RESPIRA Comigo

With me in Seattle 7

KRISTEN PROBY

BESTSELLER DO NY TIMES E USA TODAY

1ª Impressão 2021

Produção Editorial - Editora Charme
Foto - AdobeStock
Criação e Produção Gráfica - Verônica Góes
Tradução - Laìs Medeiros
Revisão - Equipe Charme

FICHA CATALOGRÁFICA ELABORADA POR
Bibliotecária: Priscila Gomes Cruz CRB-8/8207

P962r   Proby, Kristen

Respira Comigo / Kristen Proby; Tradução: Laís Medeiros;
Revisão: Equipe Charme; Capa e produção gráfica: Verônica Góes
– Campinas, SP: Editora Charme, 2021.
264 p. il.
(Série: With me in Seattle; 7).

ISBN: 978-65-5933-028-7
Título original: Breathe with Me

1. Ficção norte-americana | 2. Romance Estrangeiro -
I. Proby, Kristen. II. Medeiros, Laís. III. Equipe Charme.
IV. Góes, Verônica. VII. Título.

CDD - 813

www.editoracharme.com.br

KRISTEN PROBY
BESTSELLER DO NY TIMES E USA TODAY

Tradução - Laís Medeiros

RESPIRA Comigo

With me in Seattle 7

Editora Charme

Dedicatória

Para Pamela.

Nunca poderei te recompensar, não somente por tudo o que você fez por mim, mas também pela sua amizade. Eu te amo.

Onze anos atrás

Meredith

Te encontro na sua casa em 30 minutos. Te amo.

Sorrio e respondo com um rápido *"tbm te amo"* antes de guardar meu celular e voltar correndo para casa depois da aula de dança. Eu quis muito matar essa aula hoje, mas Mark insistiu que eu fosse. Ele disse que entende o quanto a dança é importante para mim e que me encontraria mais tarde.

Vamos comemorar o meu aniversário de dezessete anos esta noite. Ainda falta uma semana para o meu aniversário de verdade, minha mãe estará em casa nesse dia, mas, hoje, ela está em uma viagem de negócios. Mark disse a seus pais que vai dormir na casa de um amigo para poder ficar comigo a noite toda.

Não consigo decidir se estou supernervosa ou superanimada. Talvez seja as duas coisas.

Porque, esta noite, nós vamos fazer *aquilo.*

Abro um sorriso enorme e balanço a bunda ao fazer uma dancinha feliz no banco do motorista do meu Ford Escort 1995. Só terei tempo de tomar um banho rápido e retocar a maquiagem antes que Mark chegue.

Tomo um banho apressado, mas dou atenção extra à depilação das minhas pernas e virilha. Passo a mão no espelho embaçado do banheiro e torço o nariz. A maquiagem não sobreviveu à dança nem ao banho, então lavo o rosto, reaplico o delineador e o rímel e passo um pouco de gloss nos lábios. Mark já me viu sem maquiagem várias vezes, mas quero pelo menos que pareça que fiz um esforço esta noite.

Pego no closet uma saia preta curta e um suéter vermelho que deixa minha barriga à mostra e, depois de colocar um conjunto de lingerie preta de renda que tenho guardado exatamente para essa ocasião, visto a roupa bonita e dou uma voltinha em frente ao espelho.

— Você é tão linda. — Ouço a voz atrás de mim e sorrio quando me viro e vejo Mark com o ombro encostado no batente da porta. — Então, aqui é assim.

— É assim. — Abro os braços e olho em volta do meu quarto. Mamãe não permite que Mark suba para cá comigo quando vem aqui.

E essa é, provavelmente, uma boa ideia, diante da maneira como iremos usar este quarto hoje.

O nervosismo toma conta de mim de repente, e torço os dedos conforme borboletas gigantes batem asas na minha barriga.

— Eu gostei. — Os olhos dele ainda não saíram de mim. Sorrio, tímida.

— Você nem olhou ainda.

Ele sorri e olha em volta do meu quarto bagunçado. Meus sapatos de dança estão jogados de qualquer jeito. Fotos dos meus grupos de dança e dos meus amigos estão amontoadas em um quadro de cortiça acima da mesa onde fica meu computador. Há uma foto de nós dois juntos no *Pike Place Market* em um porta-retratos ao lado da cama. A superfície da cômoda está abarrotada de maquiagens e joias. Minha cama de casal está perfeitamente arrumada. Troquei os lençóis antes de ir para a aula de dança esta tarde.

— Eu gostei — ele repete. — Por que você está aí em pé?

Dou de ombros e olho pela janela, assistindo à chuva cair e escorrer pelo vidro.

— Oi, M. — Ele vem até mim e me abraça.

É disso que eu estava precisando, da familiaridade do seu cheiro e da sensação dos seus braços fortes em volta dos meus ombros. Ele é tão maior do que eu. Seus músculos são insanamente definidos, mas foi o seu sorriso doce e seus olhos azuis que me ganharam desde o dia em que o vi na aula de biologia no ano passado.

Ele sorri como se escondesse um segredo sacana.

Espero poder aprender todos os seus segredos sacanas esta noite.

— Vou fazer o jantar para você — ele diz antes de beijar minha testa e segurar minha mão, para descermos as escadas e irmos para a cozinha.

— Você vai? — Dou risadinhas e saltito pelos degraus atrás dele. — O que você vai fazer?

— Frango à parmegiana e massa.

— Caramba, quantas calorias! — exclamo e calculo mentalmente quantos quilômetros vou precisar correr para queimar tudo.

— É o seu aniversário, M. As calorias não contam — ele explica, e me conduz até a bancada da cozinha.

— Você me trouxe flores! — exclamo e imediatamente enfio o nariz no meio das lindas rosas vermelhas que estão sobre a bancada. Retiro o cartão que está ali e leio em voz alta: — Para M. Feliz aniversário. Com amor, M. — Abro um sorriso enorme, mas, em minha mente, estou pulando como uma idiota, e me jogo nos braços de Mark. — Obrigada.

— Disponha. — Ele me beija com força antes de me soltar e começar a fazer o jantar. — Vou te dar o seu presente de verdade mais tarde.

— Tem mais? — pergunto, batendo palminhas, animada.

— Uhum — ele responde. Ele me serve água com gás e eu me acomodo para assistir ao meu namorado se mover pela cozinha.

— Você é bom nisso.

— Minha mãe nos obriga a cozinhar, então sempre alternamos — ele replica, com um dar de ombros. — Ela diz que temos que fazer por merecer as coisas.

— Eu adoro a sua mãe — digo e tomo um gole de água.

— Ela também adora você.

— Que bom que nós gostamos dos pais um do outro. Seria péssimo se não fosse assim.

— Você tinha dúvidas de que eu conseguiria encantar a sua mãe?

— Não. — Rio e balanço a cabeça. — Você é bem encantador.

— Tô brincando. Eu gosto muito da sua mãe. Me sinto um pouco culpado por termos mentido para ela sobre hoje.

— Eu sei. — Mordo o lábio e baixo o olhar para o copo.

— Ei, vai ficar tudo bem.

Assinto e fico quieta para assisti-lo mover-se com pressa pela cozinha, gostando muito do que vejo. Ele tem uma graciosidade natural que conquista a dançarina em mim. Quando dançamos juntos no baile do primeiro ano, achei que nada poderia ser melhor do que isso.

Quando o jantar fica pronto, ele me serve primeiro e nós damos risada durante a refeição, conversando sobre a escola e nossos amigos em comum.

— Como vai o Luke? — pergunto casualmente.

— Bem. Ele vai fazer um teste para um filme aí de vampiros — ele revela com uma risada. — Dá para imaginar o meu irmão como um vampiro?

Rio com ele e balanço a cabeça.

— Ele é muito bonzinho para ser um vampiro.

— Sam está gostando da faculdade — ele continua ao recolher nossos pratos. — A casa está quieta sem ela.

— Ela não gosta de mim — replico e mordo o lábio. A irmã mais velha do Mark nunca gostou de mim, não importa quantas vezes eu tenha tentado conversar com ela.

— Sam não te conhece muito bem, e ela fica mais retraída diante de estranhos — ele diz ao colocar o último prato na máquina de lavar louça. Ele segura minha mão e a beija suavemente. — Além disso, eu não ligo se a Sam não gosta de você. Não é com ela que você está namorando.

— Ainda bem. — Sorrio e me aproximo mais dele, para que me beije de novo. Nunca me canso dos beijos de Mark.

Ele descansa a testa na minha e arrasta as mãos pelos meus braços, para cima e para baixo, enviando arrepios pelo meu corpo.

— Você tem certeza disso, M? Nós não precisamos fazer nada além de deitar no sofá e assistir TV, se você quiser.

— É isso que você quer? — pergunto, com a voz baixa.

— Não. — Ele ri e, se não estou enganada, fica com o rosto um pouco vermelho. — Não consigo manter as mãos longe e quero fazer amor com você mais do que tudo, mas é um grande passo, e só quero que saiba que está tudo bem se você não estiver pronta.

Eu o amo ainda mais depois desse discurso. Com a confiança renovada, entrelaço meus dedos nos dele, lanço-lhe um sorriso sobre o ombro e o guio pelas escadas em direção ao meu quarto. Depois que entramos, ele fecha e tranca a porta — só por precaução — e me segue até a cama. Mantenho contato visual com ele e subo na cama, apoiando-me nos cotovelos na pose mais sedutora que consigo fazer, e curvo meu dedo para convidá-lo a se juntar a mim.

— Acho que isso significa que você tem certeza — ele murmura e tira os sapatos rapidamente antes de subir no colchão.

— Acho que sim — sussurro. Meu estômago dá piruetas conforme ele se inclina e beija minha bochecha, migrando para o meu pescoço em seguida.

— Você é tão linda, M — ele sussurra. — Tenho tanta sorte por você ser minha.

Sorrio e fecho os olhos, conforme ele enfia os dedos nos meus cabelos e puxa meu rosto para que meus lábios encontrem os seus. Ele me deita de costas e fica por cima de mim, beijando-me pelo que parece uma eternidade. Minhas mãos passeiam por suas costas e braços. Deus, eu amo sentir seu corpo contra o meu e, de repente, quero muito senti-lo sem roupas.

Agora.

Puxo a bainha da sua camiseta e ele se afasta o suficiente para arrancá-la pela cabeça e jogá-la no chão, voltando a me beijar em seguida e, dessa vez, passeando as mãos por todo o meu corpo.

Com isso, eu estou acostumada. Já fizemos isso inúmeras vezes. Ele até já tirou minha blusa e meu sutiã no banco de trás do seu carro certa noite, depois de um jogo de futebol americano, mas paramos a tempo.

A chuva está caindo com mais força, e a noite está ainda mais escura. A única iluminação no quarto é o feixe de luz do poste da esquina. A respiração de Mark fica mais ofegante quando ele ergue meu suéter e vê meu sutiã.

— Vamos tirar essas suas roupas lindas — ele fala, e me observa mais atentamente. Assinto e sento para deixá-lo puxar meu suéter pela cabeça e abrir meu sutiã. Seus dedos estão trêmulos, então ele leva alguns segundos a mais para desfazer o fecho. Em seguida, tiro a saia e a calcinha, e quando levo as mãos até meus seios, cobrindo-os, ele as puxa e beija as palmas suavemente. — Nunca vi algo mais lindo do que você.

Fico perdida em seu olhar azul. Sou muito magra e meus seios ainda não alcançaram todo o seu potencial, mas, ao vê-lo me fitando com tanto amor, sei que está falando a verdade.

— Eu te amo, M — murmuro e seguro seu rosto. — Eu te amo tanto.

— Eu também te amo, baby — ele declara e me beija suavemente.

Levo as mãos ao botão de sua calça jeans e, depois de lutar um pouco e murmurar alguns palavrões, ele consegue se livrar da peça e jogá-la no chão. E então, de repente, ali está ele, em toda a sua glória.

— Você é muito gostoso, Mark Williams — elogio, e acompanho com o olhar minha mão deslizando por seu quadril e pelo músculo muito sensual que há ali. Meus olhos se movem até o seu... *negócio* e sinto eles se arregalarem de surpresa. — Puta merda.

— Esse "puta merda" foi bom ou ruim? — ele pergunta com uma risada.

— Isso não vai caber em mim — reajo, e sinto meu rosto esquentar inteiro. *Cale a porra da boca, Meredith!*

— Vai sim — ele promete e traz meu olhar de volta ao seu antes de me beijar mais um pouco. Ele sabe que eu amo quando nos beijamos.

Ele deita por cima de mim, segura meu rosto com firmeza e me beija com cada vez mais intensidade, mordiscando meus lábios e acariciando meu nariz com o seu. Justo quando os músculos da minha barriga estão relaxando, ele se posiciona entre minhas pernas e consigo senti-lo *lá*.

— Oh, Deus — murmuro em pânico.

— Ei, está tudo bem, baby.

— Eu estou muito nervosa. — Mordo o lábio, observando seu rosto.

— Você ainda tem certeza? Ou só está nervosa pelo que vai sentir?

— Só nervosa pelo que vou sentir — respondo honestamente.

— Olhe para mim, M. Sou só eu. — Ele desliza um pouco para dentro de mim e dói, *porra, como dói*, mas, depois, não dói mais tanto assim. — Respira comigo, Meredith.

Ele respira fundo e eu o imito, encarando seus olhos com toda a minha atenção, e conforme respiramos juntos, ele entra ainda mais em mim. Vejo sua testa começar a suar e ele lambe os lábios de maneira apreensiva, fazendo-me ver que está tão nervoso quanto eu.

— Eu te amo, baby — ele sussurra suavemente.

— Eu também te amo.

— Feliz aniversário.

— Obrigada.

Ele entrelaça os dedos nos meus e segura nossas mãos contra a cama, nas laterais da minha cabeça. Deus, ele é tão *grande*. E é desconfortável, mas a sensação é muito, muito diferente. Plena. Nossas respirações estão muito aceleradas, e então ele começa a se mover, como se não pudesse evitar. Seus quadris se afastam e depois encontram os meus novamente, devagar a princípio, acelerando aos poucos.

— Meu Deus, isso é incrível pra caralho — ele diz, maravilhado. — Estou tão feliz por você ser a minha primeira, M.

— Eu também — concordo, feliz por ele estar falando. Parece que tudo fica mais estranho quando ficamos calados. Então, começamos a falar sem parar. — Estou tão feliz por termos esperado um pelo outro.

— Eu quero ser o seu *único*, baby.

— Você quer?

— Sim. Somos você e eu, M e M, contra o mundo. — Seus quadris estão se movendo mais rápido, e posso sentir meus olhos encherem de lágrimas conforme seu corpo inteiro tensiona. Deus, nunca senti algo assim na minha vida. É como se nos conectássemos não apenas fisicamente, mas em *todos* os sentidos. — Oh, baby. Eu vou gozar.

— Ok. — Acaricio seu rosto. — É uma coisa boa, não é? Goze, M.

— Oh, merda!

Seu rosto se retorce em uma expressão estranha, como se ele estivesse sentindo uma dor imensa, e não consigo parar de olhá-lo. *Uau.*

— Você está bem? — pergunto suavemente.

— Acho que eu que deveria te perguntar isso — ele responde, ofegante.

— Estou muito bem — digo e sorrio de maneira tranquilizadora. *Mas você precisa tirar logo, porque... ai.*

— Eu te amo, M. — Ele descansa a testa na minha.

— Eu também te amo, M.

Um ano depois

Nunca estive tão nervosa assim em toda a minha vida. Nem mesmo na primeira vez que Mark e eu transamos. Abro um sorriso enorme ao lembrar daquela noite e todas as tantas e tantas outras noites que transamos, desde então. Meu Mark é insaciável e aprendemos muito um sobre o outro durante o último ano.

Ele não vai mais ser meu por muito tempo.

Inspiro profundamente e expiro lentamente quando vejo seu carro estacionar em frente à minha casa. Nós nos formamos no ensino médio semana passada. Foi um momento de orgulho para nós dois e para nossas famílias, que fizeram uma festa enorme para comemorar.

E o plano é irmos embora para Nova York juntos em dois dias.

— Oi, baby — ele diz com o sorriso safado que é sua marca registrada ao me encontrar na varanda e me abraçar com força. — Está fazendo as malas?

— Sim — respondo e enfio o nariz em seu pescoço, sabendo que essa pode ser a última vez que tenho o direito de fazer isso.

— O que houve? — Ele se afasta e analisa meu rosto. Ele me conhece bem demais. — M?

— Eu acho que você não deveria ir para Nova York comigo — falo muito rápido, como se estivesse arrancando um curativo de uma vez.

Ele pisca e franze as sobrancelhas.

— O que você está dizendo? Só temos falado sobre isso durante o último ano.

— Eu sei, mas é que... — Passo os dedos pelos meus cabelos e mal consigo manter a sanidade. — Eu preciso me concentrar na dança, Mark.

— Ok. — Ele balança a cabeça como se não estivesse entendendo. — Por que está mudando de ideia?

— Eu venho pensando nisso há um tempo, mas não sabia como te dizer.

— Por quanto tempo?

— Alguns meses — sussurro.

Desde o dia em que a minha instrutora me chamou em um canto, quando me pegou distraída pensando em Mark, e gritou comigo para me lembrar das minhas responsabilidades e como vai ser ainda mais difícil em Nova York.

— *Meses?* — Ele esfrega os dedos nos lábios e sua expressão começa a ficar um pouco em pânico. — Mer, de onde está vindo isso? Há outra pessoa?

— Claro que não! — Fico boquiaberta, como se ele tivesse enlouquecido. — Você sabe que eu te amo tanto que dói!

— Então, por quê?

— Porque eu preciso me concentrar na dança, Mark. Essa é a coisa mais difícil que vou ter que fazer na vida. Os dias são muito ocupados, e tudo é tão competitivo.

— Então, você está dizendo que eu vou atrapalhar? — Ele apoia as mãos nos quadris e me encara conforme sinto minhas lágrimas começarem a cair.

— Você vai ser uma distração que pode me custar caro, M.

Dou um passo à frente em sua direção, implorando com o olhar para que ele me compreenda, mas ele se afasta.

— Eu não quero ter um relacionamento à distância, Meredith.

— Eu também não — sussurro, e seu rosto fica pálido quando ele percebe exatamente o que isso significa.

— Você está terminando comigo?

— Eu te amo, Mark.

— Mas está terminando comigo.

— Eu só acho que somos jovens demais, e eu tenho que focar na dança.

Ele dá mais um passo para se afastar, piscando repetidamente, e eu sei que estou quebrando seu coração.

— M e M contra o mundo já era, não é? — ele reage.

— Mark, entre e vamos conversar.

— Não, você já disse o suficiente. — Ele para e me encara enquanto eu choro, e consigo ver lágrimas em seus olhos também. — Boa sorte para você, Meredith.

Com isso, ele balança a cabeça e vai embora. Corro para dentro e encontro minha mãe chorando na sala de estar depois de ouvir tudo.

— Mãe — choro e me jogo em seus braços.

— Oh, minha garotinha — ela lamenta. — Eu sinto tanto por vocês dois.

— O que acabei de fazer? — Estou chorando descontroladamente, apoiando-me na minha mãe, que é tão forte.

— Você tomou uma decisão adulta, querida. Mas eu sei que te machuca. E machuca o Mark, também.

— Eu o amo tanto.

— Eu sei que sim.

— Como eu vou viver sem ele?

Ela acaricia meus cabelos e beija minha testa.

— Um dia de cada vez, meu amor.

Dois dias depois

Eu nunca andei de avião antes. Não venho de uma família pobre, mas nós nunca saímos em férias que exigissem esse tipo de deslocamento. E agora, aqui estou, alguns meses após meu aniversário de dezoito anos, em um avião.

Sem o Mark.

Puxo meu celular do bolso e releio a mensagem que ele mandou ontem à noite. A mensagem que não respondi.

Por favor, não faça isso com a gente. Nós podemos dar um jeito.

Eu te amo.

Deus, o que eu fiz? Chorei sem parar por dois dias. Posso sair desse avião? Merda, acabaram de fechar as portas. Talvez eles não peçam para ver a minha identidade se eu pedir uma bebida. Nunca bebi na vida — são muitas calorias —, mas preciso de alguma coisa para acalmar meus nervos nesse momento.

Eu preciso do Mark.

Eu preciso do Mark!

Estou prestes a ficar de pé e fazer uma cena quando sua voz preenche minha mente. *Apenas respire, M. Apenas respire comigo.* Respirando fundo, fecho os olhos e foco em sua voz, desejando com todo o meu coração que ele estivesse realmente aqui ao meu lado, conversando comigo para me ajudar a passar por isso.

Apenas respire, M.

Capítulo Um

Dez anos depois

Mark

— Oi, cara. Pode entrar. — Meu irmão, Luke, se afasta para que eu possa passar por sua porta e ver minha linda cunhada, Natalie, fechar a calça de Keaton, seu filho mais novo, e pegá-lo nos braços.

— Tio *Mawk*! — Olivia, a irmã mais velha de Keaton, exclama e cambaleia na minha direção, com seus bracinhos abertos e um sorriso enorme em seu rostinho perfeito.

— Oi, probleminha — digo ao erguê-la no ar antes de aconchegá-la em meus braços.

— Meu bebê. — Ela aponta para o irmãozinho.

— Ela já o reivindicou — falo com uma risada e me inclino para dar um beijo na bochecha de Natalie.

— Com certeza — ela responde. — Keaton é dela, assim como todas as roupas e brinquedos dele.

— Tudo bem, você pode ter tudo o que quiser. — Encho seu pescoço de beijinhos, fazendo-a dar risadinhas.

— Estou quase pronto — Luke avisa, apalpando os bolsos da calça e do paletó antes de olhar em volta da sala com a testa franzida. — Onde está minha carteira, amor?

— Na bancada da cozinha. — Ela aponta e ri. — Ele está mais esquecido do que eu desde que Keaton nasceu.

Natalie é uma mulher linda, com longos cabelos escuros, olhos verdes expressivos e curvas de matar. Meu irmão é um homem de muita sorte e, para fazer a minha parte, flerto com ela o máximo que posso, só para enlouquecê-lo.

— Fuja comigo — peço, e coloco o braço em volta dos seus ombros, puxando-a para perto de mim. — Ele é feio e fede na maior parte do tempo.

— Tire as mãos de cima da minha mulher, cara. — Luke faz uma carranca para mim e balança a cabeça.

— Ela me ama. Não é, querida?

— Amo. — Ela dá tapinhas no meu peito e eu sorrio, cheio de orgulho. — Mas eu amo mais o meu marido.

— Estraga-prazeres — sussurro e suspiro de maneira dramática e zombeteira. — O que eu vou fazer agora?

— Tenho certeza de que há pelo menos uma dúzia de mulheres fazendo fila para você e que adorariam ouvir esse seu convite.

Abro um sorriso sugestivo e assinto, mas a verdade é que não tenho mulheres fazendo fila para mim, como eles gostam de pensar.

E, pela primeira vez em dez anos, estou prestes a ficar cara a cara com a única mulher capaz de me deixar de joelhos.

— Sinto muito pela Adelaide Summers, Mark. — Nat me dá um beijo no rosto e afaga meu braço. — Ela era uma mulher tão boa.

— Ela era. — Assinto conforme a dor perfura meu coração novamente. A mãe de Meredith perdeu a batalha contra o câncer de mama há uma semana, e seu funeral será hoje. — Ela, sem dúvidas, foi muito boa para mim.

— Eu iria com vocês, mas preciso cuidar das crianças.

Abro um sorriso enorme para ela e beijo a bochecha de Livie mais uma vez.

— Tudo bem. Luke, você também não precisa ir. Não é nada de mais.

— É, sim — ele diz e franze as sobrancelhas para mim. Ele me conhece bem demais. — Eu quero ir. Eu gostava da Addie.

Assinto, secretamente aliviado por saber que não vou sozinho, e coloco Olivia no chão para voltar à porta da frente com Luke. Antes de alcançarmos a saída, ele vira-se rapidamente e puxa sua esposa para lhe dar um beijo longo e profundo.

Jesus, parece até que eles ainda estão só namorando.

— Você vai vê-la daqui a algumas horas, Romeu.

— Dane-se — ele diz com um sorriso. — Você só está com ciúmes.

— Estou enojado — replico e o conduzo até meu Jeep.

— Como você está, de verdade? — Luke pergunta enquanto coloco o carro em movimento e saímos de sua nova casa em direção a Bellevue, onde será o funeral.

— Não sei, cara. Eu sabia que ela estava doente, então não foi algo exatamente repentino.

— Me refiro à Meredith, Mark. Jesus, como você é teimoso.

Dou de ombros e esfrego o rosto. Tive dez anos para me acostumar com a ideia de vê-la novamente, e agora estou nervoso pra cacete.

— Ela deve estar comprometida.

— Nós dois sabemos que isso não é verdade — ele diz, com calma.

— Olha, faz muito tempo. Só estou indo mostrar meu respeito a uma mulher que eu adorava. Ver a Mer é apenas parte disso. — Engulo em seco e Luke percebe.

— Mas?

— Mas é como se eu estivesse indo finalmente dizer um adeus definitivo à Meredith também. Como se fosse o ponto final dessa porra toda.

Luke suspira e coloca seus óculos escuros no rosto.

— Sinto muito, cara.

Dou de ombros e me concentro na estrada à minha frente.

— É o que é.

O local do funeral não é longe da casa onde crescemos. Há vários carros no estacionamento e algumas pessoas estão do lado de fora, conversando. Outras estão entrando e saindo pelas portas vermelhas do local do velório.

— Agora é tudo ou nada — sussurro. Jesus, não me sinto nervoso assim há anos.

Luke e eu fechamos as portas do carro e caminhamos em direção à entrada. Meu irmão parece uma celebridade milionária em um terno feito sob medida. Também estou usando terno, com uma gravata roxa. Roxo era a cor favorita de Addie.

Entramos e acenamos para cumprimentar as poucas pessoas que conhecemos. Mamãe e papai estão conversando baixinho com um casal que conhecem e acenam para nós brevemente quando nos veem, antes de voltarem à conversa.

Quando estamos chegando à capela, eu ouço a voz dela.

A voz dela.

Paro de repente e a encaro, enquanto ela está falando com o pastor, perto do caixão fechado e coberto com todas as flores favoritas de Addie. Ela está enxugando o rosto com um lencinho e assentindo. Ela ainda não me viu, então paro por um momento e aproveito para absorver sua visão.

Ela não é mais a jovem que eu conhecia de maneira tão íntima. Eu conhecia cada centímetro dela. Sabia o que a excitava e o que a fazia se contorcer. O que a fazia sorrir. O que a fazia suspirar de prazer.

Mas, além disso, eu sabia o que a fazia sorrir. O que a deixava triste. Como animá-la, e até mesmo o que ela ia dizer antes que dissesse.

Eu sabia e conhecia *tudo*.

Ela era o meu mundo, e mesmo que eu soubesse que era jovem demais, nada nunca irá apagar o que senti quando, na varanda da sua casa, tive que ouvi-la dizer que não me queria mais. Lutei contra esse demônio pessoal por anos.

Ela então vira e me vê, cravando seu olhar azul brilhante no meu, e, de repente, ela está andando até mim rapidamente em seus sapatos de salto alto pretos. Seu rosto franze e, para meu completo choque, ela se joga nos meus braços e me abraça com toda a sua força.

— Eu não acredito que ela se foi, M — sussurra e enterra o rosto no meu pescoço, do jeito que ela costumava fazer, como se o tempo não tivesse passado, e sinto como se alguém estivesse perfurando meu coração com uma adaga de gelo.

— Eu sinto muito — sussurro de volta e envolvo-a com meus braços, segurando-a contra mim. — Sinto muito pela Addie, M.

— Pelo menos, eu pude passar o Natal com ela — ela diz e funga. — Ela queria aguentar até o Natal, e ela conseguiu.

Assinto e, cedendo ao momento, beijo sua testa. Porra, ela ainda tem o mesmo cheiro. Como isso é possível?

— Não sei mais o que dizer, querida — murmuro e afago suas costas suavemente. Ela ainda é tão magrinha. Tão pequena. Seus quadris e seios parecem estar mais preenchidos, mas a sensação de tê-la em meus braços é a mesma de sempre.

Como se ela tivesse nascido para se encaixar em mim.

Pare com isso, babaca!

Ela parece voltar a si e se desvencilha do meu abraço, enxugando os olhos. Ela sorri para Luke.

— Oi, Luke.

— Bom te ver, Meredith. — Ele beija sua bochecha e se inclina para sussurrar em seu ouvido. Ela sorri suavemente e assente para ele quando se afasta.

Um homem que não reconheço se aproxima de Mer e coloca um braço em volta dela.

— Você está bem, cupcake?

Cupcake?

Luke e eu trocamos um olhar rápido, mas sabemos perfeitamente o que o outro está pensando.

Cupcake? Quem diabos chama a namorada de cupcake? Como ela aguenta isso?

E, porra, quem é esse idiota?

Meredith sorri para ele e gesticula em nossa direção.

— Estou bem, Jax. Estes são Mark e Luke Williams. São velhos amigos meus. — *Certo. Velhos amigos. Eu passei pelo menos um ano dentro de você, querida.* — Este é Jax.

Luke e eu damos um aceno de cabeça e, de repente, uma música inicia e o velório está prestes a começar.

Encontramos assentos na parte do meio, próximos aos nossos pais, enquanto Mer e Jax vão até a frente do salão. Observo-a ir para longe de mim, perfurando com o olhar o braço que ainda está envolvendo seus ombros.

Ela o deixa chamá-la de cupcake?

— Então, ela tem um namorado — sussurro para Luke.

— Ele pode ser só um amigo.

Sorrio ironicamente e balanço a cabeça. O que eu estava esperando, afinal? A porra de uma reconciliação? Se eu estivesse esperando por isso, teria ido encontrá-la no minuto em que descobri que ela havia voltado para Seattle, no ano passado.

Isso não vai acontecer.

O velório inicia com música e, então, o pastor começa a falar sobre Addie e suas contribuições para a comunidade, sua família e orações. Após mais algumas palavras, ele pede que alguns voluntários compartilhem suas histórias sobre Addie. Há fotos dispostas próximas ao caixão. Fotos de Addie e Meredith, e fotos de família de quando Mer era bem mais nova.

Meredith fica de pé e anda até o pequeno palanque, segurando os lenços com força. Queria poder estar ali com ela, para segurar sua mão enquanto ela passa por tudo isso.

— Oi, pessoal — ela começa e limpa a garganta. — Muito obrigada a todos por terem vindo. Mamãe ficaria orgulhosa e feliz por saber que todos vocês a queriam tão bem. Ela os amava, com certeza.

Fecho as mãos em punho sobre o colo e assisto-a com toda a minha atenção.

Eu sinto muito, M.

— Todos vocês sabem que mamãe e eu perdemos o papai e a Tiffany há quinze anos — ela começa, referindo-se ao acidente de carro que tirou a vida de seu pai e sua irmã, quando ela tinha apenas treze anos. — Fico tentando me lembrar de que a mamãe agora está com eles, e estão muito felizes por estarem juntos.

Ela pausa para respirar fundo e, conforme o faz, seus olhos encontram os meus. Ela endireita os ombros e continua.

— Minha mãe me ensinou a ser guerreira. Ela sempre dizia "Ninguém irá atrás dos seus sonhos por você, meu amor". E ela estava certa. Ela me ensinou o que é ser uma boa mulher, e que lutar pelo que você acredita é o certo a fazer. — Ela assente devagar, ainda olhando para mim. — Sentirei falta dela. Todos os dias. Mas estou tão feliz por ela não estar mais doente. Ela sempre foi uma mulher tão, tão forte, que estar doente durante o último ano a deixava muito irritada.

Todos nós rimos, sabendo que ela está certa.

— Então, mesmo que seja difícil dizer adeus, eu sei, no meu coração, que ela está muito mais feliz agora. Eu te amo, mamãe.

Ela retorna ao seu assento e vários outros amigos se levantam para contar histórias sobre Addie. Algumas são engraçadas; outras, apenas gentis.

Por fim, fico de pé, abotoo meu paletó, e vou até o palanque. Quando olho para Mer na primeira fila, vejo que o tal Jax está com o braço em seus ombros de novo, acariciando seu braço calmamente.

Nunca quis tanto socar alguém na minha vida inteira.

— Eu sou Mark Williams — começo e abro um sorriso largo, olhando para o caixão de Addie. — Eu não poderia deixar de compartilhar uma história minha sobre ela.

Jesus, que história eu conto?

— Eu conhecia essa mulher incrível desde que era muito jovem. Ela me assustava pra caramba, principalmente porque eu namorava sua filha. — Todo mundo dá risada comigo, me deixando mais à vontade. — Mas eu logo aprendi que Addie era uma mulher sensata e acolhedora. Ela era generosa e leal. E, embora meu relacionamento com sua família tenha mudado com o tempo... — Olho para baixo e vejo novas lágrimas rolarem pelo rosto de Mer, o que me faz pausar por um momento. Limpo a garganta e continuo: — Addie nunca me tratou de forma diferente. Eu a visitei muitas vezes com o passar dos anos. Cortava sua grama, ou a ajudava com alguma coisa na casa. E, toda vez que eu aparecia, era como se ela não me visse há anos, e sempre tinha um abraço quente e um copo de limonada gelada esperando por mim.

Mordo o lábio e olho de relance para o fundo do salão, perdido em pensamentos sobre essa mulher especial.

— Obrigado, Addie, por me fazer sentir parte da sua família. Você foi uma mulher incrível.

Sorrio e volto ao meu lugar. Várias outras pessoas se levantam para falar e, depois, outra música toca enquanto o pastor dá sua bênção.

— Vocês querem ir para a recepção conosco, garotos? — minha mãe pergunta e segura minha mão quando levantamos.

— Acho que não — respondo. Não suporto pensar em ficar vendo Meredith com aquele cara por mais algumas horas.

De jeito nenhum.

— Eu preciso voltar para Nat e as crianças — Luke diz e beija a bochecha da nossa mãe.

— Você disse coisas muito gentis, filho. — Meu pai dá tapinhas no meu ombro. — Addie teria gostado daquilo.

— Valeu, pai.

Dou uma olhada em volta do salão uma última vez e vejo Mer enxugando os olhos e abraçando um de seus antigos vizinhos.

— Vamos, cara — murmuro para Luke.

— Você não quer se despedir?

Balanço a cabeça e olho de relance para a mulher mais linda que há ali.

— Já fiz isso.

Nos despedimos dos nossos pais e saímos com pressa até meu Jeep.

— Bem, acho que foi melhor do que eu esperava — Luke comenta e suspira.

— Era um funeral, cara. O que você esperava que fosse acontecer?

— Não seja babaca. Mer parece ótima. E ela te abraçou. Isso me surpreendeu.

— Ela está de luto. — Dou de ombros como se não fosse grande coisa, mas meu estômago ainda está cheio de nós. — Eu sou familiar para ela. Se eu a tivesse visto na rua dois meses atrás, não seria desse jeito.

— Se você diz...

— O que você está tentando fazer? Me arranjar com ela? Ela já tem um namorado. O cara do cupcake.

— Quem chama a namorada de "cupcake", porra? — Luke ri.

— Pensei a mesma coisa. E como ela aguenta isso?

— É muito brega — ele concorda, assentindo. — Você tá bem?

— Tô bem.

— Vamos entrar — Luke me convida quando estacionamos em frente à sua casa. — Parece que Jules e Nate estão aqui.

— Não vejo a bebê deles desde que ela nasceu.

Descemos do Jeep e, quando entramos na casa, ouvimos Jules e Nat rindo. Nate está deitado no chão, de bruços, e Livie está montando nele.

— Nós compramos um parquinho de última geração para ela e colocamos no quintal, mas tudo o que ela quer é montar no Nate — Luke murmura com desgosto.

— Eu também gosto de montar no Nate — Jules replica e balança as sobrancelhas. — Oi, lindo. — Ela fica de pé e me abraça. — Sinto muito pela sua perda.

— Obrigado, linda. — Abraço-a com força e dou um beijo em sua testa antes de ela se afastar. Depois, vou direto até a bebezinha linda que está nos braços de Nat. — É a minha vez.

— Quem diria que você seria tão babão assim por bebês? — Nate levanta do chão.

— Sou babão pelas moças — retruco e sorrio para a recém-nascida Stella Montgomery McKenna. — Oi, lindinha.

— É até sensual te ver com um bebê — Nat diz.

— Fico feliz por você aprovar. É bom saber que a mulher que vou roubar do meu irmão me acha sensual.

— Não vai rolar — Luke replica ao entregar Keaton, que está dormindo, para Nat, e a puxa para que sente em seu colo. — Vá arranjar a sua garota.

— Já encontrei uma — respondo e sorrio para Stella, que está me observando com seus olhos grandes e azuis. — Meu Deus, Jules, ela é incrível.

— Eu sei. — Ela suspira e se recosta no braço de Nate, olhando para nós. Livie dá passinhos cambaleantes até ficar entre os joelhos de Nate, implorando por colo. Nat está segurando Keaton.

— Aqui está parecendo uma creche.

Natalie ri e beija a cabeça loira de seu filho. Enquanto Livie nasceu com cabelos escuros, seu irmão mais novo herdou os fios claros de Luke.

— Brynna está perto de entrar em trabalho de parto, não é? — Nate pergunta para Jules, referindo-se à sua cunhada.

— Sim, em algumas semanas.

— Vocês são máquinas de fazer bebês. Mas obrigado por fazerem a mamãe e o papai esquecerem de me pressionar. — Pisco para Luke, que dá risada e acaricia a cabeça de Keaton delicadamente com as pontas dos dedos.

— Disponha.

Stella franze seus lábios rosados minúsculos e, de repente, começa a chorar muito alto.

— Oh, ok, essa é a minha deixa para ir embora. — Entrego a bebê para sua mãe e me afasto, com as mãos erguidas em rendição. — Não me dou bem com mulheres chorando.

— Fracote — Luke me provoca.

— Pode me chamar do que quiser. Eu não gosto de fazer uma garota chorar. — Beijo as mulheres no rosto e vou para a porta. — Tenham uma boa tarde, pessoal.

— Tchau!

Eles todos acenam e eu vou para o Jeep, para voltar para a casa que comprei recentemente na região norte de Seattle. Ela precisa de algumas reformas, mas a consegui por um ótimo preço, e já que trabalho com construção, posso economizar ao fazer os reparos e conseguir um bom lucro quando colocá-la à venda.

Queria saber o que a Mer pretende fazer com a casa de sua mãe. Será que vai ficar com ela? Morar nela? *Com o Jax?*

Por que pensar nisso me faz sentir violento?

Porque eu ainda penso nela como minha. Depois de todo esse tempo, quando penso em Meredith, ela é a *minha* Meredith. Irracional? Sim.

Estúpido? Com certeza.

Mas não estou nem aí.

Respiro fundo e esfrego o rosto, sentindo-me repentinamente... *pesado*. No momento, parece que tudo está acabado. Fim. Acho que, durante todos esses anos, me apeguei à esperança de que ela cairia em si e voltaria correndo para mim. Porra, eu não sei o que pensei. Mas vê-la hoje, abraçá-la tão forte e ouvir sua voz no meu ouvido me chamando de *M*, para depois ver outro homem reivindicando-a, deixou as coisas bem claras.

Ela não é minha. Faz muito, muito tempo que ela não é minha.

É hora de seguir em frente.

Capítulo Dois

Três meses depois

Meredith

— Madison, que não podemos chamar de Maddie para não ser confundida com Madeleine, esqueceu os sapatos em casa — Jax fala com pressa ao passar alvoroçado por mim nos bastidores. — Então, a mãe dela foi correndo buscá-los.

— Tudo bem. Ainda temos uns trinta minutos — digo e apoio as mãos na cintura para inspecionar o ambiente. As garotinhas estão se admirando no espelho, usando seus tutus de dança e maquiagem. — Não acredito que cedemos aos tutus — murmuro.

— As mães gostam de vê-las em roupas de dança decoradas. — Jax dá de ombros e ri quando uma garotinha faz um giro enquanto se olha no espelho, maravilhada com a imagem diante dela. — E as meninas também gostam.

Assinto e me agacho para ajudar outra garotinha com seus sapatos.

Em pouco tempo, a agitação nos bastidores vai aumentando. As meninas estão empolgadas para mostrar aos pais o que aprenderam. Ou apenas se exibirem no palco. Garotas de todas as idades irão fazer apresentações de dança hoje.

— Dez minutos! — Jax avisa e todas as meninas batem palmas, animadas. — Ei, aquele não é o seu sr. Gostosão na plateia?

Franzo as sobrancelhas e dou uma espiada pela cortina, inspecionando a plateia. Bem ali, na primeira fila, está Mark, com Luke e sua família.

O que eles estão fazendo aqui?

Olho de volta para Jax, com pânico em todo o meu rosto. Ele ri e dá tapinhas no meu ombro.

— Vá dizer oi.

— Oh, Deus. — Aperto minha barriga e me encolho mentalmente quando penso na maneira como me joguei nele no funeral da minha mãe. Não sei o que deu em mim. Eu o vi e senti como se o tempo não tivesse passado, e sabia que naquele momento ele era o único que poderia me consolar.

Mas logo percebi o que havia feito e, quando me afastei, ele agiu com indiferença, como se fosse alguém que eu não conhecia.

Ele nem ao menos se despediu de mim.

Mordo o lábio e decido que não há mal em ir cumprimentá-los.

— Volto já.

— Sem pressa. Já estamos prontos aqui. — Jax pisca para mim e dá sua atenção para uma mãe que quer saber sobre aulas de dança para adultos.

Saio dos bastidores e me aproximo de Mark e Luke.

— Oi, meninos — digo com um sorriso brilhante. — O que os traz aqui?

Só então percebo a loira deslumbrante que está sentada à direita de Mark, e a bebezinha que ela segura.

Jesus, Maria e José. Ele está casado e tem uma filha?

E este é o som do meu coração se estraçalhando no chão.

— Oi, Meredith — Luke responde com um sorriso. A cabeça de Mark vira para o outro lado quando ele pega o bebê dos braços de sua esposa.

— O que vocês estão fazendo aqui?

— Nós viemos assistir — Luke fala, equilibrando uma criancinha em seus joelhos. — Esta é a minha esposa, Natalie, e nossos filhos: Olivia e Keaton. — Ele aponta para a menininha em seu colo e para o bebê adormecido nos braços de sua esposa.

Sorrio e aperto a mão de Natalie antes de virar minha atenção para Mark.

— Vejo que devo te parabenizar também, Mark.

Ele franze as sobrancelhas por um momento e só então parece lembrar de que está segurando um bebê.

— Oh! Esta é a Stella. — Ele beija a cabeça dela e meu peito dói. Deus, ele fica tão lindo com um bebê nos braços. Mas não é o *nosso* bebê.

Não chore. Não surte. Você aguenta isso. Continue sorrindo.

— Ela é linda — elogio, com a voz monótona. Ele está me observando com cautela e a mulher ao lado dele, que estava digitando furiosamente no celular, finalmente olha para mim e sorri.

— Oi! Eu sou a Jules. Desculpe, eu estava respondendo à mensagem do meu marido. Ele está preocupado com a Stella. Ele sempre se preocupa. — Ela ri e guarda o celular na bolsa Louis Vuitton que está no chão, próxima de seus pés. — É muito fofo, na verdade.

— Então, ela não é sua filha — digo para Mark e fico mortificada ao ouvir o alívio na minha voz.

— Não. Acho que Nate teria problemas se eu tivesse filhos com Mark. — Jules ri e o empurra com o ombro. — Ele não sobreviveria à ira do Nate se isso acontecesse.

— Eu seria um homem morto — Mark concorda com uma risada.

Ele dá um beijo na cabeça de Stella mais uma vez, com aquele sorriso safado que sempre amei. Ele está delicioso usando uma camiseta vermelha e jeans claros.

— Maddie, Josie e Sophie são minhas sobrinhas — Jules continua e pega Stella de volta. — Esta é a nossa família.

Ela gesticula e arregalo os olhos quando umas vinte pessoas acenam para mim, incluindo Brynna e Stacy, cujas filhas estão na minha turma de dança.

— Você trouxe a família inteira para um recital de dança? — pergunto, surpresa.

— Maddie e Josie fizeram uma chantagem emocional para que todos viéssemos — Mark responde. — Aparentemente, elas ficariam arrasadas se não estivessem todos aqui.

— Extorsionárias — Caleb murmura.

— Olá, pessoal. Eu sou Meredith Summers, a proprietária desse estúdio. Obrigada por terem vindo! Espero que gostem do show.

Viro-me para sair dali e acabo de passar pela cortina em direção aos bastidores quando uma mão forte agarra meu braço e me gira, deixando-me de frente para um Mark Williams muito sexy.

— Precisa de alguma coisa? — pergunto, o mais calma possível. Ele retorce os lábios, e sei que não consigo enganá-lo.

— Eu não tenho esposa e filhos, Mer.

Dou de ombros e fico olhando em volta, evitando seu rosto.

— Ok. Não é mesmo da minha conta.

— Não é mesmo — ele concorda suavemente. — Como você está, M?

Mordo meu lábio e cruzo os braços contra o peito.

— Estou bem. Um pouco ocupada, no momento. Me desculpe por ter me jogado em você no funeral da minha mãe, eu estava muito sentimental e...

— Tudo bem — ele me interrompe e balança a cabeça.

Deus, ele amadureceu muito bem. Está mais musculoso, com os ombros largos e fortes e os bíceps esticando as mangas da camiseta. Está um pouco mais alto também. Seus cabelos estão mais compridos do que costumavam ser, cheios e desgrenhados como se não os cortasse há algum tempo.

— Bem, aproveite o show. — Viro-me para sair, mas ele me para novamente com a mão no meu braço.

— Como vai o sr. Maravilhoso? — ele indaga abruptamente. Faço uma carranca para ele.

— Quem?

— Ei, começaremos em cinco minutos, lindinha — Jax avisa ao passar apressado, piscando para mim e sorrindo para Mark antes de correr novamente.

— Ele — Mark diz, se encolhendo, e então percebo que deve achar que Jax é meu namorado.

— Jax está bem. Ele é meu parceiro. — Mark assente e, se não estou enganada, vejo mágoa em seu olhar antes que ele pisque e me ofereça um sorriso pequeno. — Ele é o meu parceiro de dança e de negócios — esclareço.

Ele inclina a cabeça para o lado, me observando.

— É mais fácil ele se interessar por você, sexualmente, do que por mim.

Mark pisca algumas vezes e, quando sua ficha finalmente cai, um sorriso enorme se abre lentamente em seu rosto lindo.

— Pode me entregar o seu celular, por favor? — Ele estende a mão, cheio de expectativa. Pego meu celular no bolso e entrego para ele. — Você precisa colocar a senha — ele diz, secamente.

Mordo o lábio e sorrio ao pegar o celular de volta e colocar a senha de quatro dígitos antes de devolver a ele. Ele digita na tela com os polegares, franzindo a testa em concentração. Preciso fechar as mãos em punhos para me segurar e não passar meus dedos por ali para suavizar a pele franzida.

— Ainda somos amigos, M? — ele pergunta, com a expressão repentinamente muito séria. Sinto-me mais triste do que nunca enquanto meus olhos passeiam por seu rosto lindo e familiar. Seus olhos azuis profundos e mandíbula definida. Lábios cheios. Cabelos loiros.

— Não somos amigos, Mark — respondo com tristeza. — Somos estranhos com um passado.

Ele assente e olha para o meu celular, ainda em suas mãos. Ele me entrega o aparelho com um meio sorriso que faz meu estômago apertar.

— Vamos ver o que podemos fazer a respeito disso. Meu número está aí. Você decide o próximo passo.

Ele pisca para mim e vira-se para voltar ao seu lugar no instante em que Jax me puxa pela mão, chamando minha atenção.

— Vamos, está na hora.

Balanço a cabeça, tentando livrar-me de Mark ao enfiar o celular de volta no bolso e retornar minha atenção ao trabalho. Tenho vinte menininhas que querem se exibir para seus pais.

E, aparentemente, para seus tios e tias também.

— Vamos, meninas! É hora de mostrar a eles o que vocês sabem! Não esqueçam do que Jax e eu dissemos sobre respirar e manter o foco. Estarei na plateia, ajudando vocês a lembrarem dos passos, mas sei que não precisarão de mim. Ok?

Todas assentem, com os olhos enormes, e lhes dou um sorriso encorajador. Essa é uma das minhas partes favoritas desse trabalho. Jax conduz as garotas até o palco e eu tomo meu lugar na plateia, ficando perto do palco para que possam me ver. A música inicia e vários flashes de câmeras começam a brilhar enlouquecidos pelo ambiente, com os pais tirando fotos de suas meninas, que giram e sorriem no palco, acenando para eles. Sophie abre um sorriso enorme e diz "Oi, papai!".

Elas são tão adoráveis.

Quando suas duas músicas acabam, elas agradecem e saem do palco. Momentos depois, as meninas mais velhas tomam seus lugares.

Elas são tão engraçadas ao tentar agir de forma mais sofisticada, lembrando dos passos e cantando junto com a Kelly Clarkson sobre ser mais forte.

Quando a apresentação termina, todos aplaudem alto e assobiam, e então as outras meninas voltam para o palco para mais uma dança.

Depois que todas as apresentações chegam ao fim, as garotas estão explodindo de animação, muito felizes com suas performances. Jax e eu recebemos muitos abraços e beijos na bochecha.

— Eu te amo, srta. Mer — Maddie Montgomery diz e me abraça pelo pescoço. — Eu quero ser dançarina igual a você e o sr. Jax quando eu crescer.

— Você quer? — Dou risada e retribuo seu abraço. — Eu sei que você é capaz de fazer isso acontecer, garotinha. É uma mocinha muito talentosa.

— Sério? — Ela apoia as mãos nos meus ombros e me encara, maravilhada.

— Com certeza. — Assinto com confiança e sorrio largamente.

— Você vai me ajudar?

— Eu adoraria.

Ela sorri novamente e corre até seu pai, Caleb, que está segurando um bebê recém-nascido contra seu peito largo. O homem é tão enorme que faz o bebezinho parecer ainda menor.

— Quem é esse? — pergunto e aponto para o bebê.

— Este é o nosso novo irmãozinho — Josie diz, cheia de orgulho, e Caleb sorri gentilmente para mim.

— A apresentação foi incrível — Brynna elogia. A nova mamãe está espetacular.

— Obrigada. Quando você o teve? — Afago seu traseirinho coberto por uma fralda, mas mantenho distância. Bebês meio que me assustam.

— Há um mês — ela responde e olha cheia de amor para seu filho.

— O nome dele é Michael — Maddie conta.

— É um nome lindo — respondo. — Meus parabéns, gente.

— Obrigado — Caleb agradece e dá um beijo na cabeça do filho. Nossa, todos esses caras lindos com bebês estão me deixando afetada.

Viro-me para procurar por Jax e, em vez disso, vejo Mark andando em direção à saída. Ele está indo embora sem se despedir mais uma vez?

Eu não deveria ficar decepcionada, mas não consigo evitar.

Mas então, como se pudesse sentir que estou olhando para ele, Mark vira-se e sorri para mim, assentindo e apontando para o meu bolso, onde está meu celular, antes de desaparecer pela porta.

— Então, me conte mais sobre o sr. Gostosão — Jax pede ao me passar o molho para colocar nas nossas saladas.

— Quem?

— Não se faça de desentendida comigo. Aquele lindão com quem você estava conversando hoje. Era o mesmo cara que estava no funeral.

Vamos para a sala de estar e eu sento no sofá, enquanto Jax se acomoda no chão, para comermos nosso jantar: frango grelhado com salada.

— Aquele é o Mark.

O garfo de Jax fica congelado no ar, entre seu prato e sua boca, enquanto ele me encara.

— Aquele é *o* Mark?

— Ele mesmo — confirmo e como um pouco de salada.

— Eu sabia que não tinha sorte suficiente para ele ser gay. — Ele balança a cabeça com desgosto e continua a comer.

Jax é um cara gostoso. Alto, com cabelos e olhos escuros, rosto e corpo esculpidos. Ele é perfeito fisicamente, mesmo aos trinta anos. Poderia ter continuado a dançar por mais um ano ou dois, mas escolheu se aposentar e voltar para Seattle comigo quando minha mãe ficou doente ano passado.

Ele também é o melhor amigo que já tive. Nos conhecemos na minha primeira semana em Nova York e estamos grudados desde então. Passamos por tudo juntos. Audições. Trabalhos. Casinhos.

Todo o drama que rola no mundo da dança.

Ele é como um irmão para mim.

— Ele definitivamente não é gay — murmuro e bebo metade da minha garrafa de água de uma vez.

— Ele está a fim de você — ele diz e me observa.

— Ele já esteve, Jax. Já esteve.

— Não, ele *está.*

Ergo minhas sobrancelhas e o encaro como se ele fosse louco.

— Ele não me *conhece* mais.

— Ele gostaria de te conhecer de novo, docinho. — Ele aponta seu garfo para mim e continua a falar com a boca cheia. — Acredite em mim. Eu sei bem quando um cara está cheio de tesão.

— Tenho certeza de que você sabe, seu galinha.

— Ei, isso dói.

— Só porque é verdade.

Jax ri e dá de ombros.

— Ok, é verdade. Então, viu só? Eu sei bem como é.

Termino minha salada e deixo meu prato de lado. Prendo os cabelos em um rabo de cavalo e me recosto no sofá.

— Mark e eu tivemos algo muito tempo atrás.

E, mesmo assim, quando estou perto dele, é como se tivesse sido ontem. Ele me faz sentir em *casa.*

— Eu vi o seu olhar revoltado hoje quando você pensou que ele tinha uma esposa e uma filha — Jax diz, deixando seu prato de lado.

— Foi só uma reação por instinto — insisto, mas Jax balança a cabeça.

— Você se importou com ele, Mer. Você ainda se importa. Admita logo.

Deixo escapar uma longa expiração e odeio o peso que sinto no peito.

— Eu me importo.

— Você tem como entrar em contato com ele?

— Ele me deu o número dele hoje — respondo, distraída, e puxo um fiozinho do estofado do sofá. — Não sei se devo ligar para ele. Nós éramos crianças, Jax. Bebês. Faz uma eternidade.

— E daí? — Ele dá de ombros. — Vocês não são mais bebês. Se ainda sente algo por ele, por que não ligar? Saiam para se conhecerem de novo. Talvez você descubra que ele se tornou um grande babaca e aí coloca um ponto final nisso.

— Ele não é um babaca — replico com uma risada. — Disso, eu tenho certeza. Mamãe não amaria um babaca.

— Olha, pelo que você me explicou quando ficamos bêbados e abrimos nossos corações um para o outro naquela noite em que ferramos a audição para *Annie*, foi você que quebrou o coração dele, e não o contrário. Então, se *ele* está disposto a tentar de novo, talvez você devesse dar uma chance também.

— Quem é você? Dr. Phil?

— Sou muito mais bonito do que o dr. Phil — ele retruca. — Não me insulte.

— Estou ocupada com o estúdio agora. Os negócios estão a mil, estou pegando mais aulas individuais, e você vai começar o trabalho de coreógrafo na universidade em breve. — Até eu consigo identificar o quão idiota estou soando.

— Você está preocupada com o sexo? — ele pergunta com uma expressão espertinha. — Já sei, eu vou te ajudar. Aula de Sexo Básico.

— Para! — Dou risadinhas e tento chutá-lo, mas erro o golpe.

— Como fazer um boquete.

— Pare de falar! — Estou gargalhando muito agora, amando o fato de Jax ser tão divertido e hilário.

— Passo um: use a sua boca.

— Ai, meu Deus! — Continuo gargalhando e Jax se junta a mim, abrindo seu sorriso largo e perfeito. — Eu não estou preocupada com o sexo.

Pelo menos, não muito.

— Já faz um tempo para você. Eu entendo.

Mostro a língua para ele, que começa a rir novamente.

— Fico tão feliz por te divertir.

— Você me diverte mesmo, cupcake. Me diverte demais. — Ele respira fundo e se recompõe. — Ligue para ele. Você bem que precisa de uma agitação na sua vida.

— Talvez. — Pego uma almofada e aperto contra o peito, suspirando. — Vou pensar nisso.

— Aproveite para pensar em comprar novas almofadas também. Essas são horrorosas.

— Eu já te disse que podemos fazer compras quando quiser.

— Ok, então vamos nesse fim de semana.

Assinto e fico de pé, alongando os braços acima da cabeça.

— Vou tomar um banho e ir deitar.

— Você vai correr comigo de manhã?

— Sim. Me acorde.

— Ah, não, porra, programe o seu alarme. Você fica jogando coisas em mim quando te acordo.

Aceno para ele e saio sem responder. Ele vai me acordar. Faz isso toda manhã.

A água do chuveiro está quente e perfeita, e fico debaixo da água por uns bons dez minutos a mais do que o necessário antes de lavar o rosto, depilar as pernas e terminar o banho. Enxugo meu corpo, passo o secador no cabelo e visto uma blusa de alças e um short curto antes de deitar na cama, levando meu iPad comigo para revisar o cronograma do resto do mês.

Meu celular está zombando da minha cara. O número de Mark está logo ali. Por quantas vezes, nos últimos dez anos, fiquei deitada na cama à noite desejando com todas as minhas forças poder ligar para ele só para ouvir sua voz?

Depois de dois anos, juntei toda a minha coragem que tinha e liguei, mas o número havia sido desabilitado.

E agora, eu tenho o número dele, e ele me encorajou a ligar.

Mordo o lábio e pego o celular, encarando seu número nos meus contatos. Ele não só registrou seu número, como também colocou seu nome apenas *M*, ao invés do nome completo.

Juro que consigo ouvir minha mãe dizer "Você só vive uma vez, meu amor. Ligue logo para o garoto.".

Antes que eu volte atrás, pressiono o botão de chamada e prendo a respiração enquanto espero ele atender.

Mas ele não atende. Uma voz automática me diz que a pessoa desse número não está disponível no momento.

Encerro a ligação e não deixo recado. Meus ombros caem de decepção, mas logo me recomponho e deixo o celular de lado para voltar a me concentrar no iPad.

Menos de um minuto depois, meu celular toca.

M.

— Alô?

— Me diz que é a Meredith — ele fala. Está ofegante e fico me perguntando o que ele estava fazendo.

Ou com quem.

— E se eu disser que não é a Meredith? — pergunto com um sorriso maléfico.

— Vou ficar bem irritado por ter corrido do banheiro que estou reformando para ligar de volta para esse número. Preciso ter logo o meu chuveiro de volta.

Eu tenho um chuveiro que você pode usar.

Quase digo isso em voz alta, mas me impeço. Ainda não chegamos nesse ponto.

— Reformando o banheiro, hein?

— Então, *é* a Meredith mesmo?

— Como se você não pudesse reconhecer a minha voz.

Ele ri e o ouço engolir em seco. Deus, aposto que sua garganta fica incrível quando ele bebe água.

— Você disse que eu podia ligar — começo, com um pouco de incerteza.

— Sim, eu disse. Você tem planos esta noite?

Olho em volta do meu quarto e rio.

— Sim. Estou na cama, trabalhando.

— Hummm, dançar na cama sempre é bem divertido.

— Não, estou fazendo trabalho administrativo, engraçadinho. — Como eu senti falta do seu lado engraçado. — Eu ia dormir cedo hoje.

— Vai correr pela manhã?

— Você se lembra da minha rotina de corrida? — indago, surpresa.

— Eu me lembro de tudo, M.

Mordo os lábios e sinto meus olhos encherem de lágrimas.

— Eu também.

— Eu trabalho amanhã — ele murmura, e quase posso ouvir as engrenagens girando em sua cabeça. — Mas estarei livre à noite e terei folga no dia seguinte.

— Eu também.

— Então, posso te buscar amanhã às sete da noite?

Faço uma pausa, sentindo as palavras "venha agora" vindo à ponta da minha língua, mas acho que posso esperar até amanhã para vê-lo.

Já esperei por dez anos, caramba.

— Mer?

— Sim, pode ser.

— Ótimo. Te vejo amanhã, então.

— Espere. Eu tenho que te passar o meu endereço.

— Você não está na casa da sua mãe?

— Não, eu vendi a casa. Estou em Seattle. Divido um apartamento com Jax, que não fica longe do estúdio. É mais fácil.

— Você divide apartamento com Jax? — A voz dele fica mais dura, e não consigo evitar meu sorriso satisfeito.

Não sou a única que tem ciúmes aqui.

— Sim, divido. Temos quartos separados, M.

— Ok. Me mande uma mensagem com o endereço e eu te vejo amanhã à noite.

— Você tem certeza disso? — Minha voz é baixa.

— Nunca tive mais certeza na vida.

— Ok. — Assinto uma vez. — Está combinado.

Capítulo Três

Mark

Doze horas. Só preciso aguentar as próximas doze horas, e então terei Meredith toda para mim.

Porra, estou tão nervoso que chega a ser ridículo. Estive com uma boa parcela de mulheres durante a última década, e nenhuma delas foi capaz de fazer as minhas palmas suarem ou meu estômago se contorcer.

Porque elas não eram importantes.

E a Mer é importante.

Paro diante da área de construção e estaciono. Cheguei bem cedo, como sempre. Quero dar uma boa conferida no local, no progresso e na qualidade do trabalho que está sendo feito antes que o restante da equipe chegue.

Trabalho como mestre de obras para Isaac Montgomery desde que me mudei de volta para Seattle, há quase dois anos. Eu amo o meu trabalho. Sou bom pra caralho nele. Tenho uma equipe excelente, mas não tolero merdas, e eles sabem disso.

Nós nos damos muito bem.

Assim que termino de inspecionar o terreno em volta da casa multimilionária que estamos construindo ao norte de Seattle, na costa, Isaac chega em sua caminhonete.

— Não vai para o escritório hoje? — pergunto e vou até ele. Ele está segurando dois copos da Starbucks e me entrega um.

— Ficarei na obra e Brynna cuidará do trabalho no escritório hoje. — Ele aperta minha mão e dá uma olhada na casa. — Está ficando muito boa.

— Valeu. Eu estava indo lá para dentro. Quer que eu te mostre?

— Vamos lá — ele concorda e me segue até a entrada. A porta ainda não foi instalada, e quando dou uma olhada em volta da sala enorme, estreito os olhos ameaçadoramente.

— Merda — Isaac murmura.

Alguém se esgueirou ali durante a noite e pichou uma das paredes. Felizmente, o *drywall* ainda não foi instalado também, e poderemos cobrir aquilo facilmente.

— Porra, esses moleques — rosno e balanço a cabeça.

— Vou ligar para Matt e pedir que faça com que essa vizinhança seja patrulhada mais regularmente — ele diz, muito sério, referindo-se ao seu irmão mais novo, um dos melhores detetives de Seattle.

— Vou me certificar de que as portas e janelas sejam instaladas hoje para que a casa fique trancada de agora em diante.

Isaac assente e me segue enquanto ando pela casa de dois mil e quinhentos metros quadrados.

— Essa casa vai ficar impressionante — ele fala.

— Concordo. É uma das maiores que já construí, com certeza. — Voltamos à entrada e saímos, nos acomodando nos degraus de concreto temporários, e tomamos nossos cafés. — Como está o andamento das outras obras?

— Sem reclamações hoje. — Ele balança a cabeça. — Exceto pela reforma em Alki. A proprietária mudou de ideia sobre o banheiro principal quatro vezes.

— Sério? — Rio e dou um gole no meu café. — Que droga.

— É o dinheiro dela. — Isaac dá de ombros, como se não conseguisse entendê-la. — Eu gostaria de terminar logo esse trabalho para podermos passar para o próximo.

— Como estão Stacy e as crianças?

— Perfeitos. — Ele dá um sorriso satisfeito. Pela primeira vez na minha vida, estou com inveja do Isaac e dos irmãos, com as respectivas famílias. — Stacy está linda e bem ocupada com Soph e Liam.

Assinto e vejo algumas pessoas da equipe começarem a chegar, recolhendo seus cintos de ferramentas e outros equipamentos das caçambas de suas caminhonetes.

— Você vai para a casa do Will no domingo? — Isaac pergunta.

— O que vai ter lá no domingo?

— Churrasco de família de última hora. — Ele dá de ombros e ri. — O tempo está ficando mais quente, então acho que todo mundo quer aproveitar para ficar ao ar livre.

— Parece legal. — Faço uma pausa e então, penso "foda-se". — Você acha que tem problema se eu levar alguém?

Isaac vira a cabeça rapidamente para mim, com olhos surpresos.

— Quem?

— Uma velha amiga — revelo, e solto um palavrão baixinho, desconfortável pra caralho diante do jeito que ele está me olhando. — Meredith.

— Desde quando você leva mulheres para reuniões familiares? — ele indaga, incrédulo, e dá risada. — Eu quero tanto encher o seu saco por isso, mas serei maduro e simplesmente vou dizer: não, não tem problema. Mas Will e os outros não vão facilitar para você, meu amigo.

— Eu não ligo.

E é verdade. Eu não ligo. Só quero que ela esteja comigo.

Jesus, eu estou me adiantando demais. Nós nem saímos juntos ainda.

Paciência nunca foi uma virtude minha.

— Eu vou convidá-la. — Amasso meu copo de café vazio.

— Foi por causa dela? — ele pergunta suavemente e não vira o rosto para me olhar. Ele não esclarece o que quer dizer, mas não é como se eu precisasse que ele faça isso. Ele só fica ali, quieto, enquanto espera que eu responda, observando o copo em suas mãos.

— Sim. — Minha voz é baixa, e solto um suspiro profundo. — Houve um tempo em que ela era tudo.

— Boa sorte, cara.

Assinto e fico de pé com ele, conforme os outros se juntam a nós nos degraus.

— Qual é o trabalho para hoje, chefe?

— Portas e janelas — começo, e deixo os pensamentos sobre Meredith de lado para me concentrar no trabalho.

Bato na porta do apartamento de Mer e fico me balançando de um lado para o outro. Não me sinto nervoso assim desde a primeira vez que a busquei para um encontro, no começo do nosso segundo ano do ensino médio.

Já progredi muito desde então.

A porta se abre, de repente, e vejo Jax diante de mim com um sorriso enorme.

— Oi — ele diz.

— Oi. Eu vim buscar a Meredith.

— O sr. Delícia já chegou para te buscar, bombonzinho! — ele grita.

— Eu estou aqui, seu bobo — Meredith fala ao deslizar sob o braço dele e sair para o corredor. — Ignore o Jax. Ele não tem modos.

— Divirtam-se! — Jax continua, recostando-se no batente da porta e cruzando os braços, nos observando enquanto andamos até o elevador. Coloco a mão na parte baixa das costas de Meredith e sinto a eletricidade viajar por meu braço e ir direto até minha virilha. Depois de todo esse tempo, a química entre nós ainda existe. — Traga ela pra casa em um horário decente, viu? Vou deixar a luz acesa.

— Cala a boca, Jax. — Mer dá risada.

— Usem camisinha! — Ele grita assim que o elevador chega.

— Ai, meu Deus! Cala a boca, Jax!

Ele continua rindo conforme as portas fecham e só consigo sorrir para ela, encantado. Suas bochechas estão rosadas de vergonha. Seus cabelos estão presos em um coque bagunçado, que já é sua marca registrada, e está usando calça jeans e um suéter azul, da mesma cor dos seus olhos.

Nossa, ela está linda pra caralho.

— Você está maravilhosa — digo e circulo a mão em suas costas delicadas.

— Você também — ela murmura e dá uma boa olhada na minha camiseta preta e nos meus jeans. Vesti uma camisa de botões xadrez por cima da camiseta, mas seus olhos viajam por meus braços mesmo assim.

Ela sempre teve uma preferência pelos meus braços.

— Obrigado por sair comigo esta noite.

— Obrigada por me convidar — ela responde com um sorriso. — Aonde vamos?

— Você vai ver.

Conduzo-a até meu Jeep e a ajudo a entrar. Antes de colocar o carro em movimento, olho para ela e considero por um momento puxá-la para um beijo rápido, mas sei que, assim que começar a beijá-la, não vou querer parar, e há muito a ser dito antes de darmos esse passo.

Se ela ainda estiver interessada em dar esse passo.

— O que houve? — ela pergunta, apertando sua bolsa preta com força no colo, como se estivesse tão nervosa quanto eu.

— Nada. — Balanço a cabeça, e pego o caminho em direção ao nosso antigo bairro.

Ficamos relativamente quietos durante o caminho, perdidos em pensamentos, e talvez um pouco nervosos quanto ao que devemos dizer. Eu tenho tantas perguntas para ela, mas, por enquanto, me contento em tê-la perto de mim ao estacionar diante do nosso lugar especial e desligar o carro.

— O nosso píer — ela sussurra suavemente.

— Sim — confirmo e viro-me para ela. — Eu trouxe jantar. Pensei em sentarmos por aqui e conversar, se estiver tudo bem para você.

— Vamos ficar com frio — ela começa, mas eu a interrompo, balançando a cabeça.

— Eu trouxe cobertores extras. Vamos ficar quentinhos.

Ela morde o lábio, olhando para a água e as casas que ficam perto do lago antes de voltar a me olhar com um sorriso.

— Eu adorei.

Roço os nós dos dedos em sua bochecha e logo me afasto, relutantemente.

Jesus, eu só quero continuar tocando-a. Em todos os lugares.

Pego o cooler com o nosso jantar no banco de trás e conduzo Meredith até o local no píer onde costumávamos ficar por horas a fio, há mais de dez anos.

— Deus, quantas horas nós já passamos aqui? — ela pergunta, adivinhando meus pensamentos.

— Centenas — respondo e abro uma colcha grossa para forrar o chão de madeira, gesticulando para chamá-la para sentar em seguida. Está começando a escurecer e as luzes em volta do lago estão brilhando. Um veleiro passa por nós devagar e nós acenamos para o capitão. — Está com fome?

— Faminta — ela diz com um sorriso. — O que você trouxe para mim?

— Salmão com salada, água, e cupcakes de chocolate de sobremesa.

— Me dá!

Dou risada e sirvo nossas refeições. Começamos a comer em silêncio, observando a água.

— Ainda é tão quieto aqui — ela fala.

— Uhum. — Assinto e a observo conforme ela termina de comer seu peixe e salada e coloca o prato de volta no cooler, antes de pegar o meu prato vazio para fazer o mesmo. — Como você está, M?

Sua mão congela por um instante e ela vira sua atenção para mim, puxando seus joelhos contra o peito e abraçando as pernas.

— Estou melhorando. Os últimos meses foram bem complicados.

Assinto e franzo as sobrancelhas.

— Eu também sinto falta dela. Ela chegou a te contar que eu ainda vinha visitá-la com o passar dos anos sempre que eu estava na cidade?

— Não. — Ela balança a cabeça, de maneira triste. — Ela sabia que era doloroso para mim falar sobre você, então nunca tocou no assunto.

Pisco e encaro seu rosto lindo.

— Eu a via pelo menos uma vez por ano. Fazia alguns reparos na casa e a ajudava da maneira que podia.

— Obrigada por isso — ela sussurra. — Mark, me desculpe pela maneira que tudo terminou...

— Pare. — Pego sua mão entre as minhas e beijo os nós dos seus dedos. — Não precisa se desculpar por nada, M. Foi há muito tempo.

Ela assente e morde o lábio, mas logo depois balança a cabeça e insiste.

— Não, eu preciso dizer isso. É importante para mim. — Ela endireita os ombros e limpa a garganta, enquanto eu me inclino para trás, apoiando-me nas mãos, e apenas escuto. — Eu sei que faz muito tempo, mas nunca mais nos falamos depois daquele dia, M. Eu não queria terminar com você. Sabia que era isso que eu estava fazendo naquele momento, mas me destruiu. Eu estava na aula de dança, certo dia, e não estava me concentrando direito, e a professora me repreendeu por isso. Ela sabia que eu estava sonhando acordada e me explicou que eu precisava manter o foco. — Ela franze as sobrancelhas e se remexe, como se não conseguisse ficar confortável, e dá de ombros. — Eu só sabia que nós éramos muito jovens, e que se a dança era o que eu queria fazer, tinha que ir atrás disso.

— Eu entendo, Mer. — Coloco uma mecha de cabelo que soltou do coque atrás da sua orelha. — Nós éramos jovens. Era muito provável que terminássemos mesmo, em algum momento. Doeu pra caramba no tempo, mas, no fim das contas, foi melhor assim, não foi?

Ela assente e cruza as pernas.

— Me conte sobre Nova York — peço inesperadamente, surpreendendo a nós dois, mas logo percebo que realmente quero saber tudo sobre ela durante o tempo que ficamos separados. Todos os detalhes. — Me conte tudo, desde o começo.

— Sério? Você quer saber sobre isso?

— Com certeza. — Solto sua mão e tomo um gole de água enquanto ela organiza seus pensamentos.

— Eu não queria entrar naquele avião — ela começa suavemente, com o olhar distante, encarando as luzes dos barcos na água. Não consigo parar de olhá-la. Porra, eu ainda me sinto atraído por ela de uma maneira que nunca consegui explicar. Foi assim quando eu tinha dezessete anos, e continua forte até hoje. — Foi uma tortura saber que estava te deixando. A primeira semana foi assustadora e muito mais difícil do que pensei que seria.

Ela engole em seco e me olha rapidamente antes de voltar sua atenção para os barcos, como se estivesse muito nervosa, então eu me arrasto para perto dela e entrelaço seus dedos nos meus.

— Encontrei um apartamento e comecei a dançar imediatamente. Desde o primeiro dia, eu passava de doze a catorze horas dançando praticamente sem parar. Conheci Jax na primeira semana. — Ela sorri ao pensar naquele tempo. — Ele era alguns anos mais velho, mas também era novato ali, então nos aproximamos. Ele tem muita história para contar. — Ela franze a testa de repente e traz seu olhar azul até o meu. — Talvez, um dia, ele te conte. Enfim, nós trabalhávamos o tempo todo. As aulas iam até tarde da noite, então às vezes nós dormíamos no estúdio e acordávamos na manhã seguinte para começar tudo de novo.

Puta merda. Eu sabia que ela teria muito trabalho, mas não fazia ideia de que seria tão abrangente. Foi isso que ela tentou me dizer naquele dia, na sua varanda?

— Eu achei que o meu corpo tinha condicionamento suficiente para isso, mas passei um ano inteiro sentindo dores em todo lugar. Meus pés, minhas articulações, minha mente. Eu estava sempre exausta. As audições eram bem estressantes. Acabei conseguindo pequenas participações em alguns shows. Até que consegui participar de apresentações no Grammy e no Tony e comecei a ganhar notoriedade no mundo da dança. — Ela sorri, orgulhosa, e eu aperto sua mão.

— Estou tão orgulhoso de você, M.

— Obrigada. Foi preciso muito trabalho duro. Físico e mental. Havia competição pra caralho. E, meu Deus, as coisas que algumas garotas estão dispostas a fazer para conseguir trabalhos! Elas dormem com qualquer um! — Fico tenso de imediato, e ela ri. — Não, M, eu não fazia isso. Mas admito que, conforme fui ficando mais velha e meninas mais novas começavam a chegar, andando atrás de um diretor ou produtor, minhas costas ficavam ótimas no mesmo instante e eu ficava tipo "Ah, não. Você não vai roubar o meu papel indo pra cama com alguém!".

— Como você começou a fazer turnês?

— Você sabia disso?

— Prestei atenção.

— Jax. Ele é um coreógrafo incrível. O melhor de todos. Ele já coreografou shows para Justin Bieber, Beyoncé e Pink. Então, um dia, Starla o chamou.

Ela sorri, perdida em pensamentos. Starla é uma superestrela, e sei que a Mer saiu em turnê com ela por um bom tempo.

— Starla queria que Jax fosse o coreógrafo de sua turnê *Belladonna*, e ele insistiu que ela contratasse nós dois, já que geralmente trabalhávamos juntos, principalmente em coreografias de casais, e ela concordou. Fizemos esse trabalho por mais ou menos quatro anos. — Ela abre um sorriso enorme e toma um gole de água. — Nós viajamos pelo mundo, M. Eu não tive a oportunidade de ver muitas coisas, porque trabalhávamos demais, mas era muito divertido fazer apresentações para tantas pessoas todas as noites. E Starla é uma pessoa espetacular. Uma artista e tanto! Ela trabalha muito, tão ou até mais do que o resto de nós.

— Vocês se tornaram amigas.

— Sim. — Ela assente e estremece. Dou uma olhada no meu relógio e percebo que já estamos aqui há algumas horas. Pego um cobertor para cada um de nós, envolvo Mer e depois a mim mesmo, antes de me acomodar e ficar pronto para ouvir mais. — E então, a mamãe ficou doente. — Sua voz fica mais suave e mais distante, e ela continua a observar a água, como se assistisse a tudo passar como um filme. — Eu sabia que precisava voltar para casa. No começo, ela não queria que eu fizesse isso. Insistiu que estava bem e, honestamente, se ela ainda tivesse o papai ou a Tiff aqui, eu provavelmente não teria vindo embora, mas ela não tinha ninguém, M.

Assinto e afago suas costas calmamente, deixando-a falar.

— Eu estava chegando à idade de me aposentar mesmo.

— Você tinha vinte e sete anos! — Minha voz soa exasperada.

— A maioria dos dançarinos atinge o ápice aos vinte e cinco. — Ela dá de ombros, como se dissesse "é assim mesmo". — A vida de fazer turnês perde a graça depois de um tempo, e a mamãe precisava de mim.

— Por que Jax veio com você?

— Ele é mais velho do que eu, e estamos juntos desde a primeira semana. — Ela morde o lábio e me observa em silêncio por um momento. — Jax é como um irmão para mim, algo que não sentia com ninguém desde que Tiff morreu,

M. Já falávamos há muito tempo sobre abrirmos um estúdio, e parecia que havia chegado a hora. Estou feliz por termos feito isso. Nosso estúdio está indo muito bem.

— Mais uma coisa pela qual fico muito orgulhoso de você — respondo e beijo os nós de seus dedos novamente. — Continue.

— Bem, é basicamente isso. A versão resumida, pelo menos.

— Você pretende sair em turnê de novo, algum dia? — Prendo a respiração, esperando sua resposta. *Por favor, diga que não.*

— Não. — Ela balança a cabeça. — Essa parte da minha vida já acabou. Nós fomos chamados para coreografar a apresentação da Starla para o VMA no próximo mês, então iremos para Los Angeles por alguns dias para isso, mas será só um bate e volta. O nosso negócio está aqui.

— Por que o Jax te chama daqueles apelidos malucos?

— Oh. — Ela engole em seco e se encolhe. — Bem, distúrbios alimentares são bem comuns no mundo da dança. Isso não é segredo.

Minhas mãos se fecham em punho e todo o meu corpo paralisa quando penso nela se machucando dessa forma.

— Não se preocupe, eu não caí nessa armadilha. Bem... — Ela se encolhe novamente e morde o lábio. — Trabalhei com um diretor que era um grande babaca. Mais do que qualquer outro. Ele me disse que eu era avantajada na área dos seios. — Ela revira os olhos. — Tenho mesmo peitos grandes, não posso evitar. Mas pensei que, se fizesse uma dieta, poderia perder mais peso. Jax me pegou nisso e me deu uma boa lição de moral.

— Bom para ele — murmuro, irritado com a possibilidade de alguém ao menos *pensar* que Meredith é gorda. Ela sempre foi magra até demais.

— Aquele diretor fazia comentários depreciativos sobre os meus seios quase todos os dias. Foi um inferno. Mas eu estava determinada a não deixá-lo me fazer desistir. Dei um duro danado naquele trabalho. Anos depois, ele me ligou e me pediu para fazer o teste para outro papel, e eu recusei.

— Aposto que foi uma ótima sensação. — Deus, ela é incrível pra caralho. Ela se tornou uma mulher tão forte e confiante.

— Foi ótimo mandá-lo para aquele lugar. — Ela dá risadinhas e descansa a cabeça no meu ombro. — Desde então, Jax me chama de coisas engraçadas, como bolinho e cheesecake. É só uma brincadeira.

— Ele parece ser um cara engraçado.

— É uma das razões pelas quais somos amigos — ela diz, com um sorriso largo. — Ele me faz rir. E aguenta minhas oscilações de humor. E não há o mínimo risco de que ele vá dar em cima de mim.

— E por isso, ele agora também é o *meu* novo melhor amigo.

Ela ri e, em seguida, fica quieta. Os barcos estão mais lentos e os grilos e sapos ao nosso redor fazem barulho. Está tarde, mas não tenho a mínima intenção de ir embora tão cedo.

— E você? O que está fazendo com o seu diploma incrível de cientista?

— Como você sabe que me formei em Ciências?

— Nós ainda temos vários conhecidos em comum, sabia?

Respiro fundo e assinto.

— Não estou fazendo droga nenhuma com ele. Trabalhei com pesca no Alasca por um tempo, e agora trabalho com construção.

— Ok, essa versão é o resumo do resumo. Explique melhor, por favor.

Suspiro e passo a mão pelos meus cabelos bagunçados. Merda, eu preciso de um corte de cabelo. Eu sempre preciso de um corte de cabelo.

— Meu diploma é de engenharia aeroespacial.

— Puta merda — ela diz com os olhos arregalados. — Caralho, você é um cientista de foguetes?

— Não, não sou. Você não está me ouvindo?

— Mas você poderia ser um cientista de foguetes. Como conseguiu fazer isso tão rápido?

Dou de ombros e assisto uma coruja voar sobre o lago.

— Depois que você foi embora, tudo o que fiz foi estudar. Dei muito duro para terminar a faculdade o mais rápido possível. Me deixei consumir por fórmulas e algoritmos porque, quando eu ficava exausto com a faculdade e o trabalho, não tinha chance de me concentrar em sentir sua falta.

Encolho-me e olho para ela, vendo seus olhos encherem de lágrimas.

— Tudo bem, M — ela sussurra. — É a verdade. Eu fiz a mesma coisa com a dança.

— Então, consegui terminar a graduação e o mestrado em cinco anos, mas decidi que não queria viver em um laboratório. Durante um verão, eu fui para o Alasca com um amigo da faculdade. Ele trabalhava nos barcos para se sustentar enquanto estudava. Eu gostei da solidão dali. E ganhei um bom dinheiro, também.

— Não é perigoso? — Seus olhos estão arregalados enquanto me observa.

— Pode ser. — Não vou contar a ela sobre as vezes que fiquei com tanto medo, que meu intestino ameaçava me deixar na mão. Não preciso colocar esse fardo nela.

— O que te fez voltar a Seattle? — Ela deita de lado, apoiando a cabeça na mão sustentada pelo cotovelo, enquanto presta atenção em mim.

— Meu irmão se casou com a Natalie, e meio que senti que havia muita coisa acontecendo na minha família que eu estava perdendo.

— Luke tem uma família linda — ela elogia, com um tom melancólico na voz.

— Eles são incríveis — concordo e deixo meus olhos passearem por seu rosto lindo. — Os Montgomery se tornaram parte da nossa família, também. Então, decidi que já havia ficado longe deles por tempo demais e voltei há alguns anos, quando Jules e Nate se casaram. O irmão mais velho da Jules é dono de uma empresa de construção e eu sou mestre de obras de uma de suas equipes.

— Estou surpresa.

Meus olhos encontram os dela e ergo uma sobrancelha.

— Por quê?

— Você amava ciências.

— Eu te amava bem mais — replico sem pensar, desejando imediatamente poder retirar as palavras e jogá-las na água.

Muito sutil, Williams.

Ela fecha os olhos e os aperta com força, sentando-se e os abrindo para me encarar em seguida.

— Você sabia que, sempre que eu ficava nervosa, fosse em uma audição, ou antes de algum show... era a sua voz que eu ouvia? *Respira comigo, M.* Me apeguei a isso tantas vezes que nem consigo contar. Você esteve comigo todos os dias. Até mesmo quando tentei te esquecer.

— Você esteve com outros caras? — pergunto com uma dureza na voz que não consigo esconder.

— Faz dez anos. Você vai me dizer que nunca dormiu com outra pessoa em dez anos?

Pisco algumas vezes e desvio o olhar, passando a encarar a água.

— Não, não posso te dizer isso.

— Eu não vou te passar um relatório detalhado, M, porque também não quero isso de você. Porra, isso me mataria. — Sua voz é forte e segura quando volto a olhar para ela. — Mas vou te dizer isso: você não tem noção do quanto eu te queria de volta. Mesmo quando sabia que isso era egoísta e errado, eu só quis *você*.

Abro meu cobertor e puxo-a contra mim, descansando os lábios em sua testa e me deleitando com a sensação de tê-la em meus braços. Ela esconde o rosto no meu pescoço, do jeito que sempre fez, e toma uma respiração longa e profunda.

— Você ainda me quer? — indago, sem ter certeza se quero mesmo ouvir sua resposta.

— Todo. Dia. É difícil esquecer alguém que te deu tantas lembranças. — Ela se aproxima mais ainda, agarrando-se a mim. — E você?

— Houve dias — começo suavemente, acariciando seu cabelo macio com meu nariz — ... em que eu trocaria um ano inteiro da minha vida só para te tocar mais uma vez. Você é o meu maior *"e se"*, M.

Ficamos em silêncio, abraçados por um longo tempo, inspirando um ao outro e aproveitando a noite à nossa volta.

— Como é possível você ainda ter o mesmo cheiro? — ela pergunta, finalmente quebrando o silêncio. Sorrio contra sua têmpora e deixo um beijo ali.

— Eu pensei a mesma coisa quando você me abraçou no funeral da Addie.

— Mark, o que vamos fazer, de agora em diante?

Seguro seu queixo e empurro para cima delicadamente, para olhar nos seus olhos. Eles estão cheios de lágrimas não derramadas e confusão. Porra, eu também estou tão confuso.

— Você quer recomeçar? Que nos conheçamos aos poucos novamente? — Engulo em seco e vejo-a morder aquele lábio lindo. — Não somos mais as mesmas pessoas de antes, M.

— A química ainda está aqui.

Assinto, mas fico me perguntando: é mesmo química? Ou destino?

— Eu gostaria disso — ela responde. — Eu gostaria muito que fizéssemos isso.

Seu olhar desce até os meus lábios e sinto que não aguento mais. Os lábios dela fariam um santo cair em tentação. Baixo a cabeça e passo os lábios nos dela delicadamente. Uma vez, duas, e mordisco o cantinho da sua boca. Ela suspira e geme baixinho antes de segurar meu rosto em suas pequenas mãos e corresponder ao beijo. Deus, é tão bom senti-la contra mim, com seus mamilos endurecidos e esfregando no meu peito conforme ela se aproxima cada vez mais, tentando ficar o mais perto possível.

Ela abre a boca para mim, e minha língua se entrelaça com a dela. De repente, estamos nos beijando como se o tempo não tivesse passado. Minhas mãos se lembram exatamente de como segurá-la, e as mãos dela se enrolam nos meus cabelos e seguram com força, do jeito que sempre fez. Ela suspira ao sentir minhas palmas deslizarem por suas costas até seus quadris e voltarem até seu rosto quando me afasto, relutante.

— Como eu senti falta de te beijar — murmuro.

Ela beija meu nariz e encosta a testa na minha.

— Está tarde o suficiente para ninguém nos ver — ela diz, com um sorriso malicioso.

— Caramba, você tentaria um anjo a ir para o inferno — rosno e enfio as mãos sob seu suéter, deslizando-as em suas costas, parando no tecido fino do sutiã. — Mas de jeito nenhum eu vou fazer amor com você pela primeira vez, novamente, na porra desse píer.

— Onde você aprendeu a ser tão boca suja? — ela pergunta com uma risada e beija minha bochecha, ainda passando os dedos pelos meus cabelos.

— Muitos anos em um barco de pesca com um monte de homens — respondo com uma risada. — Além disso, eu também passo muito tempo com os Montgomery, e eles são um bando de bocas sujas.

— Parecem ser uma ótima família.

Eu me afasto para olhar em seus olhos, diante do tom melancólico em sua voz.

— Nós vamos nos reunir no domingo. Venha comigo.

Não é uma pergunta.

Ela pisca rapidamente e balança a cabeça.

— Hã, mas nós...

— Eu quero que você esteja lá — sussurro e arrasto as pontas dos dedos gentilmente por sua bochecha. — Por favor.

— Isso está indo rápido demais.

— Estamos apenas compensando o tempo perdido, amor.

Ela envolve meu pescoço com os braços e me abraça com força.

— Eu vou.

Abro um sorriso enorme e a abraço de volta.

— Olhe! — Ela se afasta e olha para onde estou apontando. — O sol já está nascendo.

— Puta merda, ficamos aqui a noite toda?

— Tínhamos muito papo para pôr em dia — respondo e deito no chão, acomodando Mer contra o meu peito. Pego o cobertor e nos envolvo bem, beijando sua cabeça conforme assistimos ao céu começar a acordar.

— Eu deveria ir para casa. Jax deve ter tentado me ligar. Eu deixei meu celular no carro.

— Você é uma mulher adulta e Jax pode ir cuidar da vida dele — retruco. — Mas você precisa mesmo dormir.

— Venha para casa comigo — ela pede espontaneamente. — Nada de sexo, prometo.

— Ah, mas assim não tem graça.

Ela ri e belisca meu braço.

— Vamos tirar um cochilo e, depois, posso fazer café da manhã para nós e podemos ir ao cinema, ou algo assim. A menos que você tenha outros planos para o seu dia de folga.

Penso em todas as coisas que preciso fazer hoje, incluindo os últimos retoques no meu banheiro, mas deixo tudo de lado.

— Não tenho nada mais importante para fazer do que tirar um cochilo e assistir a um filme com você.

— Então vamos. — Ela fica de pé e me ajuda a dobrar os cobertores.

— O quão firme você está quanto à parte de "nada de sexo" desse plano? — pergunto, com esperança no olhar.

— Hummm... — Ela dá de ombros e inclina a cabeça de um lado para o outro, como se dissesse "mais ou menos".

— Então, quer dizer que há uma chance — digo com o sorriso mais cheio de charme que consigo ostentar.

— Eu sempre amei esse seu sorriso safado.

— Ah, linda, espere só até você ver todas as outras coisas safadas que eu sei fazer.

Capítulo Quatro

Meredith

Desperto aos poucos e pisco diante da claridade que bate no meu rosto. Estou quente. Quente demais, mas logo percebo que não é somente devido à luz do sol.

Há um homem muito grande e muito quente pressionado nas minhas costas, com o braço envolvendo a minha cintura, abraçando-me com força mesmo dormindo. Por mais que eu esteja com calor, de jeito nenhum vou me desvencilhar dos seus braços.

A noite passada me vem à mente e tudo o que consigo fazer é suspirar. É como se um grande fardo tivesse sido retirado das minhas costas. Deixamos o passado para trás e, agora, podemos seguir em frente. Ele é um cientista. Morou no Alasca e teve experiências incríveis desde a última vez que o vi.

Ele cresceu. Assim como eu, e mal posso esperar para começarmos a nos conhecer melhor novamente.

Houve dias em que eu trocaria um ano inteiro da minha vida só para te tocar mais uma vez. Meus olhos enchem com lágrimas novamente e, sem conseguir evitar, viro-me para ficar de frente para ele, acordando-o. Ele inspira profundamente, com os olhos ainda fechados, e dá um beijo na minha testa.

Ele está mesmo aqui?

Seu queixo está coberto de barba por fazer, implorando pela carícia das minhas mãos. Seus lábios são cheios e macios, e seus cabelos loiros estão muito rebeldes, ainda mais bagunçados do que o normal.

Nós dois ainda estamos completamente vestidos. Por mais que estivéssemos exaustos, eu não confiava em mim mesma para dormir com ele usando apenas roupas íntimas. Está ficando impossível tirar as mãos dele. Eu sempre me senti atraída pelo Mark, desde o momento em que nossos olhares se encontraram naquela sala de aula de ciências há tantos anos. Mas agora, adulto, Mark é um espetáculo a se apreciar.

Passo a mão por seu pescoço, descendo por seu ombro e braço, parando onde a manga da camiseta termina em seu bíceps. Nossa, esse homem deveria vir com um aviso. *Pode fazer calcinhas entrarem em combustão espontânea.*

— Volte a dormir — ele sussurra e beija minha testa novamente. Ergo meu olhar e encontro seus olhos azuis brilhantes lutando para me fitar sob pálpebras pesadas.

— Você tem braços incríveis.

Ele rosna e rola para ficar por cima de mim, apoiando-se nos cotovelos, um de cada lado do meu corpo, e preguiçosamente afastando o cabelo do meu rosto com as pontas dos dedos. Ele roça o nariz contra o meu e me beija suavemente, mesmo sem estar completamente acordado.

— Você é tão linda pela manhã — ele diz, mordiscando um caminho pela linha da minha mandíbula. Consigo sentir seu pau ficar duro contra o meu centro através de sua calça jeans, e acabo me remexendo um pouco, tentando chegar ainda mais perto. — E se você continuar fazendo isso, nós não vamos sair dessa cama hoje.

— Quero fazer café da manhã para você. — Dou uma olhada no meu relógio. — Almoço, na verdade. E ir ao cinema.

— Eu quero tirar as suas roupas e beijar cada centímetro do seu corpo incrível. — Meus mamilos endurecem e mordo o lábio conforme ele ergue a cabeça para me olhar. — Eu quero você, M.

— Eu sei e, acredite em mim, eu também quero você. — Enterro os dedos em seus cabelos e abro um sorriso delicado. — Vamos aproveitar hoje para brincar um pouco. Eu quero dar risada com você. Nós costumávamos rir o tempo todo.

— Porque você é uma boba. — Ele beija minha palma duas vezes antes de sair de cima de mim, deitando de lado.

— Eu não vou a lugar algum — digo, séria. Seu olhar volta para mim, e sinto que há dúvida ali. Arrasto as pontas dos dedos por sua bochecha, até seu lábio inferior. — Eu não vou a lugar algum. Eu sou toda sua, M.

— Porra, você é, sim. — Ele me beija com dominação, reivindicando-me como nunca fez antes, e isso faz meu corpo acender contra ele, mas logo ele se afasta aos poucos e desliza a mão pelo meu pescoço, descendo até meu seio, sobre meu mamilo, e para nas minhas costelas. — É melhor sairmos logo dessa cama antes que eu ligue o foda-se e arranque as suas roupas, amor.

Abro um sorriso perverso e mordo seu queixo de leve.

— Sim, senhor.

Ele dá um tapa na minha bunda quando rolo para sair da cama. Começo a me alongar, como faço todas as manhãs, esticando os braços para o alto e me curvando para pressionar as palmas no chão, próximo aos meus pés.

— Ficar me mostrando essa sua bunda perfeita não está ajudando, Mer.

Sorrio para ele, olhando-o sobre o ombro, e balanço a cabeça.

— Você só pensa em sexo?

— Não, eu não penso só em sexo. — Aquele sorriso safado surge em seu rosto lindo. — Também penso em você nua.

— Vamos, seu tarado. Vou fazer sanduíches de bacon, alface e tomate.

— Você come bacon? — ele pergunta, surpreso, ao levantar da cama.

— Bacon de peru.

— Que porra é bacon de peru? — Ele torce o nariz como se eu tivesse acabado de dizer que é bacon de tofu.

— É bacon feito de peru.

— Então não é bacon. — Ele apoia as mãos nos quadris e eu começo a salivar. *Jesus, Maria e José, esse homem fica uma delícia usando jeans.*

— Você vai gostar.

— Deveria chamar então de sanduíche de peru, alface e tomate — ele insiste ao me seguir até a cozinha.

— Se isso te faz sentir melhor... — respondo e sorrio quando vejo Jax sentado na cozinha, bebendo água e lendo uma revista de moda fitness. — Bom dia.

— Boa tarde, né? Que horas você chegou em casa? — Ele lança um olhar suspeito para Mark.

— Ela tem toque de recolher? — Mark pergunta friamente, encarando Jax.

— Não, mas merece respeito, e ficar com ela a noite inteira fora e dormir com ela depois não é respeitá-la, cara.

— Ninguém... — Mark retruca, com chamas no olhar conforme se aproxima de Jax, ficando cara a cara com ele — ... respeita a Meredith mais do que eu. Você não conhece a nossa história.

— Conheço um bocado — Jax replica delicadamente, sem quebrar o contato visual com Mark. — E estou de olho em você.

Surpreendentemente, Mark estende a mão para apertar a de Jax.

— Obrigado por protegê-la — ele diz, com a voz baixa.

— Eu a amo — Jax responde honestamente.

Mark assente, olha de relance para mim e se inclina para sussurrar algo para Jax, que não consigo ouvir.

— É justo. — Jax assente.

— Hã, será que podemos deixar essa tensão para lá, meninos? — pergunto secamente. — Não precisa se preocupar, Jax. Nós chegamos cedinho pela manhã. — Encaro-o com meu melhor olhar de *"não se meta, está tudo bem"* e viro-me para a geladeira para pegar o que preciso para fazer o almoço. — Nós vamos ao cinema mais tarde. Você quer ir?

— Eu adoraria, chocolatinho, mas tenho um encontro. — Ele abre um sorriso enorme e joga sua revista sobre a bancada, recostando-se contra ela e cruzando os braços.

— Ainda não recebi o meu exemplar da *Men's Fitness* pelo correio — Mark diz e estica o braço para pegar a revista, mas ergo uma mão, interrompendo a conversa deles.

— Espera. Volta um pouquinho. Um encontro com quem?

— Você não o conhece. — Jax balança a cabeça e começa a sair da cozinha, mas o agarro pela camiseta e o faço parar.

— Espera! Eu preciso de detalhes. Não posso deixar você sair com um cara qualquer da rua.

— Não acho que ele seja um sem-teto, Mer — Jax retruca sarcasticamente e Mark dá uma risadinha.

— Você sabe o que eu quero dizer.

— Deixa pra lá. Se acabar rolando algo além de sexo, eu te conto mais.

Cruzo os braços contra o peito e lanço um olhar firme para o meu amigo. Nós sempre conversamos sobre as pessoas com quem saímos.

— Usem camisinha.

— Sempre. — Ele pisca e saltita para fora da cozinha, mas dá meia-volta abruptamente. — Não esqueça de que temos ensaio para a apresentação da Starla na segunda-feira antes das aulas.

— Não vou esquecer. — Dispenso-o com um gesto vago. — O que você sussurrou para ele?

— Papo de homem — Mark responde e encosta o quadril na bancada de granito, enquanto me observa fatiar um tomate.

— Você não vai me dizer?

— Não.

— Tá. — Reviro os olhos e monto nossos sanduíches. — Você quer pedaços de melancia também?

— Claro.

Nós comemos em silêncio, olhando um para o outro. Quando ele engole, os músculos do seu pescoço flexionam, e sinto uma vontade enorme de lambê-lo ali.

Ah, como eu vou lambê-lo ali.

— No que está pensando? — ele pergunta, inclinando a cabeça de lado.

— Nada.

— Você ficou corada e piscou rápido. Estava pensando em alguma coisa.

Passo a língua nos lábios e sorrio, dando de ombros.

— Eu estava pensando em lamber o seu pescoço.

Ele para de mastigar e me encara por um longo momento, antes de engolir com certa dificuldade, como se a comida em sua boca tivesse ficado seca de repente, e joga os restos do nosso almoço no lixo.

— Nós precisamos sair daqui.

— Por quê?

— Porque estou a dois segundos de te carregar de volta para o quarto e dizer "foda-se o filme". Vamos logo. — Ele estende a mão, buscando a minha, e, quando nossos dedos de entrelaçam, ele me conduz para fora do apartamento até seu Jeep.

— Que filme você quer ver? — ele indaga conforme dirige até o centro de Seattle e procura um lugar para estacionar.

— Hummm... algum filme de comédia ou cheio de ação.

— Nada de romance florzinha? — Ele parece surpreso.

— De jeito nenhum. Não quero nada meloso.

— Você é meu tipo de garota.

— Fico feliz por ouvir isso. — Dou risada e sigo Mark para dentro do cinema. Ele compra nossos ingressos para um filme chamado *Waterfall*.

— Ouvi falar muito bem desse filme! É o novo filme de ação com o Mark Wahlberg, não é?

— Uhum — ele confirma. — Luke que produziu.

— Sério? Puta merda, que legal!

Mark sorri orgulhoso e espera na fila comigo para comprarmos pipoca.

— Você ainda mistura M&M's na sua pipoca?

— É claro — respondo.

Pegamos nossos lanches e seguimos para os assentos, nos fundos do cinema.

— Então, quer dizer que Luke agora é produtor — comento casualmente e despejo o pacote de M&M's no balde de pipoca. — Você costumava levar M&M's para mim na escola todos os dias.

Mark sorri largamente e rouba um, jogando-o na boca.

— Eu me achava tão esperto fazendo essa brincadeira com as nossas iniciais.

— Você era esperto — insisto. — Eu achava muito romântico.

— Era fácil te agradar.

— Eu tinha dezesseis anos. — Dou de ombros. — Me conte sobre o Luke.

— Sim, ele já é produtor há um bom tempo. Ele recruta os atores principais e busca financiamento para os projetos, então consegue fazer a maior parte do trabalho de casa mesmo.

— Isso é incrível. — Coloco mais pipoca na boca.

— Você é tão delicada — ele diz com uma risada.

— É pipoca, ué! Eu vi os filmes *Nightwalker* do Luke.

— Você também tinha um pôster dele pendurado na parede?

— Não, eu já era velha demais para isso e, além do mais, já transei com o irmão dele — respondo sem pensar, arfando em seguida ao perceber, e encaro Mark, horrorizada. — Me desculpe.

— Não, fico feliz que você não tinha pôster dele na parede, e que já tenha transado comigo.

Dou risada e balanço a cabeça.

— Ainda perco meu filtro quando estou perto de você. Por que é assim?

— Eu gosto assim. — Ele se aproxima de mim conforme os trailers começam. — Nós não temos segredos, M.

Me aproximo dele também e pressiono os lábios nos seus antes de me acomodar para assistir ao filme.

— Sam vai estar lá, não vai?

Não consigo abrir a porta do Jeep. Mark acaba de estacionar em frente a uma das maiores casas que já vi, em uma vizinhança exclusiva ao norte de Seattle.

Estou na casa do Will Montgomery. *O jogador de futebol americano.* O talentoso e super sensual Will Montgomery.

Puta que pariu.

— Sim, ela vai estar lá.

— Ela me odeia.

— Não odeia, não. — Ele segura meu queixo e me faz encontrar seu olhar. — Sam amadureceu muito com o passar dos anos. Além disso, não estou nem aí para o que a Sam pensa. Lembra?

Assinto e olho de novo para a casa, engulo em seco e tento pensar em alguma desculpa viável para ir embora.

— Vai ser tranquilo, M.

Assinto novamente. É só o que consigo fazer. Por que estou tão nervosa, porra? Já dancei diante de plateias com milhares de pessoas. Dezenas de milhares. Já estive entre os super ricos e famosos e tudo o que se tem direito.

Mas essas pessoas são importantes para o Mark e, nas últimas quarenta e oito horas, Mark passou a ser mais importante para mim do que qualquer pessoa.

Depois do cinema, voltamos para a minha casa e assistimos TV a noite toda. Por volta da meia-noite, ele me beijou demoradamente e foi embora.

Ele foi embora sem fazer amor comigo.

Porque nós estamos nos conhecendo novamente.

Eu não quero ferrar tudo com as pessoas que mais importam para ele.

— Ok, a sua mente está muito acelerada, amor. — Ele desce do Jeep, dá uma corridinha até o meu lado e me puxa em um abraço forte. — Respire fundo, M.

— Estou respirando.

— Não, você não está. Apenas respire. Você vai se divertir. Já conheceu quase todo mundo que está aqui.

Assinto e abro um sorriso corajoso. Ele tem razão. Isso não é nada de mais. Vou puxar conversa, as próximas horas vão passar rápido e, então, terei Mark todo para mim de novo.

— Está melhor?

— Sim. Desculpe.

Ele segura minha mão e me conduz pela lateral da casa, em direção ao quintal. A vista para a Puget Sound é de tirar o fôlego. É um lindo dia de primavera, um pouco mais quente do que o normal para essa época do ano. Há mesas com guarda-sóis espalhadas pelo quintal, além de crianças correndo e rindo por todos os lados.

— Pensei que você tinha dito que isso seria uma pequena reunião em família — sussurro para Mark, entrando em pânico de novo.

— E é. — Ele sorri. — Todos aqui são da família.

Meus olhos se arregalam diante da quantidade de pessoas que estão aqui. Reconheço Jules segurando Stella, fitando com amor um homem alto usando uma camiseta preta e calça jeans. Seu braço direito é coberto por tatuagens. Luke e Natalie estão de pé perto deles, rindo de algo que Jules está dizendo.

— Espere. — Puxo o braço de Mark. Ninguém nos viu ainda. — Antes que comece a me apresentar para as pessoas, me diga quem é quem para que eu tenha uma vantagem.

— Ok.

— Reconheço Luke, Natalie e Jules. Aquele deve ser o Nate.

— Sim. Aqueles ali são Sam e Leo.

— Puta merda, os rumores estavam certos. Sam está com o Leo Nash.

— Sim, está. Ele é muito legal. A ruiva que está com eles é a Meg. Ela e o Leo cresceram juntos, e agora é noiva do Will.

— Já vi uma foto dela antes. — Assinto. — E já conheci o Leo antes, também.

— É mesmo?

— Sim. Ele e Starla são, hã... amigos. — Mordo o lábio, sem querer dizer para ele que Leo e Starla já foram bem mais do que amigos antigamente.

— Acho que Sam já mencionou isso. Mundo pequeno. Ok, vejamos. — Mark inspeciona o quintal. — Ali estão Caleb e Brynna com Isaac e Stacy.

— Sim, eu os conheço por causa do estúdio.

— Certo. Você já conhece os meus pais. — Ele aponta para uma das mesas, onde todos os pais estão reunidos. Alguns estão segurando bebês. As mulheres estão conversando e os homens, rindo. — Ali também estão Gail e Steven Montgomery, e os pais de Brynna e Stacy.

— Ah, sim. Brynna e Stacy são primas, não é?

— Sim. E aquele é Matt e sua namorada, Nic.

— Muita gente.

— Acho que é só isso.

— Quem é o italiano gostoso? — pergunto sem pensar, recebendo uma sobrancelha erguida de Mark.

— É o Dominic. Ele é meio-irmão dos Montgomery. Depois eu te conto essa história. E também vou ficar de olho nele enquanto você estiver aqui. É o último solteiro entre eles.

— Ei, vocês chegaram! — Jules corre até nós e nos abraça. — Estou feliz por você ter vindo — ela me diz.

— Obrigada por me receber.

— Venha, eu vou te apresentar a todo mundo. — Ela abre um sorriso largo e está linda, usando um vestido vermelho de verão e sandálias. — Como eu amo esse tempo. Você também?

— Sim. Já estou pronta para o verão. — Sorrio conforme Jules me apresenta a todo mundo.

Quando vamos em direção a Sam e Leo, sinto os batimentos do meu coração acelerarem e meus nervos enlouquecerem na boca do estômago.

Merda, merda, merda.

— Leo e Sam! Esta é a Meredith. Ela está aqui com o Mark.

O rosto de Sam fica pálido de choque. Seu queixo cai e ela pisca algumas vezes, olhando ao redor, procurando o irmão.

— Oi, Leo — cumprimento, sem jeito.

— Meredith. — Ele me puxa para um abraço e sorri alegremente. — Quanto tempo. Você deve ser a Meredith que dá aulas de dança para as garotas.

— A própria.

— Vocês se conhecem? — Jules pergunta.

— Sim, eu fazia turnê com a Starla. A comunidade da música é pequena.

— Ah, sim, a vadia que você traçou há alguns anos, não é? — Sam dá um sorriso irônico, revirando os olhos.

— De acordo com você, eu tracei todo mundo — Leo replica com um sorriso.

— Mas é verdade que você traçou a Starla.

— Não há nenhum vídeo provando — Leo responde, e Mark ri ao meu lado. Puta merda, esse pessoal é engraçado. Pelo menos, espero que estejam fazendo graça.

— Pelo que sabemos. — Sam me encara com os olhos semicerrados.

Merda.

— Como vai a Starla? — Leo pergunta.

— Ela está ótima. Vai se casar em Paris no outono e voltará a fazer turnê no próximo ano.

— Que bom para ela. Fico feliz em saber disso. — Sam se retira e Leo toca meu braço antes de segui-la. — Foi ótimo te ver de novo, Mer.

— Você também. — Assinto, sentindo meu rosto ruborizar diante do olhar de Jules. — O que foi?

— Você tem fofoca — ela acusa. — Admita.

Dou risada e balanço a cabeça, finalmente sentindo-me relaxar de verdade.

— Eu assinei acordos de confidencialidade, Jules.

— Oh, querida — ela diz como se eu fosse uma criança que ainda tem muito a aprender. — Eu vou te dar álcool. Isso vai fazer você desembuchar logo, logo.

— Terei que me lembrar de nunca trazer Jax. Mulheres bonitas e álcool nunca falham em fazê-lo abrir o bocão.

Jules me leva até Natalie e Luke, e recebo abraços dos dois. Sinto o olhar de Mark em mim o tempo todo, e ele abre um sorriso para mim depois de cumprimentar Luke.

— Meredith tem fofoca para contar. Nós precisamos levá-la para uma noite das garotas e enchê-la de álcool para que ela desembuche.

— Estou te dizendo — insisto. — Jax é melhor nisso do que eu.

— Jax é o seu sócio? — Natalie pergunta.

— Sim, é meu parceiro de dança há anos e agora somos parceiros de negócios.

— Ele é um gato — Jules informa a todos. — Eu o vi no recital.

— Ah, é mesmo? — Nate fala calmamente e beija a cabeça de Stella, que está dormindo. Cacete, Nate é um pedaço de mau caminho. Ele é alto e torneado e... *uau*. — Tem algo que você quer me dizer?

— Não precisa se irritar, amor.

— Nem se preocupe — eu o asseguro. — Jax é muito gay.

— Ai, meu Deus! — Natalie exclama. — Nós vamos levar vocês dois para a noite das garotas.

— Nós adoraríamos.

— Srta. Mer! — Josie e Maddie correm até mim e se jogam nos meus braços, me dando abraços apertados. — Você está aqui!

— Eu estou aqui — digo e as abraço de volta, recebendo também Sophie, que se junta a elas. Meus braços estão cheios de garotinhas.

— Essa é a nossa priminha, Livie — Maddie apresenta uma menininha com cabelos escuros que sorri para mim timidamente.

— Eu me lembro de você do recital. Quantos anos você tem, Livie?

— Ela tem dois anos — Natalie revela com um sorriso.

— Ela é linda. — Livie dá risadinhas e estende os braços para mim, pedindo que eu a segure. Não consigo resistir. — Oi, menininha linda. Você tem o cabelo mais lindo que já vi!

— Ela puxou aos cabelos da mãe. — Luke dá um beijo na testa de Natalie.

— Dança com a gente? — Maddie pede, cheia de esperança.

— Dança! — Livie exclama, fazendo-nos rir.

— Talvez mais tarde, querida. — Alguém colocou música para tocar, e no momento é Kelly Clarkson cantando.

— Oba! — Josie grita e as meninas saem correndo. Livie se remexe nos meus braços, querendo seguir as primas, então eu a ponho no chão e assisto-a cambalear atrás delas.

— Com que idade podemos colocá-la para fazer aulas de dança? — Natalie pergunta.

— Recomendo depois dos três anos, quando não estiver mais precisando de fraldas.

— Guarde uma vaga para nós.

— Sempre terá um lugar para vocês — asseguro-os e sinto Mark deslizar a mão possessivamente pela minha lombar. Me recosto contra ele e suspiro em contentamento.

Durante as próximas horas, ando para lá e para cá com Mark, conversando com Will e Meg e os outros irmãos. Jesus, os Montgomery são muito lindos. Todos eles. É uma festa de colírios para os olhos. Os pais de Mark me dão abraços calorosos. Nunca me senti tão bem-vinda em tão pouco tempo.

Ando até um cooler que está próximo à porta dos fundos e pego uma garrafa de água, virando-me bem a tempo de trombar com tudo em Dominic.

— Oh! Me desculpe.

— A culpa foi minha. — Ele me segura pelos braços, certificando-se de não me deixar cair. — Desculpe por isso.

— Eu não estava olhando para onde ia. Acho que ainda não nos conhecemos. Eu sou a Meredith. — Estendo a mão para apertar a sua, e ele a ergue até os lábios e dá um beijo suave antes de soltá-la.

— Eu sou o Dom. Seja bem-vinda.

— Obrigada.

— Você veio com quem? — Ele se vira para olhar em volta do quintal.

— Com o Mark.

Ele torna a me olhar e ergue uma sobrancelha.

— Sério? Que interessante. — Ele pega minha mão de novo para beijá-la e pisca para mim antes de se afastar. — Foi um prazer te conhecer, Meredith. Boa sorte.

Ele me deixa ali, confusa. O que ele quis dizer com interessante? De repente, percebo que a condensação da garrafa de água acabou respingando na minha blusa. Entro na cozinha e começo a me enxugar com um pano de prato, bem no instante em que Sam também entra.

Quando ela me vê, dá meia-volta abruptamente para sair, mas eu a impeço.

— Espere! Sam, podemos conversar?

Ela para no meio de um passo e suspira profundamente antes de virar-se de novo para mim. Seu rosto está completamente sóbrio, mas posso perceber que essa não é uma conversa que ela quer ter.

— O que foi?

— Sério, Keaton come mais do que eu — Natalie diz ao entrar alvoroçada na cozinha. Ela vai até a geladeira e pega uma mamadeira antes de virar-se para nós e arregalar os olhos. — Desculpem, eu não quis interromper.

— Você não interrompeu — Sam responde. — O que você quer, Meredith?

— Para começar, espero não ter causado nenhum problema ao mencionar a Starla mais cedo.

Sam dá uma risada e balança a cabeça, me surpreendendo.

— Acredite em mim, Starla não é um problema. Já a conheço há muito tempo e, não que isso seja da sua conta, mas Leo e eu estamos muito bem.

Ela começa a ir embora, mas a impeço novamente.

— Bem, acho que eu queria esclarecer as coisas. Sei que você nunca gostou de mim.

Ela ergue a mão para pedir que eu pare de falar.

— Eu não conhecia você. Estava na faculdade quando você namorou o meu irmão. Mas sei que você partiu o coração dele.

— Eu não quero que você me odeie...

— Não te odeio. Só não confio em você.

Bom, aí está.

— Sam — Natalie fala suavemente. — Você também não confiava em mim.

— Eu também não te conhecia, mas você não viu como Mark ficou depois que ela terminou com ele — Sam a relembra, e então olha para mim e inspira com força antes de expirar devagar. — As pessoas crescem. Elas mudam. Eu sei disso. — Ela apoia as mãos na cintura. — Amo os meus irmãos mais do que qualquer coisa, então vou ficar de olho, Meredith. Eu não te odeio. Até gosto um pouco de você. Só não confio em você.

— Entendi. — Assinto e dou de ombros.

— Que porra está acontecendo aqui? — Mark pergunta da porta.

Capítulo Cinco

Mark

Eu vi a Mer entrar pela porta da cozinha há alguns minutos, com Sam fazendo o mesmo logo em seguida, e nenhuma das duas voltou ainda.

Não estou com bom pressentimento quando a isso.

— Ei — digo baixinho para o Luke. — Volto já.

Ele assente e vou direto até a porta aberta, e, quando estou prestes a entrar, ouço Sam dizer: "Só não confio em você".

— Que porra está acontecendo aqui? — exijo saber.

Natalie está segurando uma mamadeira, mordendo o lábio. As mãos de Sam estão na cintura e Meredith está apoiando as mãos sobre a bancada, mas parece bem. Não está chorando ou com a respiração pesada, e envio mentalmente um agradecimento aos céus.

Sam pode ser cruel. Mas Mer está firme.

Minha garota forte.

— Só estou esclarecendo algumas coisas com a Sam — Mer diz e abre um sorriso. — Sem problemas.

Dou uma olhada em Sam, que continua a observar Meredith, antes de virar-se para mim e dar de ombros.

— Estamos bem, Mark.

— Nada de sangue? — pergunto, tentando suavizar o clima.

— Ainda não. — Sam ergue uma sobrancelha.

— Nossa, isso não vai ser preciso, valentona.

— Veremos — ela replica e vira-se para sair.

— Vou levar isso para o Keaton — Natalie diz, mas para perto de Meredith ao passar por ela. — Estou feliz por você estar aqui. Só dê um tempinho a ela.

Mer sorri e assente, e eu imediatamente atravesso a cozinha para chegar até ela e erguer seu queixo.

— O que aconteceu?

— Nada dramático. Ela disse que até gosta um pouco de mim. Só não confia em mim, mas posso viver com isso.

— O que isso significa?

— Significa que é melhor do que pensei. — Ela sorri e me abraça com força, envolvendo-me com seus braços e aconchegando o rosto no meu peito.

— Sei que a Sam pode ser bem cruel, então se ela tiver dito algo para te fazer...

— Pare. — Ela coloca uma mão no meu peito e me encara com aqueles olhos azuis que brilham com lágrimas não derramadas. — Você tem ideia do que eu daria para poder encher o saco do namorado da minha irmã? Para fazê-lo penar um pouquinho? — Ela balança a cabeça e morde o lábio. Aperto os braços em volta dela. — Posso lidar com a Sam.

— Ok. — Beijo sua cabeça, abraçando-a bem forte. — Você quer ir embora?

— Não, vamos voltar lá para fora. — Ela sorri, cheia de coragem, e meu coração derrete um pouco mais. Ela está aqui por minha causa, porque sabe que é importante para mim.

Ela me conduz de volta para o quintal e logo nos juntamos a uma conversa entre Meg, Will, Matt e Nic.

— Vegas — Meg fala.

— O que vai rolar em Vegas? — pergunto, mantendo a mão de Meredith na minha. Matt e Will percebem e trocam um olhar rápido.

É, eles vão pegar no meu pé mais tarde. Mas nem ligo.

— Nós todos vamos para Vegas — Will explica. — Vamos fazer uma festa conjunta de despedida de solteiro.

— Legal — respondo. — Quando?

— Daqui a algumas semanas. — Meg sorri. — Estamos fazendo todos os preparativos da viagem. Tudo o que vocês precisam fazer é comparecer.

— Já gostei dessa viagem — Matt diz. — Como vão os planos para o casamento?

Will grunhe, mas Meg se anima, claramente empolgada para falar sobre os planos do casamento.

— Ótimos! Alecia é a melhor.

— Alecia também está planejando esse casamento? — pergunto. Aquela mulher planeja todo tipo de evento para essa família. É capaz de ela acabar casando com um deles e se tornar parte da turma oficialmente.

— Sim, e ela é brilhante.

— Quando será o grande dia? — Meredith indaga.

— Nove de junho — Meg responde.

— Só faltam, tipo, seis semanas — Nic diz. — Preciso que você vá à confeitaria essa semana para podermos olhar as ideias para o bolo.

— Ok! Ah, que divertido! — Meg concorda. — Nós demoramos um pouco a escolher a data — ela conta a Meredith.

— Porque ela é preguiçosa — Will informa com um sorriso. Meg dá um tapinha em seu braço e revira os olhos.

— Eu *não* sou preguiçosa.

— E eu mal posso esperar para casar com você. — Will acaricia a orelha de Meg com o nariz, fazendo-a rir. — Vamos casar agora.

— É domingo — Meg retruca e empurra o peito de Will. — Não tem nada aberto agora.

— Posso fazer umas ligações. — Will dá um sorriso presunçoso.

— Srta. Mer! — Josie interrompe, puxando a mão de Meredith. — Nós amamos essa música! Venha dançar com a gente. Por favor!

Meredith ri.

— Você gosta da Starla, hein?

— Sim! Vamos dançar, por favor!

— Ok. — Ela sorri para mim. — Acabo de ser intimada a dançar. Volto já.

— Divirta-se.

Ela segura as mãos de Maddie e Josie, que a conduzem para a área verde ampla onde as crianças estão brincando. Ela começa a mover o corpo, mostrando para as meninas alguns passos novos, gargalhando com elas. Maddie se concentra, observando Mer com um olhar muito intenso.

— Ela é ótima — Nic comenta e dá um gole em sua água.

— Você trouxe uma mulher para um evento de família — Will aponta o óbvio.

Apenas assinto e vejo Livie se juntar a elas. Meredith a pega nos braços e gira com ela, dançando facilmente com a menininha.

— Ele nem está nos ouvindo — Matt fala.

— Estou ouvindo sim, idiota.

— Ela é muito boa com as crianças — Isaac opina assim que ele e Caleb se juntam a nós. Assinto e enfio as mãos nos bolsos, no instante em que Mer me lança um olhar rápido e pisca para mim, me fazendo sentir como se tivesse levado um soco no estômago.

— Brynna raramente deixa as meninas com alguém — Caleb revela. — Mas ela e Stacy confiam muito em deixá-las com Meredith enquanto vão ao salão de beleza durante as aulas de dança.

Sophie tenta dar um giro e cai de bunda no chão. Ela começa a fazer um bico, mas, antes que comece a chorar, Mer agacha perto dela, ainda com Livie nos braços, e a acalma, ajudando-a a levantar para que continue a dançar com as outras.

Caramba, ela é magnífica. Ela dá um beijinho na bochecha de Livie e a coloca de pé no chão para que ela possa dançar mesmo desengonçada como a maioria das criancinhas de dois anos, e termina de dançar a música com as outras meninas.

— Ela está claramente na profissão certa — Matt conclui. — A maioria de nós não consegue lidar com duas dessas crianças ao mesmo tempo, e ela conduz todas sem esforço — ele aponta, observando o bebê Liam engatinhar até ela, puxá-la pela calça jeans, esforçar-se para levantar e começar a se balançar para dançar também.

— Mark está caidinho — Meg diz. Olho para ela e sorrio.

— Vou levá-la comigo para Vegas.

Vou levá-la comigo para *todo lugar*. Se estou convidado, ela também está.

— Não aceitaríamos de outra maneira — ela responde e dá tapinhas no meu braço. — Já gosto dela.

Porra, e eu já estou apaixonado por ela de novo. Nunca mais a deixarei ir. Nunca mais.

Ela volta correndo até nós, ofegante e com um sorriso largo no rosto lindo.

— Elas dançariam o dia inteiro, se pudessem — ela diz com uma risada. — Maddie é incrível. Se ela quiser, pode ir muito longe no mundo da dança.

— Ela tem oito anos — Caleb rosna.

— Bem, não hoje — Mer explica. — Mas algum dia.

— Ela perguntou se poderíamos inscrevê-la para aulas individuais com você — Brynna revela, afagando as costas de Michael. — Ela não é muito nova para isso?

— Sim, um pouco — Mer concorda e aperta os lábios ao pensar no assunto. — Você poderia colocá-la em mais de uma aula por semana, por enquanto. Se ela ainda estiver interessada quando tiver uns treze anos, posso colocá-la em aulas individuais e praticar com ela.

Brynna assente e olha para Caleb, que está pálido.

— O que você acha?

— Acho que não quero nem pensar em quando ela tiver treze anos.

— Oh! Isso me lembra que tenho uma coisa para a mamãe. Eu trouxe um presente de aniversário para ela, mas está no carro. Meredith, você pode segurar o Michael para mim?

— Oh, eu... — Mer começa, mas Brynna coloca o bebê adormecido em seus braços e sai correndo. Mer olha para cada um de nós com uma expressão de pânico antes de fitar novamente o bebê, que não faz ideia de nada. — Eu não sou muito boa com bebês. Acho que é melhor o pai dele segurá-lo.

— Você está fazendo direitinho — Caleb a encoraja com um sorriso divertido.

— Aqui — Stacy diz e ajuda Meredith a acomodar Michael no meu ombro. — Prontinho. Ele não vai a lugar algum.

— Você estava rodeada de crianças agora há pouco e pareceu estar lidando muito bem, querida — Will pondera.

— Eu sou boa com crianças, mas bebês pequeninos me assustam pra caramba. Fico com medo de quebrá-los. — Meredith começa a se balançar de um lado para o outro, dando leves palmadinhas no bumbum de Michael por cima da fralda, e apoia a bochecha em sua cabeça. — Tudo bem eu fazer isso?

— Perfeito — respondo baixinho. Seus olhos encontram os meus sobre a cabeça do bebê e ela sorri suavemente.

— Uau — alguém, acho que Meg, reage. Não consigo desviar o olhar da mulher diante de mim.

Minha mulher.

Minha.

Ela está maravilhosa segurando aquele bebê. Posso visualizá-la segurando o *nosso* bebê. Nossos netos.

Porra, é para sempre. Ela é para sempre.

— Preciso que alguém pegue esse bebê — peço com calma.

— Por quê? — Mer pergunta, com a testa franzida. — Estou fazendo errado?

— Não, eu preciso tirar você daqui. Agora.

— Deixa comigo! — Stacy recebe Michael de Meredith, e eu seguro sua mão imediatamente para puxá-la comigo até o portão da casa.

— Tchau, pessoal! — ela grita com uma risada e acena. — Eu me diverti muito! Obrigada por me incluírem.

— Tchau! — Posso ouvir os caras rindo, mas não dou a mínima. Eu preciso dela. Preciso reivindicá-la, lembrar a ela de que é minha. Preciso me perder nela por horas, redescobrindo tudo sobre ela.

— Mark? — ela chama com mais uma risada. — Vai devagar, amor.

— Não.

Puxo a porta do Jeep para abri-la e espero que Meredith entre, mas ela para diante de mim e segura meu rosto em suas mãos pequenas.

— Calma. O que deu em você?

— Não posso esperar nem mais um minuto. — Seus olhos escurecem conforme ela me observa. — Eu sei que é loucura, e o meu irmão provavelmente nunca vai me deixar esquecer do jeito como te arrastei de lá feito um homem das cavernas, mas já dividi você com eles por tempo demais. Preciso de você nua e molhada e se movendo sob mim pelos próximos dois dias, pelo menos.

Suas pupilas dilatam e ela lambe os lábios enquanto fita minha boca se mover. Suas mãos estão agarrando meus bíceps e sorrio ao flexioná-los de propósito, fazendo seus olhos arregalarem e o ponto pulsante em sua garganta estremecer em expectativa.

— Bem, quando você fala assim... — ela diz suavemente. — Vai me levar para casa?

— Vou te levar para a minha casa — respondo e encosto a testa na dela. — Sem interrupções. Eu vou te fazer gritar e rir e gozar até se desfazer, e não quero que se preocupe se alguém irá nos ouvir.

— É justo. Podemos então parar de falar sobre isso na frente da casa do Will e ir logo de uma vez?

— Era essa a ideia.

Meredith

— Onde você mora? — pergunto e balanço meu joelho rapidamente, nervosa.

— A uns dez minutos daqui. — Ele segura minha mão, puxando-a para seus lábios e beijando os nós dos meus dedos. — Longe demais.

Não consigo mais aguentar. Ele dizer que precisa de mim agora acendeu algo dentro de mim e a minha necessidade de tocá-lo. Ele para em um sinal vermelho e eu tiro o cinto de segurança para rastejar sobre o console, puxar o rosto de Mark e beijá-lo, exigente. Ele rosna e enterra os dedos nos meus cabelos, segurando-me ao corresponder meu beijo com uma fome que nunca vi nele antes.

De repente, um carro buzina atrás de nós, nos alertando de que o sinal ficou verde.

— Longe pra caralho — concordo e volto para o meu assento.

Mark continua a segurar minha mão com força enquanto manobra o Jeep pela vizinhança até sua casa, onde ele estaciona rapidamente.

— Lar, doce lar — ele murmura, salta do Jeep e dá uma corridinha até a minha porta para me ajudar.

— Gostei da sua casa. — Fica em um bairro grande e tradicional, com uma árvore enorme de flores de cerejeira no jardim frontal.

— Obrigado — ele agradece e me conduz até a porta da frente. — Mais tarde eu te mostro ela inteira.

Ele joga as chaves sobre uma mesinha ali perto e, então, vira-se para mim, me prende contra a porta fechada e devora minha boca, beijando-me avidamente. Ele afaga minha bochecha com uma das mãos e, com a outra, ergue minha perna para envolver sua cintura e agarra minha bunda.

— Deus, isso é tão bom, M — ele murmura contra os meus lábios.

Em um movimento repentino, ele nos gira e puxa a blusa pela minha cabeça, enquanto levo as mãos ao botão de seu jeans. Estamos ansiosos demais para tirarmos as roupas um do outro. Somos um emaranhado de roupas, braços e risadas conforme nos despimos e cambaleamos subindo as escadas até seu quarto. Ele ainda está de boxer quando arranca minha calcinha. Merda, os braços dele estão flexionando, os músculos saltando sob a pele bronzeada, e estou prestes a me desfazer.

Tento alcançar sua cueca, mas ele para de repente e agarra meu pulso para me impedir de tocá-lo.

— Mark, anda logo — começo, mas ele me interrompe.

— Pare de falar.

— O quê?

Seus olhos estão percorrendo todo o meu corpo nu como se ele fosse um homem faminto em um rodízio.

— Sou capaz de gozar só com o som da sua voz nesse momento, M. Porra, você é tão... — Ele balança a cabeça, como se não conseguisse encontrar a palavra certa.

— Pensei que você ia me foder. — Faço beicinho e abro um sorriso sugestivo para ele, mas, quando seus olhos encontram os meus, eles estão em chamas. Seu rosto está tenso e a mandíbula, cerrada quando ele fecha o espaço entre nós, me ergue facilmente em seus braços e me deita na cama. Mark beija meu corpo, começando na barriga, subindo até o vale entre meus seios, meu pescoço e, por fim, fica por cima de mim e me beija delicadamente.

— Acredite em mim, eu vou te foder. Eu vou te foder muito, mas não agora, amor. — Ele alisa meu cabelo e acaricia meu nariz com o seu. — Esperei muito tempo por esse momento. Vou fazer amor com você devagar. Vou explorar cada centímetro desse seu corpo incrível. Tenho que aprender tudo de novo sobre você, M.

Lágrimas ardem em meus olhos diante de suas palavras doces. Seus dedos acariciam meu rosto com uma gentileza sem fim. Minhas mãos não conseguem parar de vaguear por suas costas e seus braços. Sua pele é quente e macia e os músculos saltam sob o meu toque.

— Eu amo tocar você — sussurro.

Ele abre um sorriso largo e traz seus lábios até os meus, arrastando-os em seguida pela linha da minha mandíbula até o pescoço, começando, então, uma jornada lenta pelo meu corpo. Ele não deixa sequer um centímetro intocado. Ele pausa quando chega aos meus seios, afastando um pouco a cabeça para admirá-los, e não consigo evitar uma risadinha.

— Então, você é um cara que gosta de peitos.

Ele abre um sorriso safado e baixa a cabeça novamente para circular meu mamilo com o nariz.

— Seus peitos cresceram bem.

— Eu te disse — murmuro, enfiando os dedos entre seus cabelos.

— Seu corpo sempre foi magnífico. Eu vivia em um estado perpétuo de tesão por sua causa naquele tempo, mas, meu Deus, Mer, te ver assim, como uma mulher, é de tirar o fôlego.

— Você já vai conseguir transar, M. Não precisa ficar me enchendo de palavras bonitas.

Seus olhos encontram os meus, e então sei que ele não está brincando.

— Vou te encher com todas as palavras bonitas que eu quiser, e você deveria saber que sou sincero ao pronunciar cada uma delas.

Suas mãos deslizam por minha barriga, meus quadris e chegam até o meio das minhas coxas, mas ele não me toca onde meu corpo está implorando. Impulsiono os quadris para cima, suplicando por sua atenção.

— Que pele linda — ele continua e beija o caminho que suas mãos acabaram de fazer, descendo por minha barriga até o quadril. — O que é isso?

— Uma tatuagem. — Sorrio para ele e dou risada quando seu queixo cai. — Você não gostou?

Seus dedos dançam sobre a tinta.

— É minúscula.

Olho para onde ele está olhando e assinto. É uma oitava nota simples, e no meio da parte circular da nota há um *M*.

— Eu sempre tinha duas coisas comigo enquanto dançava. — Mordo o lábio. — Música... — Respiro fundo. Estou me abrindo completamente para ele. — E você.

Seus olhos se conectam com os meus.

— Você é inacreditável.

Ele passa o polegar sobre o desenho enquanto me observa, quieto, por um longo momento, antes de dar vários beijos no meu quadril, acariciar minha pequena tatuagem com a ponta do nariz, e então continuar a descer por minha coxa.

— Você está me matando — digo, agitando os quadris.

— Pode se acomodar bem aí, amor, porque essa viagem vai ser longa.

— Caramba, o que você acabou de fazer com o dedo? — Ergo-me com a ajuda dos cotovelos e o encaro, enquanto ele beija meu joelho.

— Quem disse que foi o meu dedo?

Gargalho e volto a deitar, gemendo quando ele alcança meu pé e começa a massageá-lo em círculos firmes.

— Oh, Deus...

— Seus pés foram bem maltratados.

— Não olhe diretamente para eles. Você vai sair correndo e gritando.

Ele ri e beija o topo do meu pé antes de pegar o outro e repetir o processo.

— Eu não vou a lugar algum, amor.

Ele passa a subir os beijos por minha perna, fazendo com que eu me contorça e me arrancando gemidos conforme dá atenção extra ao espaço atrás do meu joelho, e bem quando penso que ele vai mergulhar no local que quero, ele desvia, continuando a subir os beijos por meu quadril, barriga e seios.

— Mark?

— Sim, amor?

— Tire a cueca e deixe eu me divertir um pouco também.

— Você está bem mandona — ele murmura e beija minha mandíbula. — Eu claramente não estou fazendo meu trabalho direito, já que você ainda está com a capacidade de falar coerentemente.

— Você está indo bem.

— Mas eu quero que seja muito melhor do que *bem*, querida.

Sua mão desce por minha barriga e seus dedos finalmente deslizam entre minhas pernas, encontrando meu centro molhado.

— Puta merda! — ele sussurra contra os meus lábios. — Você está molhada pra caralho, M.

— Eu preciso de você — replico e arfo quando seus dedos se movem devagar para dentro e para fora, antes de circularem meu clitóris.

— É disso que você precisa?

Balanço a cabeça e ergo os quadris, empurrando-os contra sua mão. Meu Deus, como ele é bom com as mãos.

— Do que você precisa?

— De você!

— Eu estou bem aqui — ele responde. Sinto a cama se mexer conforme ele se remexe para retirar sua boxer e se posicionar entre minhas coxas. — Eu vou comer essa boceta antes que a noite acabe.

— Porra — sussurro.

— Não?

— Sim!

Ele ri e eu o ouço rasgar uma embalagem de camisinha.

— Olhe para mim, M.

Abro os olhos e encaro seu olhar azul-escuro. Ele segura uma das minhas mãos, entrelaça nossos dedos e coloca nossas mãos acima da minha cabeça enquanto se conduz até minha entrada. Seu olhar nunca deixa o meu conforme ele começa a me penetrar. Seus dedos apertam os meus. Seguro seu rosto com a mão livre, e sinto que nunca o amei tanto quanto nesse momento.

Eu te amo.

Ele me penetra completamente e para, com todos os seus músculos tensos com o esforço de se manter parado, ofegando, me observando.

— Tão apertada. — Ele me beija suavemente e mordisca um caminho até o canto da minha boca. Eu aperto minhas coxas em volta do seu quadril e ele rosna. — Você vai me fazer perder o controle.

Sorrio e rotaciono os quadris, assistindo-o morder o lábio com fascinação. Eu adoro vê-lo lutando para manter a compostura.

— Mark — sussurro e passo as pontas dos dedos por seu rosto. — Como é bom te sentir.

Ele começa a se mover, lentamente, aumentando o ritmo aos poucos, como se uma força externa estivesse tomando conta dele. Ele agarra minha outra mão e a prende acima da minha cabeça conforme nossos corpos se movem em perfeita sincronia.

Merda, ele é tão *grande*. Não consigo evitar o sorriso que abro conforme ele entra e sai de mim até finalmente proferir uma série de palavrões enquanto eu me desfaço sob ele, choramingando à medida que o orgasmo me consome.

— Isso, amor — ele diz e me observa estremecer, com olhos famintos. — Isso, porra.

Ele grunhe e goza com força, chocando seus quadris nos meus conforme se esvazia dentro de mim. Ele está ofegando quando solta minhas mãos e apoia a testa na minha. Não consigo mexer os braços, então apenas os deixo ali, aos meus lados sobre a cama, onde Mark os deixou.

— Quer saber o que sussurrei para Jax ontem? — ele pergunta de repente.

— Hã, eu não estava pensando no Jax enquanto você estava dentro de mim — respondo e dou risada, fazendo-o se encolher quando minha boceta o aperta com o movimento.

— Espertinha — ele sussurra e me beija suavemente, afastando algumas mechas de cabelo do meu rosto. — Eu disse que te amo mais do que consigo explicar.

Paraliso e sinto meus olhos se arregalarem enquanto o fito.

— Você disse isso? — Ele assente e continua a me encarar, bem sério. Parece que vai dizer algo a mais, mas, antes que ele consiga, jogo os braços ao redor dele e enterro o rosto em seu pescoço. — Eu te amo tanto.

Ele rola nossos corpos, ficando por baixo de mim, e eu me apoio nos cotovelos para poder ver seu rosto e continuar a falar:

— Mas eu nunca parei de te amar, M. Eu te dei o meu coração naquele tempo, e nunca o peguei de volta.

— Eu não vou te devolver.

— Ótimo.

— Mas acho que eu te fiz uma promessa. — Seu rosto está completamente sério enquanto ele me encara, e eu franzo as sobrancelhas.

— O quê?

— Eu prometi — ele diz, beijando minha palma. — Que ia te foder.

Retorço os lábios ao tentar ficar séria e assinto.

— Sim, você prometeu.

— Eu sou um homem de palavra, sabe?

— Sim, você é bem conhecido por isso.

Ele senta e me puxa da cama, erguendo-me e jogando-me em seu ombro para me carregar até o banheiro. Ainda tem cheiro de serragem, e o brilho novinho das bancadas e dos azulejos me faz sorrir.

— Que lindo.

— Eu terminei esta manhã.

— Você ficou acordado a noite inteira fazendo isso?

Ele assente ao me colocar sobre a bancada e descarta a camisinha.

— Você queria ir ao cinema ontem.

— Mas era isso que você deveria ter feito?

— Não, eu deveria ter ido ao cinema com a mulher que eu amo. — Ele abre o chuveiro e volta até mim.

— Eu ainda tomo pílula, M. Não precisamos usar camisinha.

Ele se encolhe e balança a cabeça, olhando rapidamente para baixo, antes de encontrar meu rosto.

— Não fui santo esse tempo todo, Meredith. Eu sempre, sempre usei camisinha, mas não vou me arriscar com você. Vamos usar até que eu vá ao médico esta semana.

Pensar nele com outras mulheres me faz querer arrancar os olhos de alguém, mas respiro fundo e me lembro do que lhe disse naquela noite no píer. Faz dez anos.

Eu também não fui santa.

— Ok. Starla solicitava que fizéssemos check-ups anuais, e não estive com ninguém desde a última vez que o fiz. Estou limpa.

— Você é incrível e eu não te mereço.

— Talvez isso seja verdade, mesmo.

Ele gargalha e me envolve em seus braços, apertando-me bem. A sensação de seu peito nu na minha bochecha é fantástica, e ficamos assim por um longo minuto enquanto aguardamos a água do chuveiro esquentar. Quando o banheiro começa a encher de vapor, Mark me ajuda a descer e me conduz até o chuveiro de azulejo azul, que é grande o suficiente para servir de pista de dança.

— Você tinha planos de fazer festas aqui?

— Só festas a dois mesmo, com você — ele responde e começa a me ensaboar com o sabonete líquido que costumo usar e uma esponja de banho.

— Você comprou o sabonete líquido da marca que eu uso? Que confiante.

— Esperançoso — ele diz, desenhando círculos na minha barriga e no meu púbis. Pego uma esponja e retribuo o favor, adorando sentir seu corpo nu em minhas palmas.

— O seu corpo é incrível — murmuro.

— Fico feliz que você aprove.

— Acho que nunca mais vou parar de te tocar.

— Esse é o plano.

Abro um sorriso enquanto ele nos enxágua e, de repente, seus olhos ficam cheios de calor novamente. Mark me empurra contra o azulejo frio e se ajoelha diante de mim, ergue minha perna esquerda e a joga sobre seu ombro, abrindo-me para ele.

— Eu vou escorregar e cair — ofego.

— Estou te segurando — ele assegura, observando meu rosto ao deslizar os dedos por meus lábios. — Caralho, Mer, você está tão molhada.

— Você me excita.

Agarro seus cabelos e me seguro, ouvindo-o rosnar e se inclinar para provocar meu clitóris com seus lábios e língua. Ele enfia dois dedos em mim e envolve meu clitóris com os lábios, e isso é o suficiente para que eu chegue ao ápice, choramingando seu nome encostada contra a parede do chuveiro.

Ele fica de pé, fecha o chuveiro e nem se dá ao trabalho de nos secar antes de me puxar de volta para a cama.

— Hã, Mark? Eu estou molhada.

— Ah, porra, você está, sim — ele diz e *me joga* na cama, abrindo minhas pernas e mergulhando no meio delas novamente. — Você tem um gosto bom pra caralho.

Ele lambe meus lábios, sorvendo cada gota, e me penetra novamente com os dedos, movendo-os rapidamente, empurrando-me novamente para a beira do abismo de mais um orgasmo delirante.

— Puta merda!

Ele lambe e mordisca um caminho por meu corpo, subindo aos poucos, protege-se com uma camisinha e me penetra, rápido e com força.

— Porra, Mer — ele rosna e começa a estocar, para dentro e para fora de mim. Os sons que ele emite são primitivos e determinados, e eu amo esse seu lado, tanto quanto o homem que fez amor comigo há menos de trinta minutos.

De repente, ele sai de dentro de mim e me gira, ergue meus quadris e mete em mim por trás, dando um tapa na minha bunda no processo.

Puta que pariu, é a coisa mais sensual que já vivi.

— Mark... oh, meu Deus!

— Minha — ele rosna e se inclina para frente, para pressionar os lábios na minha orelha. — Você é *minha.*

Agarro os lençóis em meus punhos e me seguro enquanto vou à loucura com esse cara incrível e insano.

— Diga — ele comanda.

— Sua — respondo, sem fôlego. — Sempre sua.

— Sim, porra... sempre.

Ele agarra meus quadris para estocar com força por mais longos minutos e, então, para, o mais profundo possível, gritando ao gozar com força, levando-me com ele.

— Meu Deus. Você vai me matar — ele diz, sem fôlego, ao cair ao meu lado na cama.

— Quem fez tudo foi você, amor — replico e rastejo para aconchegar-me em seu peito. — Uau. Você realmente faz muito melhor do que bem.

— Você é magnífica — ele sussurra e beija minha testa. — Eu te amo, M.

— Eu também te amo.

Quando acordo, estou sozinha. Ainda está escuro, no meio da noite, e o espaço na cama onde Mark dormia está frio.

Aonde ele foi?

Enrolo o lençol no corpo e saio à sua procura. A casa está quieta, mas, quando dou uma olhada pela janela, vejo que seu Jeep ainda está estacionado lá fora.

Procuro por toda a casa e não o encontro, mas, então, vejo um brilho vindo do quintal. Abro a porta dos fundos e saio para a noite fresca, encontrando Mark sentado em uma espreguiçadeira, observando as chamas em uma lareira de tijolos.

— O que você está fazendo? — pergunto e vou até lá. Ele está sem camisa, usando apenas uma calça de moletom folgada que expõe os músculos em V de seus quadris.

Delícia.

E, simples assim, fico desperta e meu corpo começa a vibrar em antecipação.

— Eu não quis acordar você. Não consegui dormir. — Ele estende a mão para mim e me puxa para seu colo. Aconchego-me contra ele e encaro o fogo.

— Você não está com frio?

— Estou bem. — Ele beija minha cabeça.

— Por que não está conseguindo dormir? — Ele dá de ombros e afasto a cabeça para observar seu rosto. — Mark?

— Fico achando que tudo isso não vai passar de um sonho. — Ele dá uma risada pesarosa e balança a cabeça. — Acho que acabo de perder minha masculinidade.

— Eu entendo.

Saio do seu colo e me livro do lençol. Puxo sua calça até suas coxas, libertando sua ereção grossa, e monto nele, unindo nossos corpos.

— Não tem camisinha aqui. — Ele arfa e agarra meus quadris enquanto faço um movimento lento de vai e vem.

— Tudo bem — sussurro e o beijo. — Isso não é um sonho, amor. — Ele fecha os olhos e eu apoio a testa na sua, enquanto o cavalgo firmemente. — Somos você e eu, M.

Sua boca captura meu mamilo e eu jogo a cabeça para trás, sentindo a eletricidade transpassar meu corpo até meu núcleo, fazendo-me apertá-lo ainda mais.

Ele coloca uma mão entre nós e circula meu clitóris com o polegar, o que é suficiente para que eu me perca nele, mordendo o lábio ao gozar.

— Porra — ele sussurra e goza comigo, puxando-me para me abraçar forte e me beijar. Por fim, descanso a cabeça em seu peito, feliz por sentar e assistir ao fogo diante de nós.

— Não é um sonho. É ainda melhor do que isso — digo baixinho.

— Muito melhor — ele concorda.

Capítulo Sete

Meredith

— Ok, meninas! Chegou o nosso momento favorito! Dança livre! — Jax anuncia, e as garotas que estão na aula batem palmas e dão pulinhos.

Essa é a nossa turma de meninas mais velhas, com mais de catorze anos, então, Jax escolhe uma música do Pitbull e elas começam a dançar. O que mais adoram nesse momento na aula é que Jax e eu nos juntamos a elas, dançando como se estivéssemos em alguma festa da escola com elas.

Jax segura minha mão e me gira em seus braços, antes de me erguer e me colocar de volta no chão com mais um giro, fazendo todas vibrarem.

Ele é tão exibido.

Quando a música acaba, as meninas trocam seus sapatos e recolhem suas bolsas e jaquetas, acenando para se despedirem conforme saem.

— Aquela menina, Melissa, manda bem — Jax menciona ao fechar a porta de vidro.

— Ela é muito boa — concordo ao sentar na cadeira atrás da mesa. — Você deveria fazer aulas individuais com ela.

— Eu? Achei que essa era a sua praia. — Ele encosta o quadril na mesa enquanto bebe uma boa parte da garrafa de água.

— Ela te corresponde bem, e não é a fim de você, então acho que seria bom.

— Estou magoado por ela não estar a fim de mim. — Ele faz um beicinho falso. — Devo estar perdendo o meu encanto.

— Você está ficando velho — provoco-o e gargalho quando ele me mostra o dedo do meio. — Vou falar com a mãe dela semana que vem.

— Ela vai topar na hora — ele diz, balançando a cabeça. — Algumas das mães ficam mais animadas com isso do que as alunas.

— A minha sempre amou me ver dançar. — A dor vem rápida e afiada, deixando meu coração pesado.

— Ela estaria orgulhosa pra caralho de você, bolinho. — Ele me puxa para um abraço. — Ela sempre teve orgulho de você, e te ver abrir esse estúdio a fez ter mais ainda.

— Fico feliz por ela ter tido a oportunidade de ver isso. — Pisco para afugentar as lágrimas que sempre ameaçam cair quando falo sobre a minha mãe. — Ela gostava de ver as menininhas dançando.

— Ela gostava de ver você ensiná-las — ele replica suavemente.

Mordo o lábio e encaro meu amigo por um longo minuto antes de ligar o foda-se e deixar as lágrimas caírem.

— Sinto falta dela. Por que as pessoas que eu amo morrem?

— Eu sinto muito — ele diz e me balança de um lado a outro em seus braços.

— Você não pode morrer — choro e enterro o rosto em seu peito. — Eu tentei me afastar de você anos atrás, mas você não me largou, então não pode morrer.

— Você é uma boba por achar que podia se livrar de mim. — Ele ergue meu rosto e enxuga minhas bochechas com os polegares. — Eu não vou a lugar algum.

— Ok. — Assinto e respiro fundo, me acalmando. — Obrigada por tolerar a minha loucura.

— Já estou acostumado — ele diz e lhe dou um soco no braço. — Ai! Também já estou acostumado com a sua violência. — Ele massageia o braço e não olha nos meus olhos quando pergunta: — Você vai sair com o Mark de novo esta noite?

— Pretendemos.

Checo meu celular e sorrio quando vejo uma mensagem dele.

O que você está vestindo?

— Então você não vai passar a noite em casa de novo? — Seu rosto está neutro, mas sua voz parece irritada.

— Você está contando? Duvido que você tenha parado em casa mais do que eu desde que começou a sair com seu novo ficante.

— Eu fico em casa mais tempo do que você imagina.

— A propósito, quem é esse cara?

Ele dá de ombros e toma um gole de água.

— Por que você não quer falar sobre ele? Nós sempre falamos sobre as pessoas com quem estamos saindo.

— Como se você estivesse falando comigo sobre o sr. Gostosão.

— Isso não é justo. Eu não tenho te visto ultimamente.

— É isso que estou querendo dizer, sorvetinho.

— O que você tem contra o Mark? Ele nunca fez nada de errado.

— Parece que vocês estão indo rápido demais. Ontem, eu ouvi você dizendo a ele que o ama ao telefone. Tem certeza de que ele tem boas intenções? Vai ver ele tem algum plano de te magoar para se vingar por você ter terminado com ele naquele tempo.

— Nossa, quanto drama, hein! — Balanço a cabeça, exasperada. — Não, eu não acho isso.

— Só estou dizendo que essa é uma possibilidade.

— Você não o conhece, Jax. Ele não é assim.

— Tá, o coração é seu. — Ele dá de ombros e começa a se afastar, mas eu levanto e o impeço.

— Eu sei que estamos indo rápido — admito e mordisco meu lábio enquanto ele fica me olhando com preocupação. — Você acha que eu não sei? Isso está me assustando pra cacete.

— Se ele estiver te pressionando...

— Ah, caia na real! — Reviro os olhos e balanço a cabeça. — Ninguém me pressiona a nada. Você sabe disso melhor do que ninguém. Não me sinto pressionada, me sinto... atraída por ele. Não consigo parar. É mais forte do que quando éramos adolescentes, e não estou falando apenas de sexo, mesmo que o homem esteja bem mais afiado *nessa* habilidade, na qual ele já era bom dez anos atrás.

— Ah, ótimo. É exatamente isso que eu quero ouvir, sobre a sua vida sexual.

— Estou cometendo um erro? Estou me permitindo me apaixonar novamente por ele e correr o risco de quebrar meu coração quando tudo desmoronar?

— Por que vai desmoronar?

— Por que não iria?

— Cara, nós dois somos bem cínicos, não é? — Ele abre um sorriso irônico e passa a mão no meu rabo de cavalo. — Contanto que vocês dois estejam na mesma página, não fuja dele. Eu te vi sofrer por ele durante anos. Se essa é a chance de vocês ficarem juntos, aproveite, Mer.

— Uau. Isso é muito romântico, vindo de você.

Ele ri e se afasta.

— Ou então só transe até cansar e dê um pé na bunda dele, mas acho que isso não vai acontecer dessa vez.

Nem eu.

— De qualquer jeito, me mantenha informado. — Seu sorriso murcha e ele checa o celular. — Eu tenho que ir.

— Não vá embora, Jax. Tem algo de errado com você essa semana. Tem a ver com o sr. Amorzinho com quem você está saindo?

Ele cai na gargalhada e me puxa para um abraço enorme.

— Sr. Amorzinho?

— O que está acontecendo?

Ele suspira e beija minha cabeça antes de se afastar e sentar na mesa, balançando os pés.

— O nome dele é Logan. Eu achei que seria só foda rápida, como sempre, mas... não é. — Ele dá de ombros como se tivesse que aceitar a derrota, e eu pego sua mão, apertando-a.

— O que foi?

— Sei lá. O sexo é insano. Ele é gentil e atencioso, e passei a noite com ele. Duas vezes.

— Uau. — Ergo as sobrancelhas. — Isso é bem atípico pra você.

— É, você é a única com quem gosto de ficar abraçadinho, geralmente. — Ele abre um sorriso largo e toca meu nariz com a ponta do dedo, assumindo uma expressão séria em seguida. — Tem sido difícil ser empurrado para o segundo lugar na sua lista de prioridades.

Pisco para ele, surpresa.

— Você acha que foi isso que aconteceu desde que voltei com o Mark? Faz menos de uma semana que estou dormindo com ele.

— *Isso* é o que aconteceu, cheesecake. Mas aconteceria mais cedo ou mais tarde, não importa com quem você estivesse namorando. Eu entendo. Só não me sinto muito bem com isso.

— Me desculpe — sussurro. — Eu te amo, Jax. Você sempre vai ser importante para mim, não importa o que aconteça.

— Eu sei. Sobrei com você. É um fardo que carrego bravamente.

Gargalho e balanço a cabeça para ele, mas não consigo evitar o sentimento de culpa. Não tenho passado tempo com Jax além dos horários em que estamos do estúdio, e, quando estamos aqui, é sempre trabalhando.

— Você tem planos com o Logan esta noite?

— Sim.

— Bom, vamos fazer assim. Vou cancelar os planos com o sr. Gostosão, você vai cancelar com o sr. Amorzinho, e nós dois vamos fazer as unhas das mãos e dos pés.

Ele parece surpreso por um momento, balançando a cabeça de um lado para o outro, contemplando minha oferta.

— Hummm... sexo quente ou fazer as unhas. Essa é difícil.

— Se você se comportar, podemos ir para casa, tomar sorvete e assistir Uma Linda Mulher.

— Eu não sou tão garotinha assim — ele replica, ofendido. — Vamos assistir A Escolha Perfeita.

— Não é tão garotinha assim, hein? — Ele me mostra o dedo e eu dou risada. — Vá ligar para o Logan.

Ele me abraça e sorri para mim.

— Obrigado.

— Se você não chegar ao aparelho de Blu-ray antes de mim, vou colocar Uma Linda Mulher.

— Você é uma vaca.

— Com certeza.

Ele ri e tira o celular do bolso conforme se afasta. Faço o mesmo com o meu e disco o número de Mark.

— Oi, linda — ele atende.

— Oi — respondo com um sorriso. — Hã, tenho que cancelar com você hoje.

— Já está me traindo? — ele pergunta com uma risada.

— Sim. Fico tão aliviada por você entender.

— Espera. Não estou mais gostando dessa brincadeira.

Rio e coloco meus óculos de sol e meu cachecol na bolsa.

— Jax está com alguns probleminhas e meio que sentindo minha falta, então nós vamos fazer uma NGG.

— O que é NGG?

— Noite da Garota e do Gay.

Mark gargalha por vários minutos antes de limpar a garganta.

— E o que, exatamente, isso envolve?

— Tratamentos de beleza, sorvete e comédias românticas.

— Divirtam-se — ele diz rapidamente, como se tivesse medo de que eu o convidasse.

— Desculpe por avisar em cima da hora. Podemos remarcar?

— Sem problemas. Que tal eu levar café para você pela manhã?

— Jax e eu temos um ensaio muito cedo amanhã. Estamos nos preparando para a viagem para Los Angeles. Terei um intervalo antes da primeira aula por volta das 9:30, mas você já vai estar no trabalho a essa hora.

— Vou tirar um intervalo também. É uma das vantagens de ser o chefe.

Sorrio e sinto meu estômago apertar diante do tom de sua voz.

— Eu adoraria.

— Então, te vejo amanhã, amor.

— Tchau. — Desligo no mesmo instante em que Jax volta. — Está pronto?

— Vamos.

Ele segura a porta aberta para mim, tranca quando saímos e segura minha mão para andarmos pela rua em direção ao salão de manicure e pedicure.

— Por que não fazemos isso com mais frequência? — Jax pergunta enquanto esperamos meu esmalte secar. Nossos pés e mãos estão macios e bem cuidados.

Na verdade, nossas mãos estão macias. Nossos pés nunca mais serão macios.

— Vou dar uma gorjeta extra para as pedicures. Ninguém nunca deveria ter que tocar nos nossos pés.

— Boa. — Ele suspira, satisfeito. — Nós temos sorvete em casa?

— Sim. Acho que é a única coisa que temos na geladeira agora.

Quando minhas unhas pintadas de rosa estão secas, nós seguimos para o apartamento, largamos nossas bolsas perto da porta e apostamos corrida até o aparelho de Blu-ray. Jax me vence por dois passos.

— Rá! Vamos assistir A Escolha Perfeita.

— Só não cante junto dessa vez. Para alguém com um ritmo incrível, você é completamente desafinado, meu amigo.

— Não sou!

— Starla te pagava extra pra te fazer parar de cantar. Faça as contas.

Acomodo-me no sofá, recostando-me nas almofadas, colocando os pés sobre a mesinha de centro e cruzando as mãos sobre a barriga, enquanto Jax vai até a cozinha pegar o nosso jantar.

— Sorvete — ele anuncia com um sorriso enorme e se junta a mim no sofá, com dois potes e duas colheres. — Jantar dos campeões. Você quer o de baunilha com chocolate e manteiga de amendoim ou o de banana com chocolate e nozes?

— Sim. — Estico a mão e pego o que está mais perto de mim, junto com a colher, antes de apertar o play no controle remoto. — Vamos trocar de potes quando estivermos na metade.

— Jesus, são tantas calorias.

— Calorias não contam na NGG. Além disso, nós estamos trabalhando pra cacete na coreografia da Starla. Você está me destruindo com essa dança.

— Mas é muito boa. Vai ser a melhor coreografia do VMA.

— Óbvio — digo e reviro os olhos. — Você é o melhor de todos, Jax.

— É por isso que eu te amo. Você alimenta o meu ego.

Eu o chuto e tomo uma colherada enorme de sorvete. Quando os dois potes estão vazios, ficamos com overdose de açúcar e continuamos assistindo ao filme, aconchegados no sofá. O corpo de Jax é firme. Largo. Definido.

Ele é um cara gostoso. Espero que Logan não brinque com ele. Serei obrigada a matá-lo se isso acontecer.

Assim que o filme termina e os créditos começam a rolar pela tela, o celular de Jax toca.

— É o sr. Amorzinho?

— Sim. — Ele parece indeciso e olha para mim. — Mas estamos na NGG.

— Atenda. Eu vou ligar para o Mark e depois poderemos ir para a minha cama dormir abraçadinhos.

Ele abre um sorriso e desliza o dedo na tela do celular, atendendo.

— Oi. Sim, eu ainda estou com a Mer. Vamos passar a noite juntos.

— Oi, Logan! — digo perto do celular. Jax sorri.

— Ele disse oi.

— Eu quero ver uma foto sua! — grito.

— Tá, eu vou mostrar uma para ela quando desligarmos.

— Você tem fotos e eu ainda não vi?

— Será que eu posso falar aqui?

Sorrio e vou para o meu quarto para dar privacidade a Jax e ligar para Mark.

— O que você está vestindo? — ele atende.

— Só um sorriso, lindo. — Dou risadinhas.

— Então vá vestir alguma coisa. Você está com Jax, e mesmo que ele seja gay, não fico confortável sabendo que você está nua com ele.

— Você não tem graça. — Rio e caio de costas na cama. — O que você está fazendo?

— Estou pintando o banheiro do andar de baixo.

— Então quer dizer que você trabalha com construção o dia todo e, depois, vai para casa e continua trabalhando?

— Se você estivesse aqui, eu estaria trabalhando em algo bem mais excitante.

— É? E o que seria?

— Bom, já são quase dez da noite, então você estaria a caminho do seu terceiro orgasmo.

— Droga, Jax — murmuro, fazendo Mark rir.

— Vou te compensar amanhã à noite.

— Oba!

— Achei que fosse uma noite supersecreta entre a garota e o gay. O que você está fazendo? — Posso ouvir um farfalhar ao fundo, e imagino-o colocando mais tinta em um pote de plástico.

— Jax recebeu uma ligação do cara com quem ele está saindo, então resolvi aproveitar e te ligar. Eu meio que estou sentindo a sua falta.

— Meio?

— É, só um pouquinho.

Ele ri e, em seguida, posso ouvi-lo engolindo algo.

— Posso ir aí mais tarde.

— Tudo bem. — Suspiro. — Jax e eu vamos dormir juntos na minha cama.

A linha fica quieta e, por um minuto, penso que a ligação caiu.

— M?

— Você e Jax vão dormir juntos na sua cama?

— Hum, sim? — Soa como uma pergunta. Não sei bem por que, de repente, ele está com ciúmes.

— Você vai dormir com outro homem na sua cama?

— Com Jax — esclareço. — Vestidos. Eu estava brincando sobre estar nua. Vamos só dormir. Ele ronca. Eu provavelmente vou expulsá-lo em algum momento.

— Isso seria bom mesmo.

Franzo a testa e mordo o lábio.

— Jax e eu dormimos juntos, *só dormimos*, por dez anos, M. Não é novidade.

— É novidade para mim. — Ele suspira e posso imaginá-lo esfregando a testa, exasperado.

— Se isso te deixa desconfortável, então não faremos.

— Por que o homem das cavernas em mim surge com tanta força quando se trata de você? — Seu tom de voz é firme e eu sorrio. É sexy pra cacete.

— Eu te amo — sussurro. — Vou dormir sozinha esta noite.

— O problema é comigo, amor. Faça o que sempre fez. Estou bem. Te vejo pela manhã.

— Tem certeza?

— Eu quero dizer que não. Quero dizer que o único homem com quem você vai dividir a cama de agora em diante sou *eu*. Mas isso é irracional. Se Jax fosse uma mulher, eu não me importaria.

— Vamos ficar abraçadinhos — Jax anuncia ao entrar no meu quarto. — Mas não vou passar a noite. Logan disse que reivindica o privilégio de dormirmos juntos.

Pisco para Jax, que está com um sorriso presunçoso ao subir na minha cama e abrir os braços.

— Vamos. Leve Mark com você. Podemos fazer uma orgia com sorvete.

— Do que ele está falando? — Mark ri. — Quem é Logan?

— É o namorado dele — respondo e rastejo para debaixo das cobertas, me aconchegando em Jax. — E, aparentemente, você e Logan já baixaram a lei de que nós podemos ficar abraçadinhos, mas não vamos mais dormir juntos.

— Eu gosto do Logan — Mark reage.

— Eu gosto do Logan também — Jax diz. — Diga boa noite, Meredith.

— Boa noite, Meredith. — Mark dá risada.

— Boa noite, Meredith — repito e gargalho. — Eu te amo, lindo.

— Também te amo — os dois falam ao mesmo tempo.

— Te vejo amanhã, amor.

Mark desliga e eu jogo meu celular no pé da cama.

— Então, se Logan está reivindicando os privilégios de dormir junto, ele é definitivamente seu namorado.

— Ele quer convidar você e Mark para jantar com a gente no fim de semana.

— Uau! Ok! Que demais! — Sorrio e beijo a bochecha de Jax. — Nós nunca tivemos um encontro duplo antes. Me mostre a foto dele!

Ele encontra uma foto no celular e me mostra. É um homem sorridente de cabelos castanhos. Ele tem uma barba grossa, mas combina bem em seu rosto. Seus dentes inferiores são um pouco tortos, e seus olhos são verdes e gentis. Ele está usando uma touca vermelha e óculos de armação preta grossa.

— Olá, sr. Amorzinho! Você é um gato!

— Não é? — Ele pega o celular de volta e admira a foto de Logan por um longo momento antes de deixar o aparelho de lado. — Ele é muito gostoso.

— O que ele faz?

— É arquiteto. — Seus olhos se iluminam com orgulho enquanto ele pensa em Logan. — Você deveria ver os projetos que ele criou.

— Ele e Mark terão assunto para conversar.

Jax assente e boceja.

— Acho que estou só esperando o momento em que tudo vai dar errado.

— Por quê?

— Por favor, Mer. Você conhece meu histórico com homens. Não é exatamente um bom material para livros de romance.

— Nem o meu. — Dou de ombros. — Mas não significa que não merecemos. Você merece ser feliz com um cara gostoso que é gentil e te ama.

— Ninguém disse nada sobre amor — ele fala rapidamente.

— Tanto faz. Você sabe o que eu quis dizer.

Ele fica quieto, perdido em pensamentos, e o deixo em paz, aproveitando esse momento sossegado com ele. Admito, também senti falta dele. Passei todas as noites desta semana com Mark, e por mais que cada noite tenha sido de pura felicidade, não posso esquecer que meu relacionamento com Jax também é importante.

— Acho que vou levar as coisas com Logan um dia de cada vez e ver no que vai dar — Jax murmura, por fim.

— Acho que é uma boa ideia.

Ele assente. Jax tem dificuldade em confiar, então o fato de que está disposto a tentar confiar em Logan significa que o cara deve ser muito especial.

— Estou com sono — sussurro.

— Vou para a cama. — Ele se afasta de mim e beija minha bochecha. — Eu te amo, tortinha.

— Eu te amo, amigo.

— Você está tentando me matar.

Meu peito sobe e desce com esforço conforme tento encher meus pulmões com ar, e encaro Jax do chão. Caí de bunda durante o ensaio.

— Você está desleixada hoje — ele rebate, com a voz firme.

— Não estou. Starla não consegue fazer esses passos, Jax. Ela é cantora, não dançarina.

— Ela vai conseguir.

— Estou te dizendo que ela não consegue. Não consegui finalizar o passo sequer uma vez, e já tentamos duas dúzias de vezes.

— Vamos fazer mais uma dúzia.

— Vai se foder. Não é a sua bunda que está ficando cheia de hematomas.

Fico de pé e coloco as mãos nos quadris enquanto o encaro, irritada. É por isso que ele é o melhor. É tão teimoso que vai martelar nisso até que eu aprenda, do mesmo jeito que vai fazer com Starla.

— Você está indo bem. Vamos fazer de novo.

— Preciso de uma pausa.

Vou até a mesa e bebo água enquanto checo meu celular. Há uma mensagem de Mark.

Não posso ir te encontrar agora pela manhã. Problemas na obra. Te busco hoje à noite.

Ótimo. Já estou com o humor péssimo, e estava muito ansiosa para ver Mark. Eu o vi há vinte e quatro horas, mas já sinto falta dele.

Eu sou patética.

— Algum problema?

— Sim, minha bunda está doendo. — Faço uma expressão irritada para Jax e digito uma resposta para Mark.

Sem problemas. Te vejo mais tarde.

— Meu Deus, como você está chata hoje — Jax diz e recomeça a música. — Vamos logo com isso.

Fazemos os passos novamente. É uma coreografia excelente. Divertida de dançar, mas, quando chegamos à parte em que ele me ergue e me lança, caio de novo.

— Filho da puta! — grito e bato no chão com o punho.

— Ok, você está pensando demais. Vamos repetir sem o levantamento e ver como fica.

Assinto e respiro fundo. Repito a coreografia com Jax, satisfeita pelo fato de que, apesar do levantamento terrível, estamos prontos para irmos para Los Angeles semana que vem.

Quando terminamos, ouvimos uma batida na porta de vidro. Viro, na esperança de que seja Mark, mas é Nic, a namorada de Matt Montgomery, olhando-nos com um sorriso enorme. Vou rapidamente até a porta e abro.

— Aquilo foi incrível — ela elogia ao entrar. — Eu fui a um show da Starla há alguns anos e lembro de ver vocês dois.

— Obrigada — respondo e olho para a caixa branca com laço vermelho que ela está segurando. — O que podemos fazer por você?

— Ah! Mark me ligou esta manhã e disse que iria te trazer café, mas não ia poder mais vir, então me pediu para trazer alguns cupcakes. Sou proprietária da Doces Suculentos, a confeitaria que fica a algumas quadras daqui.

— Acho que estou apaixonado por você — Jax declara e pega a caixa de suas mãos. — Mas é claro que tudo isso irá direto para os meus quadris.

— Ignore-o. — Faço um gesto vago para ele e reviro os olhos. — Ele nunca ganha um quilinho. Esse é Jax, meu parceiro.

— Nic. — Ela aperta a mão dele. — Jules estava certa. Você é um gato.

— Eu já amo a Jules — Jax diz com uma piscadela e saliva ao olhar para os cupcakes. — Tem M&M's em alguns deles!

— Sim, Mark me pediu para fazer esses como especiais do dia. — Ela esfrega as mãos nas coxas, como se estivesse nervosa com o que vamos achar dos cupcakes. — Jax vai ser uma ótima adição à nossa noite das garotas — Nic fala com uma risada. — Bom, tenho que voltar para a confeitaria. Ah! Mark mandou um cartão também. — Ela tira um envelope branco do bolso. — Vejo vocês em breve!

Ela acena e vai embora. Abro o cartão.

M,

Estou com saudades. Desculpe por ter que cancelar.

Com amor,

M.

— Meu Deus! São maravilhosos! — Jax me entrega um cupcake com M&M's por cima. Suspiro ao olhar para ele.

— Ok, agora me sinto melhor.

— Cupcakes te fazem sentir melhor?

— Não, Mark me faz sentir melhor.

— Você está ferrada, docinho.

— Você não faz ideia.

Capítulo Oito

Mark

— Vou colocar Keaton para tirar uma soneca — Natalie anuncia e dá um beijo na cabeça do bebê, que está quietinho nos meus braços.

— Ele está bem aqui — falo, gostando de senti-lo comigo. Ele está crescendo tão rápido.

— Ele vai dormir por mais tempo no berço, e assim vocês poderão conversar melhor — ela replica e pega o bebê dos meus braços com facilidade. — Venha, Livie. Vamos colocar Keaton para dormir e depois vou ler uma historinha para você.

— Ferdinando! — Livie exclama ao segurar a mão da mãe e andar com ela até o quarto.

— Liv está viciada no Touro Ferdinando — Luke me explica. — Acho que Nat vai ter que redecorar o quarto dela com esse tema.

— Isso é fascinante — respondo, enchendo o saco do meu irmão. — Que outras coisinhas você tem para compartilhar?

— Você é um babaca. — Luke ri. — Essa é a minha vida, cara. Sonecas, touros fictícios e a mulher mais sensual que já vi.

— Nat é ótima — falo com seriedade. — A melhor coisa que você fez foi ter se casado com ela.

— Você tem toda razão. Se algum dia ela tentar me deixar, eu vou junto. Minha vida não funciona sem ela.

Quando absorvo suas palavras, cubro a boca e tento não rir muito alto para não acordar o bebê.

— "Seu algum dia ela tentar me deixar, eu vou junto." Isso é o máximo.

— E totalmente verdade. — Luke me oferece uma tigela com fatias de abacaxi e eu pego uma, lembrando da boceta de Mer quando sinto o sabor da fruta.

Porra, como eu amo a boceta dela. Tão doce, tão viciante.

— Como vão as coisas com a Meredith? — ele pergunta, como se pudesse ler minha mente.

— Bem. — Dou de ombros como se não fosse grande coisa.

— No que está pensando?

— Nada.

Ele mastiga um pedaço de abacaxi.

— Você não aparece na minha casa no meio de uma tarde de sexta-feira sem motivo.

Mastigo o abacaxi devagar, tentando verbalizar as palavras que vêm flutuando no fundo da minha mente.

— Fale logo, pelo amor de Deus — Luke pede, exasperado.

— As coisas com a Mer estão ótimas...

— Mas...?

— Quando algo parece bom demais para ser verdade, geralmente é mesmo.

Luke fica quieto. Quando olho para o meu irmão, ele está me observando atentamente, com os olhos semicerrados.

— Você acha que é bom demais para ser verdade?

— Acho que está acontecendo rápido demais, mas não consigo desacelerar.

— Você é apaixonado por ela desde que tinha dezesseis anos, cara.

— Ela não é mais a mesma garota que era quando tinha dezesseis anos, e eu também não.

— Então vocês estão se conhecendo novamente, aprendendo o que mudou, mas, bem lá no fundo, ainda são as mesmas pessoas. Confie em você mesmo. Confie nela. — Luke dá de ombros como se fosse a coisa mais fácil do mundo. — Não estou dizendo pra se tornar um tapado. Mantenha os olhos e os ouvidos abertos, mas vocês se encontraram novamente depois de dez anos separados. Se é o que quer, aproveite.

Assinto e dou mais uma mordida na fruta.

— Sei que você está certo, mas não consigo evitar imaginar em que momento vai dar tudo errado.

— Por que tem que dar errado?

— Não tem que dar errado, é só que... — Passo os dedos pelos cabelos e coço a cabeça. — E, se surgir alguma coisa, como um trabalho ou que quer que seja, e ela for embora de novo?

— Você ainda acha que ela escolheria a dança em vez de você.

Ouvir Luke proferir meu medo mais profundo deixa minha boca seca. Tudo o que consigo fazer é dar de ombros.

— Aprender a confiar um no outro faz parte de conhecer um ao outro. Só o tempo vai fazer isso.

— Não sou um homem paciente.

— Sei lá, você tem sido mais paciente do que eu seria. — Luke sorri e se encosta na bancada. — Aproveite seu tempo com ela. Traga-a para jantar conosco, algum dia. Eu sempre gostei dela.

— Eu também gosto dela — Nat revela ao se juntar a nós na cozinha. — Cheguei na página cinco do livro do Ferdinando e a Livie dormiu, então agora posso conversar com os adultos.

— Como você está, linda? — pergunto e beijo sua bochecha. Luke estreita os olhos e, sem conseguir evitar, passo o braço pelo ombro de Nat e lanço um sorriso presunçoso para o meu irmão.

— Estou bem — ela diz e me abraça pela cintura.

— Ela gosta mais de mim — informo a Luke.

— Ela só te tolera. Assim como todos nós.

— Pfff. Eu sou o favorito de todos. — Dou um beijo na cabeça de Nat e me afasto quando Luke rosna.

Até eu sei que tudo tem limite.

Natalie fica nas pontas dos pés e beija Luke, abraçando-o com força pelo pescoço. Quando eles se afastam para respirar, ela abre um sorriso sugestivo.

— Você é o homem mais sensual que já vi.

— Ela tá falando da boca pra fora.

Luke me mostra o dedo do meio e volta a beijar sua esposa, e, de repente, fico completamente ciente de que, com os dois filhos dormindo, essa é uma oportunidade para que eles tenham um tempo a sós.

— Vou indo. Mer já deve estar quase pronta.

— Traga-a para jantar aqui na semana que vem. Segunda-feira está bom? — Nat indaga.

— Ela vai estar em Los Angeles na semana que vem — respondo e ignoro o jeito como meu estômago se retorce de nervosismo. — E depois todos iremos para Vegas no próximo fim de semana.

— Bom, então eu vou conversar com ela quando estivermos em Vegas.

— Tudo bem. Tchau, gente.

Mal fecho a porta da frente e eles já estão dando risadinhas. Estão juntos há alguns anos, e são tão apaixonados quanto estavam no dia em que se casaram.

Meu irmão é um cretino sortudo.

Mas eu também sou.

Estaciono na rua em frente ao estúdio e entro. A visão com a qual me deparo me tira o fôlego.

Uma música popular da Starla está estrondando nas caixas de som, e Jax e Mer estão dançando, em uma sincronia perfeita, olhando nos olhos um do outro.

Eles não me ouviram entrar. Recosto-me contra a mesa e assisto avidamente conforme eles ondulam e se movimentam pelo salão, observando suas imagens no espelho.

— Cuidado com os braços! — Jax avisa, observando Meredith com atenção.

Os braços dela parecem ótimos para mim.

A música é um tanto assombrosa, sobre um amor que deu muito errado, e a dança foi montada para refletir a letra, representando abuso e traição. A coreografia é perfeita, e quando Jax faz um movimento em que parece acertar Meredith no rosto, é quase real.

Minhas mãos e mandíbula cerram conforme eles continuam a dança, e, de repente, Jax ergue Mer acima de sua cabeça e a lança, e ela cai de bunda no chão.

— Filho da puta! — ela grita, me surpreendendo.

— Você não está se concentrando — Jax diz e para a música. — Nós fizemos esse mesmo passo quatro anos atrás, na coreografia de *Love's Kiss*.

— Não com a combinação que vem antes. Não consigo me recompor a tempo para você me jogar daquele jeito, Jax, e estou te dizendo, Starla também não vai conseguir.

— E se tirarmos o giro que vem antes?

Ela apoia os cotovelos nos joelhos e pensa por um minuto.

— É, acho que pode dar certo.

— De novo. — Jax estende a mão e a ajuda a se levantar. A música começa do início, e eles retomam a coreografia.

Eles são magníficos. O amor e a amizade que compartilham brilham através da dança. Eles confiam um no outro.

Parte de mim fica com inveja do fato de que nunca terei esse tipo de conexão com Meredith, e outra parte de mim me faz sentir orgulhoso pra caralho dela e grato por ela ter encontrado isso com Jax.

Eles se aproximam do momento do temido movimento e mudam os passos que vem antes dele, então, quando ele a lança dessa vez, ela aterrissa de pé e eles finalizam a coreografia perfeitamente.

— Isso! — ela grita e corre até os braços de Jax, abraçando-o com força.

— Agora sim — ele diz e retribui o abraço dela. — Você é incrível, cupcake.

Começo a aplaudir, com um sorriso largo, e eles me olham, surpresos.

— Meu Deus! — Mer corre e pula em mim, envolvendo-me com seus braços e pernas, e me beija com força. — Eu não te vi chegando.

— Você estava ocupada.

— Eu consegui aterrissar!

— Eu vi. Foi incrível.

— Eu mal posso esperar para mostrar para Starla. Ela vai ficar maluca! — ela fala, animada, e me beija de novo antes de enfiar o rosto no meu pescoço e inspirar profundamente. — Você está cheiroso.

— Você... *não está* — replico com uma risada.

— Eu sei. Vou tomar um banho rápido e ficar pronta.

Eu a coloco no chão e ela sai correndo para os fundos do estúdio.

— A coreografia é ótima, cara — digo para Jax.

— Obrigado. É um sonho trabalhar com ela. — Jax enxuga o rosto e o peito nu com uma toalha e depois a pendura no pescoço. — Você vai levá-la pelo fim de semana inteiro de novo?

Apoio as mãos na cintura e encaro o homem diante de mim por um longo momento.

— Sim.

Ele assente uma vez e começa a sair, mas decido confrontá-lo logo, aqui e agora.

— Qual é o problema? — pergunto, com calma.

Ele interrompe seus passos, virando-se aos poucos para me olhar.

— Eu não te conheço — ele começa, mantendo o olhar no meu.

É, todo o meu respeito por um homem que mantém o contato visual e não tem medo de se impor.

— Não sei quais são as suas intenções. Você diz que a ama. Vocês passam todo o tempo livre juntos. — Ele franze a testa como se buscasse as palavras certas e eu cruzo os braços no peito, esperando. — Ela está consumida por você agora, e...

— E você está com ciúmes?

— Estou preocupado.

— Com o quê, exatamente?

— Quais são as suas intenções com ela?

— Eu vou estar com ela até o dia em que eu morrer — declaro honestamente, sem ao menos ter que pensar sobre isso. Ele pisca, claramente surpreso com a minha resposta, e suspira profundamente.

— Sim, eu estou com ciúmes, porra — ele diz e passa a toalha pelo cabelo. — Não porque eu a quero do jeito que você quer, mas porque, por muito tempo, fomos só ela e eu, lidando com a vida, e estávamos nos virando bem. Cara, você precisa saber que estou aqui por ela pra valer. Meredith é a única família que eu tenho, e sou a única que ela tem.

Assinto e ele continua falando.

— Não me entenda errado. Eu tenho parentes vivos, mas você sabe o que acontece no extremo sul do país com meninos gays que amam dançar?

Ergo uma sobrancelha.

— Me explique.

Ele xinga baixinho e começa a andar de um lado para outro.

— Eles levam porrada todo santo dia. Os pais os deserdam e dizem que eles são abominações blasfemas. — Ele ri sem humor algum e balança a cabeça. — Meredith é minha irmã. Ela é minha melhor amiga. Foi a primeira pessoa a me aceitar e me amar do jeito que sou. Ela é minha confidente, e confio nela cegamente, e você precisa saber que não confio em qualquer pessoa. E, durante os últimos dez anos, eu fui tudo isso para ela, também. Ela sentiu sua falta todo dia, porra. Toda vez que ela ficava bêbada, o que acho que foram exatamente quatro vezes, ela não fazia nada além de falar sobre você. — Ele aponta para mim, e fico sem saber o que dizer. — Os caras que conseguiram ir para a cama com ela eram uns babacas que não valiam a pena, e caíam fora antes mesmo que os lençóis esfriassem. Você sempre foi o único para ela, e de jeito nenhum vou apenas ficar quieto e assistir você deixá-la se apaixonar de novo, a menos que você planeje estar com ela pra valer, porque ela não merece nada menos do que isso.

Ele está ofegando agora, com os olhos ferozes, cheiros de raiva protetora e frustração. Poucas pessoas ganharam tanto meu respeito como ele acaba de ganhar.

— Eu não a mereço. Não sou bom o suficiente para ela, porque ninguém nunca será — respondo calmamente. — Mas senti falta dela todo santo dia também. Não sei se acredito em almas gêmeas, mas ela pertence a mim. Nós pertencemos um ao outro. — Ergo minhas mãos em redenção. — Não sei mais o que te dizer. Mas posso afirmar que eu tiraria a minha vida antes de magoá-la intencionalmente.

Jax está com lágrimas nos olhos enquanto observa meu rosto e, por fim, assente e esfrega o rosto com as pontas da toalha.

— Tudo bem. Eu não tenho motivo para não acreditar em você.

— Eu nunca te darei um.

— Agora estou com o cheiro muito melhor! — Mer exclama e vem correndo dos fundos, parando quando chega em nós, olhando de um para o outro. — Estou interrompendo alguma coisa?

— Não. Só mais papo de homem — falo e sorrio para ela ao puxá-la para o meu lado.

— O que você vai fazer esta noite? — Mer pergunta para Jax.

— Logan e eu vamos sair para jantar — ele responde e confere o relógio na parede. — É melhor eu ir tomar banho, também.

— Por que não saímos todos juntos? — sugiro. Jax vira a cabeça de uma vez para mim, surpreso. — Se você não se importar com a gente invadindo o seu jantar.

— Sim! — Meredith concorda. — Nós falamos sobre sairmos todos para jantar no fim de semana, mesmo.

— Tem certeza? — Jax pergunta.

Balanço a cabeça afirmativamente, beijo o cabelo de Mer e sorrio para Jax.

— Eu bem que gostaria de bater mais papo de homem.

— A sua namorada me acusou de ser menininha na outra noite. Ela quase me fez assistir Uma Linda Mulher.

— Nenhum homem deveria ter que aguentar aquilo — falo, estremecendo.

— Pois é! Eu vou ligar para o Logan e tomar um banho rápido.

— Beleza.

Ele se afasta e Mer olha para mim, examinando meu rosto.

— O que acabou de acontecer?

— Acho que estou me dando bem com o seu melhor amigo.

— Sério? — Ela abre um sorriso enorme, ridiculamente satisfeita.

— Sim, nós deveríamos passar mais tempo com Jax. Ele é legal.

— Ok. — Ela franze a testa e analisa meu rosto de novo, dando de ombros em seguida, e vai até a mesa para pegar sua bolsa. — Eu ainda não conheci Logan. Mas ele parece ser bem legal.

Dou a volta na mesa e a puxo para os meus braços, enterrando o nariz em seus cabelos.

— Depois do jantar, vou te levar para a minha casa.

— É?

— Sim. E então, vou arrancar suas roupas e te foder até você não conseguir lembrar do seu próprio nome. — Deslizo as mãos de suas costas até sua bunda e a pressiono, para que ela sinta meu pau contra sua barriga.

— Vamos furar o jantar — ela murmura.

— Isso é fácil demais. — Sorrio sugestivamente e prendo seu cabelo atrás da orelha. — Mas, durante todo o tempo do jantar, vou ficar te lembrando do quanto eu te quero.

— Como?

— Você vai ver.

Levo meus lábios aos dela, roçando-os de um lado a outro, delicadamente, mal tocando sua pele de fato, e mordisco o canto de sua boca antes de aprofundar o beijo e reivindicá-la. Ela joga os braços ao meu redor, segurando-se firme em mim e rendendo-se da maneira mais linda. Toda vez que ela faz isso, me apaixono ainda mais.

— Sério? — Jax pergunta ao voltar à sala, fresquinho do banho e vestindo calça jeans e uma camisa de botões vermelha. — Vocês vão fazer isso a noite toda?

— Talvez — Mer responde e acaricia meu nariz com o seu antes de se afastar. — Você e Logan vão ficar melosos também?

— Você sabe o que acho de demonstrações públicas de afeto — Jax diz secamente.

— O que Logan acha? — ela sonda.

— Logan acha ótimo. — Nós nos viramos em direção à nova voz vinda da porta da frente. Ele deve ter acabado de entrar.

— Nós precisamos colocar uma campainha nessa porta — Jax murmura.

— Oi! — Imediatamente vai até ele e o abraça. — Eu sou a Meredith.

— Imaginei. — Ele retribui seu abraço, e sorri para ela. — Eu sou o Logan.

— Espero que sim — ela diz, cruzando seu braço com o dele para conduzi-lo até Jax e mim. — Esse é o meu namorado, Mark Williams. E você já conhece o Jax.

— Já o vi uma vez ou duas — ele concorda com uma risada e aperta minha mão. Seu aperto é firme.

Quando ele se afasta de mim, Mer volta para o meu lado e Logan segura o rosto de Jax entre as mãos, plantando um beijo em seus lábios.

— Uau — Mer murmura.

— Logan não vê problema nisso. — Ele olha Jax fixamente nos olhos, antes de virar-se para nós com um sorriso. — E eu estou com fome. Aonde vamos?

— Você é um amor! — Mer diz honestamente, enquanto Jax fita Logan com os olhos cheios de luxúria. Ele está claramente se apaixonando pelo cara.

— Você também — ele fala com uma piscadela. — O seu namorado também não é nada mal.

Sinto minhas bochechas ficarem vermelhas enquanto os três me observam com as expressões seríssimas, antes de caírem na gargalhada às minhas custas.

— Obrigado, eu acho.

— Vamos. A comida mexicana nos chama! — Mer pega minha mão e nos conduz para a saída.

— Então, vocês dois vão viajar na segunda-feira de manhã? — Logan pergunta enquanto comemos aperitivos e aguardamos o jantar chegar.

— Sim, bem cedo — Mer responde. — Que bom que será um voo de apenas duas horas.

— O VMA será no próximo domingo, né? Vocês ficarão lá por quanto tempo?

Puta merda! Eles vão ficar fora por uma semana inteira?

— Nós teremos ensaios até quarta-feira, e então voltaremos para casa e eles irão ensaiar todos os dias até o show — Jax explica.

— Vocês não vão se apresentar? — Logan indaga.

— Não — Mer conta. — Vamos ensinar a coreografia a Starla e seu parceiro de dança e eles irão ensaiar até o dia da apresentação.

— Então, vocês vão voltar na quarta-feira? — pergunto à Mer.

— Sim, lá pelo meio da tarde.

— Minha família vai fazer uma viagem de comemoração para Vegas na sexta-feira. Eu quero te levar comigo.

Meredith arregala os olhos e morde o lábio.

— Parece que vai ser divertido — Logan diz. — Qual a ocasião?

— Meu concunhado vai se casar, então vamos fazer uma despedida conjunta de solteiro. — Ainda não desviei o olhar de Mer. — Você não quer ir?

— Eu não quero deixar Jax sozinho com todo o trabalho...

— Jax também vai — revelo.

— Ele vai? — Mer e Jax perguntam ao mesmo tempo.

— Claro. Vocês podem fechar o estúdio por uma semana. Você vai adorar as garotas, cara. Elas são animadíssimas, e já estão bem empolgadas para te levarem para uma noite das garotas.

— Eu sou mesmo bom com as mulheres — Jax concorda e assente, fingindo seriedade. — É uma pena.

— Parece divertido. — Mer sorri.

— Posso confiar em você em Vegas? — Logan pergunta a Jax. — Álcool, mulheres bonitas e toda aquela devassidão e travessuras?

— Talvez eu volte pra casa casado, mas é fácil de anular. É Vegas, né, você sabe.

Logan se inclina para sussurrar algo no ouvido de Jax e o queixo de Mer cai quando as bochechas de Jax ruborizam e ele limpa a garganta, tossindo em seguida em sua mão.

— Entendido — Jax diz e apoia o queixo na mão, incapaz de olhar alguém diretamente, mas parecendo bem cheio de si.

Inclino-me e sussurro no ouvido de Mer:

— Vá tirar a calcinha.

Ela ergue uma sobrancelha, mas logo limpa a boca com um guardanapo e pede licença para sair da mesa. Quando volta, me lança um sorriso perverso e, por baixo da toalha da mesa, me entrega sua calcinha, que eu imediatamente enfio no bolso.

— Boa garota — murmuro e beijo sua mão.

— Então, Logan, Jax me disse que você é arquiteto — Meredith fala depois que nosso jantar chega.

— Sim, senhora. Há quase quinze anos.

— Bom pra você — ela diz, e posso ver que está tentando calcular mentalmente a diferença de idade entre eles. — Será que já vi algum dos seus trabalhos por Seattle?

— Provavelmente. Minha empresa trabalhou em vários edifícios do centro da cidade.

Ofereço uma garfada da minha carne assada para Mer e, enquanto ela mastiga, inclino-me para sussurrar novamente.

— Eu vou passar pelo menos uma hora com a cara enfiada entre as suas pernas esta noite. — Ela arfa e tosse, e eu lhe entrego um copo com água. — Você está bem, amor?

Ela assente, bebendo a água, e depois estreita os olhos para mim.

— Estou bem.

Dou risada e volto a comer, gostando da maneira como as bochechas de Mer estão coradas e o pulso em seu pescoço está acelerado.

Porra, ela está excitada.

Esse era o objetivo, é claro.

— Há quanto tempo você dança? — Logan pergunta para Meredith.

— Desde que aprendi a andar — ela responde com uma risada. — Sempre frequentei aulas de dança. Dancei profissionalmente por quase dez anos.

— Que legal. Eu adoraria ver você e Jax dançando, qualquer dia desses.

— Venha para o estúdio amanhã — ela convida. — Nós vamos ensaiar de manhã cedo.

— Em um sábado? — pergunto, com a testa franzida. — Você geralmente tira os fins de semana de folga.

— Não nesse fim de semana. Temos que deixar a coreografia perfeita antes de irmos para Los Angeles na segunda-feira — Jax responde. — Você pode ir assistir, se quiser — ele diz para Logan.

— Eu quero — Logan aceita.

— Acredito que você não vai ter mais que presenciar minhas quedas de bunda no chão — Mer diz e encara Jax. — Esse aqui gosta de ficar me jogando para lá e para cá.

Ela se remexe na cadeira, descruzando e cruzando novamente as pernas sob a mesa, e pensar em sua boceta nua por baixo da calça jeans faz meu pau pulsar.

— Vocês podem nos dar licença, por favor? — Fico de pé, puxando Meredith comigo. — Preciso falar uma coisa com a Meredith.

Levo-a para longe da mesa, sem esperar por uma resposta. Entramos em um corredor escuro, que separa o restaurante do bar, e quando ficamos fora de vista das mesas ali perto, eu a prendo contra a parede e pressiono minha coxa em sua boceta, seguro seu rosto e a beijo profundamente. Sem aviso. Sem delicadeza. Apenas beijos ardentes.

Ela finca as mãos nos meus braços, segurando-se firme quando arrasto o nariz por sua mandíbula até a orelha e rosno.

— Eu preciso te levar para casa e me enterrar em você por horas. Pensar no quanto você deve estar molhada agora está me enlouquecendo.

— Vamos embora, então...

— Não. Nós vamos passar mais um tempinho com Jax e Logan, jogar conversa fora, com você sabendo o tempo inteiro o quanto estou duro por você. — Beijo-a mais uma vez e esfrego mais a coxa entre suas pernas, fazendo-a gemer baixinho. — Você me deixa maluco.

— Também me sinto bem maluca agora — ela sussurra e enfia os dedos nos meus cabelos. — Estou gostando.

— Porra, você vai adorar.

Capítulo Nove

Meredith

— Tudo bem? — Jax pergunta quando Mark e eu voltamos para a mesa. Minha boceta está pulsando em antecipação e minhas bochechas estão quentes. É de se admirar eu não estar com HOJE EU VOU TRANSAR tatuado na testa.

— Tudo ótimo — respondo e sento, remexendo-me um pouco, tentando aliviar a dor entre minhas pernas. Mark vai acabar me matando.

Matando de tesão.

Mark descansa a mão na minha coxa e a arrasta lentamente para cima, até pousar na junção das minhas pernas. Cubro sua mão com a minha e a aperto, apenas por pura autopreservação. Seus lábios estão apertados quando olho para ele.

— O jantar estava delicioso — anuncio e empurro meu prato, pronta para dar o fora daqui.

— Você mal comeu — Jax diz.

— Estou cheia — insisto.

— Você guardou espaço para a sobremesa? — Logan pergunta e analisa o cardápio de sobremesas. — Os churros com calda de chocolate parecem bons.

— Sim, vamos pedir sobremesa — Mark concorda e aperta minha coxa. — Nós temos tempo.

Eu vou torturá-lo mais tarde. Eu vou chupar seu pau até que ele esteja me implorando para deixá-lo gozar, e eu não vou deixar. Vou mantê-lo na beira do abismo pelo tempo que for possível.

Abro um sorriso largo ao pensar no meu novo plano. Vou fazer o joguinho dele.

Deslizo a mão por baixo da toalha da mesa para descansá-la sobre sua ereção dura e aperto um pouco através dos jeans. O rosto de Mark não muda nada; ele apenas pega minha mão e a ergue até seus lábios para beijar os nós dos meus dedos, colocando-a sobre a mesa em seguida.

Jax pede as sobremesas e vira o rosto na direção de Logan com surpresa quando ele também pega sua mão e beija os nós dos seus dedos. O rosto de Logan está calmo e feliz, e ele pisca para mim antes de prender Jax em seu olhar penetrante.

— Problemas?

Jax pisca e olha para suas mãos entrelaçadas antes de voltar sua atenção para Logan.

— Não.

Abro um sorriso largo para o meu amigo enquanto ele me fita com um olhar que diz *"O que diabos eu devo fazer agora?"*.

As sobremesas são servidas rapidamente. A massa açucarada está deliciosa, especialmente quando Mark a enche de calda de chocolate e a oferece para mim, lambendo os dedos em seguida.

Mal posso esperar para *lambê-lo*.

Finalmente, pedimos a conta, mas Logan é mais rápido e a pega antes que qualquer um de nós possa reagir.

— Cara, é minha — Mark diz e pega sua carteira.

— Acho que não é, não — Logan replica e entrega seu cartão.

— Me deixe pelo menos pagar a minha parte e a da Mer — Mark tenta novamente, mas Logan balança a cabeça negativamente.

— Você pode pagar na próxima vez.

— Obrigada. — Sorrio para sua gentileza. Estou muito satisfeita com essa primeira saída. Logan é inteligente, lindo e está claramente gostando muito do meu melhor amigo. Jax escolheu muito bem dessa vez.

Espero que ele não ferre tudo.

Nós todos saímos para a noite fria de primavera e ficamos na calçada por um momento, respirando fundo, prontos para seguirmos nossos caminhos separados.

— Obrigado novamente pelo jantar. — Mark aperta a mão de Logan, depois a de Jax. — Vamos repetir em breve.

— Com certeza. Foi um prazer conhecê-lo — Logan responde, virando-se para mim em seguida e puxando-me para um abraço apertado. — Divirtam-se — ele sussurra.

— Boa noite. — Abro um sorrisão para Jax. Ele arregala os olhos, sabendo o que vou dizer, mas não consegue me impedir. — Usem camisinha!

— Tchau, Meredith Agatha — Jax responde, fazendo-me arfar.

— Você prometeu que nunca diria o meu nome do meio a ninguém!

Ele sorri conforme Logan segura sua mão e começa a puxá-lo para eles irem embora.

— Não prometi, não.

— Prometeu, sim! Nós estávamos bêbados! Até viramos um shot para fechar o acordo.

— Acordos fechados com shot não contam, limãozinho. Você sabe disso. — Ele gargalha alto enquanto Logan o conduz para longe e eu fito suas costas com muita irritação, imaginando como poderei me vingar.

— Vamos para casa, amor. — Mark beija minha mão quando vamos até seu Jeep.

— Ele gritou o meu nome do meio para todo mundo ouvir.

— Eu ouvi. Eu estava aqui. Por que nunca fiquei sabendo qual é o seu nome do meio?

— Por que nunca conto a ninguém.

— Com exceção do Jax — ele retruca com uma risada. Adoro saber que os ciúmes que ele sentia do Jax parecem estar se dissipando.

— Nós estávamos bêbados, certa noite, e disputávamos para ver quem tinha a história mais vergonhosa para contar, e eu *confidenciei* o meu nome do meio a ele. Ele não deveria ter aberto o bocão! Agora o namorado dele também sabe!

Mark gargalha e balança a cabeça ao colocar o carro em movimento e dirigir pela via expressa, saindo do centro de Seattle em direção ao norte.

— Tenho quase certeza de que há nomes do meio piores do que esse.

— Tenho quase certeza de que não.

— O que mais você contou a ele? — Mark pergunta e coloca a mão na minha coxa, despertando meu corpo novamente.

— Contei sobre a vez que quase incendiei o laboratório de química no ensino médio.

Mark ri e aperta minha coxa.

— Pensei que tivesse chegado a nossa hora naquele momento.

— Sinto muito por você ter me tido como parceira. Eu era péssima. Nunca deveria ter subornado o John Stevens para trocar comigo.

— O quê? — Ele vira para mim de uma vez, surpreso.

— Paguei ao John para ele trocar de dupla comigo, para que eu pudesse ser a sua. Eu era super a fim de você, mas não conseguia chamar a sua atenção.

— Você tinha a minha atenção, sim. Só achei que você não estava interessada.

— Por que você achou isso?

— Por que eu te chamei para ir tomar sorvete depois da escola algumas vezes, mas você recusou.

— Eu tinha aula de dança depois da escola.

— Eu ainda não sabia disso — ele me lembra e dá uma risada pesarosa. — Desde o primeiro momento em que te vi, eu soube que nunca mais olharia para outra pessoa. Quanto você pagou ao John?

— Cinquenta dólares. — Sorrio e me inclino para beijar o ombro de Mark. — Valeu cada centavo.

Ele estaciona em frente à sua casa.

— Por que você nunca estaciona na sua garagem?

— Porque está cheia de ferramentas e materiais de construções — ele diz e passa os dedos pelos meus cabelos. — Você é tão linda, M.

Puxo sua mão até minha boca e dou um beijo na palma, descansando a bochecha nela em seguida.

— Obrigada.

— Vamos lá. Eu tenho algumas coisas para te mostrar.

— Pensei que você ia me foder. Eu meio que visualizei nós dois rasgando as roupas um do outro e transando contra a porta da frente.

Mark sorri de orelha a orelha ao sair do Jeep e espera por mim na varanda.

— Não é um plano ruim, mas teremos que deixar para uma próxima vez. Eu vou te mostrar alguns dos trabalhos de reforma que finalizei por aqui durante os últimos dias.

— Mas estou com tesão — choramingo e faço beicinho.

— Você ainda não entendeu? — ele pergunta ao destrancar a porta e me conduzir para dentro. Em seguida, me puxa para seus braços e apoia a testa na minha. — Expectativa é a melhor preliminar que existe.

— Eu vou entrar em combustão espontânea — sussurro, fechando os olhos conforme ele escova meus cabelos com os dedos e acaricia meu nariz com o seu, deslizando as pontas dos dedos por minhas bochechas e descendo para o meu pescoço. Meus mamilos ficam rígidos e eu agarro sua camiseta em punhos. — Sinto como se fizesse semanas desde que você esteve dentro de mim pela última vez.

— Faz apenas horas, amor.

— Muito tempo.

Ele se afasta de repente e limpa a garganta, lambendo os lábios e balançando a cabeça.

— Boa tentativa. Vem comigo.

— Eu quero chupar o seu pau — resmungo e, diante da parada abrupta que ele dá, esbarro em suas costas. Ele gira e segura meu rosto entre as mãos, beijando-me de maneira insana, com sua língua colidindo com a minha, parando tão rapidamente quanto começou, ofegando e com os olhos em chamas.

— Aproveite. Confie em mim.

E, com isso, ele se afasta novamente e me leva pela sala de estar, que está escassamente mobiliada com um simples sofá de dois lugares e uma poltrona, até o banheiro do andar de baixo.

— Uau! Esse banheiro está lindo!

As paredes estão pintadas de um tom rico de cinza, contrastando com uma pia e um vaso sanitário brancos e novinhos. O espelho tem uma moldura preta, e as prateleiras pretas acima do vaso sanitário estão cheias de toalhas brancas, lenços e um relógio antigo que não funciona mais.

— Obrigado.

— Você fez tudo isso naquela noite?

Ele assente, observando-me com calor nos olhos.

— O que mais você fez?

Ele segura minha mão novamente e me conduz por um corredor, mas, antes que cheguemos a outro cômodo, ele me prende contra a parede, coloca minhas mãos acima da minha cabeça com uma das suas e, com a outra, toca meu sexo através da calça jeans, enquanto enterra o rosto no meu pescoço e mordisca a pele ali, sem muita delicadeza, mas não forte o suficiente para deixar marcas.

— Eu vou te fazer gritar mais tarde, Meredith. Como se sente quanto a isso?

— Mal posso esperar — sussurro e sinto seu sorriso na minha pele, o que me deixa ainda mais excitada.

Tudo o que ele faz é sexy pra caralho.

— Ótimo — ele diz, dá mais um beijo no meu queixo e solta minhas mãos, segurando uma delas em seguida para continuar a me levar pelo corredor.

Porra, eu vou matá-lo.

Meu corpo está vibrando de luxúria e expectativa. Eu preciso dele dentro de mim *pra ontem*.

Ele gesticula para que eu o siga até o quarto extra, mas meu coração para conforme absorvo a beleza do cômodo. O chão é feito de madeira de lei clara, as paredes são marrons e as janelas são largas, permitindo a entrada de bastante luz.

Em três das paredes, há estantes de livros que vão do chão ao teto. Há também caixas de som em dois cantos, e um sistema de som montado perto da porta.

— Uma biblioteca? — Meus olhos encontram os dele. — Eu sempre quis uma biblioteca.

— É mesmo?

Assinto e vagueio pelo espaço vazio, imaginando centenas de livros preenchendo as prateleiras, uma mobília suave e tapetes distribuídos por ali.

— Além de dançar, ler é o que mais amo fazer.

— Fico surpreso por você conseguir encontrar tempo para ler — ele diz e me observa andar pelo cômodo.

— Não consigo com muita frequência, mesmo hoje em dia. Quando estávamos em turnê, as opções eram encontrar um canto para ler ou enlouquecermos uns aos outros. Esse seria o espaço perfeito para onde escapar, se aconchegar em uma poltrona com um bom livro e ler durante uma tarde inteira.

Paro em frente às janelas e olho para o quintal, onde estão a lareira e a espreguiçadeira onde fizemos amor no meio da noite, a grama que está começando a ficar bem verde, e sei, com todo o meu coração, que é aqui que quero estar. Depois de mais de dez anos fazendo turnês, trabalhando, sem um lar verdadeiro, eu quero *esse* lar com *esse* homem.

— No que está pensando? — Mark pergunta ao se posicionar atrás de mim e me envolver em seus braços, beijando minha bochecha.

— Essa casa é linda, M.

— Obrigado. Espero que um dia alguém seja feliz aqui.

— Do que você está falando? — Giro em seus braços e franzo a testa para ele.

— Eu vou terminar de reformá-la e vendê-la.

— Você a comprou para depois vender e ter lucro? — indago, olhando mais uma vez em volta do cômodo lindo.

— Sim.

— Mas...

Por que, de repente, estou sentindo como se todas as minhas esperanças e sonhos tivessem acabado de ser arrancados de mim?

— Mas o quê? — Ele segura meu queixo entre o polegar e o indicador e encontra meu olhar.

— Eu só achei que você planejava morar aqui.

— *Você* quer morar aqui?

— Pff! — Reviro os olhos e me afasto dos braços dele, tentando disfarçar a decepção com todas as minhas forças. Estou sendo ridícula! — Nós não estamos nem um pouco prontos para morarmos juntos.

— Então, por que você parece tão triste? — Ele enfia as mãos nos bolsos e me observa, quieto.

— Eu não estou triste. — Ando até a porta, o barulho dos meus sapatos contra o chão ecoando alto. — Me mostre o restante.

Viro-me e espero por ele, com uma sobrancelha erguida, mas ele ainda não se moveu. Continua a me observar em silêncio, até me fazer sentir minhas bochechas ficando coradas.

— Fale comigo, M.

— Eu gosto da sua casa, Mark. É só uma casa.

Uma casa que eu estava começando a considerar nossa, o que é completamente ridículo.

Ele vem até mim devagar, segura meu rosto e beija minha testa com ternura, pegando minha mão em seguida e me conduzindo para fora da biblioteca, em direção a uma escadaria nos fundos que eu não sabia que havia ali.

— Essa casa é maior do que parece.

— É bem comprida e profunda, então, sim, é maior do que parece quando vista da rua. Tenho feito as reformas tendo uma família em mente, na esperança de que irá atrair alguma para comprá-la.

Ele me guia até um quarto e segue na minha frente. O cômodo está pintado de rosa-bebê, com cortinas brancas translúcidas e um carpete cinza. É claramente um quarto para uma garotinha.

— Esse quarto é conjugado ao outro por um banheiro compartilhado. — Ele desliza uma porta para abri-la, revelando um banheiro com azulejos e bancada coloridos novinhos, que leva até outro quarto, do mesmo tamanho do anterior. Esse está pintado de azul, com cortinas brancas e o mesmo carpete cinza.

— Muito fofos — elogio com um sorriso.

Puta merda, eu consigo imaginar os nossos filhos nesses quartos. Qual é o meu problema, porra?

Ele ainda está me encarando seriamente, e posso ver que não está acreditando no meu sorriso brilhante.

— Você vai me dizer qual é o problema?

— Por que você acha que há um problema? — Dou de ombros e viro as costas para ele, para ir até o corredor em direção à outra extremidade da casa, onde fica a suíte principal.

Até eu ver aquela biblioteca no andar de baixo, esse era o meu cômodo favorito. A cama é grande e confortável, o carpete é macio e, em vez de janelas comuns, há uma parede toda de vidro com uma porta que leva a uma pequena sacada.

Posso me imaginar sentada naquela sacada todo domingo de manhã, pelo resto da minha vida, tomando café enquanto ouço os pássaros cantarem nas árvores. Ou embalar meus bebês até dormirem enquanto ouço grilos e observo as estrelas.

E, em todos esses cenários, Mark está na cadeira ao lado da minha.

Estou me precipitando muito. Eu não havia pensado muito nisso antes, mas, agora que ele disse que vai vender a casa, parece que perdi algo... importante.

— Ok — Mark diz abruptamente e me pega nos braços, colocando-me na cama e deitando junto comigo. — Algo está errado. Fale.

— Eu estou bem.

— Você está triste, M. Nós fomos de um tesão maluco para tristeza em um piscar de olhos, e eu quero saber por quê.

Dou de ombros e mordo o lábio, sentindo-me ridícula.

— É idiota. Esquece. Vamos transar.

Ataco sua calça jeans, mas ele rola sobre mim, prendendo-me sob seu corpo.

— Não. Isso não vai dar certo se não conversarmos, então fale logo.

— Fale você. — Faço birra.

Ele aperta os lábios e seus olhos se iluminam com humor, fazendo-me sentir melhor.

— Ok. Eu te amo. Sua vez.

— Eu também te amo. Sua vez.

— Eu quero saber por que, de repente, você ficou distante.

— Eu não fiquei, é só que...

— O quê? — Ele encosta os lábios nos meus por um momento, me beija suavemente e se afasta, acariciando minhas bochechas com os polegares.

— Eu não quero que você venda essa casa. — Mordo meu lábio e me encolho.

— Por quê?

— Só não quero.

Ele rosna e ri ao descansar a testa na minha.

— Será que eu vou ter que te torturar pra arrancar essa informação de você? Tenho meus jeitos de te fazer desembuchar, sabe?

— Não tem, não. Sou um baú trancado.

Ele ergue uma sobrancelha, daquele jeito arrogante, e um sorriso safado surge em sua boca, dando-me a certeza de que estou encrencada.

— Ah, meu amor — ele murmura, seus lábios fazendo cócegas nos meus. — Desafio aceito.

Ele mordisca meus lábios e arranca todos os botões da minha blusa ao abri-la em um só movimento, enfiando o rosto entre os meus seios em seguida.

— Essa blusa era nova!

— Gostei dela — ele responde, nem um pouco intimidado.

Mark fica de joelhos, me puxa para que eu fique sentada e ele possa terminar de tirar a minha blusa e o meu sutiã, e me cobre novamente com seu corpo largo, fazendo uma trilha de beijos do meu ombro até meus seios, puxando os mamilos com a boca.

— Puta merda — sussurro, enterrando os dedos em seus cabelos e arrastando as unhas por suas costas, puxando sua camiseta. — Tire a camiseta.

Ele puxa a camiseta pela cabeça e a joga no chão, junto com a minha roupa arruinada, e volta a semear beijos pelo meu torso, até o cós da minha calça jeans. Ele esfrega o nariz por minha pele ali, deixando-me arrepiada.

— Mark — sussurro e me remexo sob ele.

— Sim, amor.

— Estou excitada demais para ir devagar.

Ele abre o botão da minha calça e observa meu rosto enquanto desce o zíper lentamente, fazendo-me morder o lábio e gemer de frustração.

— Eu também estou frustrado.

— Posso ajudar com isso. — Tento alcançar sua calça, mas ele segura minhas mãos e as prende contra a cama, uma de cada lado do meu corpo.

— Não é essa frustração.

Encaro-o irritada, deixando de gostar desse joguinho.

— Eu não quero te dizer isso, Mark. Só deixa pra lá e me fode logo.

Seus olhos queimam de irritação.

— Não. É uma pergunta simples.

— Não para mim.

Ele retira minha calça e joga sobre o ombro.

— Você gostou quando eu te pedi para tirar a calcinha no restaurante?

— Sim, foi divertido.

Ele beija minha barriga, bem abaixo do umbigo, e inspira profundamente.

— O seu cheiro me diz que você precisa ser fodida.

Suas palavras fazem meu corpo inteiro se contrair em antecipação.

— Preciso.

— Você é sexy pra caralho, Meredith. — Ele está ofegando agora, observando-me com seu olhar azul. — Eu nunca vou me cansar de você.

Ele separa minhas coxas e, gentilmente, faz o mesmo com meus lábios, usando os polegares.

— A sua boceta é incrível. Pequena e rosada. — Ele toca meu clitóris com o nariz, fazendo-me arfar. Sua língua desliza por minha entrada antes que ele enfie um dedo ali.

— Oh, Deus!

— Por que você não quer que eu venda essa casa, Meredith?

— Eu não sei. — Mordo o lábio e choramingo quando ele se afasta de mim completamente. — Ei!

— Expectativa — ele me lembra, beijando a parte interna das minhas coxas. Olho para ele com irritação, e o idiota ri.

— Fico tão feliz por te entreter enquanto *preciso* de você dentro de mim — retruco, com raiva.

De repente, seu rosto muda. Ele não está mais divertido. Ele está... *eu não sei.*

Pela primeira vez na vida, não consigo desvendá-lo.

— Mark?

Ele descansa a testa na minha barriga, agarra meus quadris e me segura por um longo momento antes de erguer o olhar para mim novamente, cheio de amor e medo e... *esperança*?

Sento-me, seguro seu rosto e o beijo apaixonadamente, inspirando-o. Deus, ele sempre teve o cheiro tão bom. Seus braços me envolvem pela cintura, erguendo-me contra ele. Coloco as pernas em volta de seus quadris e pressiono meu centro no seu pau coberto pela calça jeans, beijando-o com tudo o que tenho.

Odeio ter visto medo em seus olhos. Do que ele pode estar com medo?

— Eu não quero que você venda a casa — sussurro, dando beijos suaves em suas bochechas. — Porque eu amo essa casa. Consigo nos ver morando aqui, tendo filhos aqui. Essa é uma casa de família, mas a família que eu vejo nela é a nossa. É por isso que não quero que a venda. — Pressiono o rosto no seu pescoço, incapaz de olhá-lo nos olhos. — Eu não queria dizer isso, porque o nosso relacionamento ainda é tão recente, e um tanto assustador, mas eu não consegui te interpretar quando me olhou e não sei lidar com isso.

Ele está me abraçando com uma força feroz. Espero que ele vá me fazer olhá-lo nos olhos, mas ele não faz isso, o que é bem atípico dele. Em vez disso, aconchega minha cabeça gentilmente, afaga meus cabelos com os dedos e nos embala de maneira calmante. Por fim, ele me deita sobre a cama, tira o jeans e me cobre por completo, apoiando sua pélvis na minha.

Seu pau pulsa contra o meu núcleo, com a ponta roçando no meu clitóris, e, sem conseguir evitar, ondulo meus quadris como um convite. Os olhos de Mark estão intensos, calorosos, e não consigo desviar deles. Por fim, ele toma impulso e desliza para dentro de mim, devagar, com reverência, fazendo meus olhos se encherem de lágrimas.

— Não chore, meu amor.

— Isso é tão bom — sussurro roucamente.

Ele ainda não disse nada em resposta ao meu desabafo, o que me preocupa. Talvez não estivesse pronto para ouvir a minha necessidade de morar com ele, algum dia. Talvez isso seja mesmo apenas sexo para ele, e eu estou tirando conclusões precipitadas.

Talvez eu seja uma idiota.

Ele começa a se mover, fazendo amor comigo em um ritmo lento. Uma de suas mãos grandes desliza pela lateral do meu corpo para apalpar meu seio e seu polegar roça no meu mamilo sensível, fazendo-me morder o lábio. Sua boca se curva em um meio sorriso conforme ele observa como meu corpo reage ao seu toque.

— Será que você faz ideia... — ele sussurra e roça minha bochecha com a sua, mal fazendo contato. Sua barba por fazer me faz cócegas, mas também faz meu corpo se contrair ainda mais. — Será que tem a mínima noção do quanto eu imaginei como seria te ouvir dizer essas palavras?

Ele estremece e fecha os olhos, e eu deslizo as pontas dos dedos em suas costas. Um leve brilho de suor cobre seu corpo forte conforme ele começa a se mover, seu púbis se chocando contra o meu clitóris, enviando uma eletricidade por todo o meu corpo, até as pontas dos meus dedos.

— Oh, meu Deus — suspiro e fecho os olhos conforme ele faz amor comigo, estocando em mim enquanto sussurra palavras de amor e promessas de para sempre, e não consigo aguentar. É demais. Entro em erupção sob ele, choramingando seu nome e vendo estrelas explodirem ao nosso redor.

— Isso, amor — ele murmura.

Ele estende as mãos para alcançar sua cabeceira ao impulsionar em mim com mais força, sua boca formando um O quando ele goza intensamente, tendo espasmos sobre mim e observando-me maravilhado.

Por fim, ele me puxa para seus braços e nos rola até o outro lado da cama, aconchegando-me em seus braços.

— Vou ficar com a casa e nós vamos viver um dia de cada vez. Tudo bem assim?

— Sim. Obrigada.

Ele beija minha testa e abre um sorriso repentino.

— Acho que você vai ter que me ajudar a comprar mobília.

— Eu vou?

Ele assente e abre aquele sorriso safado novamente.

— Agora que finalmente consegui te fazer admitir que quer morar comigo algum dia, você tem que dizer como quer que a sua casa seja mobiliada.

— Não é minha casa — insisto rapidamente, balançando a cabeça e empurrando seu peito.

Ele revira os olhos e me puxa de volta para seus braços sem esforço.

— Dá pra você se decidir? Ou é sua, ou não é.

É claro que é.

— É a *sua* casa que eu não quero que você venda.

— Vamos dar um jeito nisso.

Capítulo Dez

Meredith

Pela primeira vez em muito tempo, eu não quero ir trabalhar. Quero ficar aqui, na minha cama, com o meu namorado ainda dormindo e me abraçando. Puxo as cobertas sobre nossas cabeças e faço de conta que o resto do mundo não importa.

Mas tenho um voo para pegar, e acho que Jax não voltou para casa ontem à noite.

Bom para ele.

Minha mala está feita e estou pronta para ir, então apenas fico deitada na cama, observando Mark dormir por um tempo, gostando do jeito como seu rosto está pacífico em seu sono, da leve barba por fazer em suas bochechas e de como seus cabelos estão bagunçados.

Mas, claro, seus cabelos sempre estão bagunçados.

Ele rola na cama, deitando de costas, e joga um braço sobre a cabeça. Eu não sou idiota. Até parece que vou deixar essa oportunidade passar.

Deslizo para baixo em seu corpo e, antes que meu movimento possa acordá-lo, seguro seu pau semiereto e lambo da base até a extremidade de uma só vez, envolvendo-o com a boca em seguida e chupando com firmeza.

— Puta merda — ele murmura e enfia os dedos em seus cabelos. — Bom dia.

— Bom dia — respondo com um sorriso e circulo a cabeça do seu pau com a ponta da língua. — Você pode voltar a dormir. Só vou brincar aqui um tempinho.

Ele ri e logo passa a gemer quando cubro suas bolas com minha palma e as massageio enquanto chupo seu pau, que agora está bem duro. É tão grande, quase grande demais para caber na minha boca, então eu lambo, beijo e até arrasto levemente os dentes por seu comprimento.

— Merda, você é tão boa nisso, amor. — Sua voz ainda está pesada de sono, seu corpo quente e completamente à minha mercê.

Sexy pra caralho.

— Eu consigo sentir as batidas do seu coração bem aqui — digo e passo a ponta do dedo sobre a veia grossa que fica na parte inferior do seu pau. — Está um pouco acelerado.

— Pode apostar que está.

— E por que será? — Chupo a extremidade e o masturbo com minha mão enquanto aguardo sua resposta.

— Porque a mulher mais sexy do mundo está me chupando — ele responde com um rosnado e impulsiona os quadris para cima. — Puta que pariu, M, os seus lábios deveriam vir com uma placa de aviso.

Dou risada e lambo da ponta do membro até as bolas, lambendo as duas de uma vez e, depois, dando atenção a uma de cada vez enquanto deslizo o dedo pelo espaço supersensível bem no meio delas.

— Porra, você vai me fazer gozar.

— Acho que esse é o objetivo. — Abro um sorriso presunçoso conforme suas pernas começam a ficar inquietas e suas mãos apertam os lençóis. — Você gosta, não é?

— Só um pouco — ele diz, com os dentes cerrados.

Lambo seu comprimento e chupo a ponta novamente, sabendo que ele está perto, bombeando-o com meu punho e sentindo todo o seu corpo se contrair. Suas bolas enrijecem e, de repente, ele goza na minha boca. Engulo tudo rapidamente e observo seu rosto enquanto ele ofega e penteia meus cabelos com os dedos.

— Melhor maneira de acordar que existe — ele fala e ri ao desabar na cama.

— Isso foi divertido. — Trilho um caminho de beijos por seu corpo, até ficar por cima dele. — Bom dia, amor.

Ele beija minha testa e me envolve com seus braços incríveis, segurando-me com firmeza contra seu peito.

— Quando temos que sair de casa? — ele sussurra.

— Daqui a uns trinta minutos. Você tem certeza de que não quer ir com a gente?

— Acho que é a quarta vez que você me pergunta isso desde sexta-feira à noite — ele fala, enquanto seus dedos deslizam por minhas costas. Os batimentos do seu coração estão começando a voltar ao ritmo normal sob minha bochecha.

— Eu sei. É que eu ia gostar de ter você comigo lá.

— Tenho que trabalhar. Serão só alguns dias. — Ele nos rola para deitarmos de lado, podendo assim ver meu rosto. — Eu vou te buscar no aeroporto na quarta-feira.

Assinto e coloco a palma em seu rosto.

— Eu vou te ligar sempre que puder.

— Faça o que tem que fazer, aproveite com Starla e Jax por alguns dias, e depois volte para casa, para mim.

Abro um sorriso largo e me inclino para beijá-lo. Eu sei que ele está nervoso com a minha viagem. Senti isso nele todas as vezes que fizemos amor nesse fim de semana, em momentos em que o peguei me observando em silêncio. Eu não sei como reassegurá-lo de que não há nada com o que se preocupar.

— Quer que eu te traga alguma coisa? — Sorrio e sento na cama, deixando o lençol se amontoar no meu colo e esfregando meu rosto. — Uma camiseta? Uma caneca? Um cartão postal?

— Só a minha mulher, obrigada — ele diz ao sair da cama e andar pelado até o banheiro.

Meu Deus, não é nada desagradável olhá-lo se afastar assim. Aquela bunda é tão... deliciosa.

É uma bunda firme e gostosa.

Pisco quando ouço o barulho da descarga e sinto meu rosto esquentar quando ele volta para o quarto.

— No que estava pensando?

— Que você tem uma bunda gostosa.

— Pensei que você gostava dos meus braços.

— Também gosto da sua bunda. — Dou de ombros e levanto da cama, procurando por minhas roupas enquanto evito contato visual. Pelo amor de Deus, eu estava com o pênis do cara na minha boca dez minutos atrás, mas dizer que eu acho que ele tem a bunda gostosa me deixa tímida?

Que porra é essa?

— Venha aqui. — Não é um pedido.

Deixo a blusa e a legging que planejo usar no avião sobre a cama e vou até ele. Ele me envolve com os braços e me abraça apertado, balançando-nos delicadamente, e dá um beijo na minha cabeça. Ele respira fundo quando pressiono as mãos em suas costas e aperto com força.

— Eu gosto de olhar para você — sussurro.

— Ótimo. Também gosto de olhar para você. — Ele ri e beija meu cabelo, afagando minhas costas. — Jax está aqui?

— Não sei. Não o ouvi voltar para casa. — Atravesso o quarto e checo meu celular. — Não tem nenhuma mensagem dele.

Mark e eu estamos terminando de nos vestir quando ouço a porta da frente abrir em um rompante.

— Minhas malas estão prontas! — Jax grita ao passar pelo meu quarto em direção ao seu.

— Agora ele está em casa. — Rio ao dar uma corridinha rápida até o corredor. — Você está bem?

— Sim. Logan e eu... hã... dormimos demais.

— Aham.

— Cala a boca.

— Eu gosto dele. — Encosto o ombro no batente da sua porta e cruzo os braços contra o peito, enquanto o assisto juntar seus produtos de higiene e jogá-los em uma bolsa. — Ele é legal. E é gostoso.

— Eu ouvi isso! — Mark grita do meu quarto, fazendo-me rir.

— Ele não é tão gostoso quanto você! — grito de volta.

— Nós vamos nos atrasar — Jax resmunga e para no meio do quarto, parecendo estressado e apressado, com os cabelos em pé, barba por fazer e roupas que eu tenho certeza de que ele estava usando ontem.

— Não vamos, não. Você tem tempo para trocar de roupa, pelo menos. Você está em um relacionamento com o cara, Jax, não precisa ficar agindo como se isso fosse uma caminhada da vergonha.

— Vou tomar um banho e me trocar quando chegarmos ao hotel.

Reviro os olhos e começo a voltar para o meu quarto.

— Graças a Deus serão apenas duas horas de voo!

— Eu não estou fedendo! — Eu o ouço cheirar a axila e resmungar algo sobre encontrar uma camiseta limpa.

Mark está sentado na beirada da minha cama, mexendo no celular. Ele também está usando as mesmas roupas de ontem.

— Parece que Jax não é o único fazendo a caminhada da vergonha hoje — constato com uma risada. — Você deveria trazer algumas das suas coisas pra cá, pra quando passar a noite comigo.

— Você que deveria ir morar comigo pra não termos esse problema — ele diz, ainda encarando o celular.

— Vou abrir um espaço pra você no meu closet — replico, sem dar atenção para sua sugestão, porque, francamente, não sei o que diabos responder a isso.

— Eu vou abrir um espaço pra você no meu closet — ele diz, ainda digitando furiosamente no celular.

— Estou pronto! — Jax anuncia ao passar apressado pelo meu quarto, parando rapidamente e enfiando a cabeça pela porta entreaberta. — *Oláááá*? Voo? Los Angeles? Você vem?

— Sim. Está pronto, amor?

— Estou.

O caminho até o aeroporto é silencioso, enquanto nós três nos perdemos em pensamentos. Ainda é cedo o suficiente para o trânsito não estar congestionado, então chegamos com tempo de sobra.

— Você não precisa pagar para estacionar, M. É só encostar na entrada e nos deixar lá.

— Eu vou com vocês.

— É um desperdício de dinheiro — insisto, mas ele pega minha mão e beija os nós dos meus dedos delicadamente, fazendo eu me derreter por dentro.

— Não é. Eu vou ter que ficar sem te tocar por mais de quarenta e oito horas, Meredith. Vou aproveitar cada minuto que eu puder agora.

— Caramba, você tá de quatro, cara — Jax fala do banco de trás com uma risada, recebendo um sorriso largo de Mark.

— E você não tá? — Mark o desafia. Jax dá de ombros.

— Eu disse todas as minhas coisas fofas em particular mais cedo.

— Awn, você está sendo fofinho? — pergunto em uma voz estridente e quico no assento. — Eu nunca te vi ser fofo antes.

— E vai continuar sem ver — ele retruca secamente.

Mark estaciona o Jeep, e ele e Jax pegam nossas malas, puxando-as conforme andamos até o terminal.

Imprimimos os cartões de embarque, despachamos as malas, e Jax aperta a mão de Mark.

— Valeu pela carona, cara. Te encontro no portão, caramelo. Não quero mais ficar presenciando essa melação de vocês.

Ele pisca para nós e se afasta, deixando Mark e eu sozinhos.

— Te mando uma mensagem quando entrar no avião.

— Ótimo. Vou ficar preocupado.

Ele entrelaça nossos dedos das duas mãos, prende nossos braços nas minhas costas e se abaixa para me beijar, sem dar a mínima para quem possa estar vendo. Em certo ponto, ele solta uma das minhas mãos e toca meu pescoço, fazendo pequenos círculos na minha bochecha com o polegar, enquanto seus lábios me fazem esquecer de onde estou.

Ele é capaz de me desarmar completamente só com um beijo.

— Tenha cuidado — ele sussurra contra os meus lábios.

— Você também — respondo e enrolo os dedos em seus cabelos. — Te vejo em breve.

Ele assente e franze a testa levemente, mas logo abre um sorriso largo, daquele jeito safado, e me lança uma piscadela.

— Eu te amo, Meredith Agatha.

— Eu também te amo. Mas vou matar o Jax.

— Meu Jesus Cristinho, Jax, você está tentando me matar! — Starla resmunga antes de beber a metade de uma garrafa de água. Ergo as sobrancelhas para Jax e apoio as mãos na cintura.

— Eu te disse.

Ele me lança um olhar irritado e balança a cabeça.

— Acredite em mim, você vai conseguir.

— Ah, eu vou conseguir mesmo — ela concorda. — Mas isso não muda o fato de que você é um babaca sádico.

— Eu senti a sua falta. — Abraço Starla pelos ombros. — Adoro te ver chamando Jax de babaca.

— Você me chama de babaca o tempo todo — ele me lembra.

— Também senti falta de vocês. Essa coreografia é espetacular. Completamente perfeita para a música. Obrigada por fazerem isso.

— Foi tudo ele. — Aponto para Jax e pisco. — Eu sou só a marionete dele.

— Você é uma marionete linda — ela diz. — Queria convidar vocês para irem até a minha casa para jantarmos e conversarmos. Faz tempo desde a última vez que pudemos fazer isso.

— Tô dentro — aceito. — Obrigada!

Jax assente e vira a cabeça quando ouve seu nome ser chamado. Brian Kellogg, o dançarino que vai fazer os passos de Jax na coreografia, acaba de voltar depois de ter ido atender uma ligação.

— Vamos voltar ao trabalho — Starla diz.

— Nossa, eu estou exausta. — Starla expira profundamente. Estamos acomodados em sua sala de estar, esparramados por sofás e *chaise longues*, empanturrados de peixe e salada.

— Você trabalhou pra caramba hoje, amor — seu noivo, Rick, murmura e beija sua têmpora.

Rick é ótimo. Seu trabalho não é no mundo da música. Ele é piloto de corrida, e ele e Starla se conheceram em um evento de caridade há uns dois anos. Ele é alto, esguio e todo tatuado, até no pescoço.

Ele tem aparência de rockstar.

— Como você sabe? Você não estava lá.

— Você sempre trabalha pra caramba.

— Vocês são tão fofos. — Sorrio para eles. — Como estão os planos para o casamento?

— Eu contratei uma pessoa. — Starla revira os olhos azuis. Ela é deslumbrante, com cabelos loiros platinados na altura do queixo, pele branca macia e lábios vermelhos, sua marca registrada. E está em ótima forma. Ela sempre dançou tanto quanto o resto de nós. Starla não é somente uma cantora, ela é uma das melhores artistas do mundo, e dá muito duro no trabalho. — Eu gosto das ideias dela e ela tem sido ótima quanto a confirmar coisas comigo, então está funcionando bem.

— Ótimo.

— E vocês irão ao casamento. — Ela aponta para nós.

— Não perderíamos por nada — Jax assegura.

— Como Brian está se saindo nos shows? — pergunto e cutuco uma unha da mão direita.

— Está indo bem. É um dançarino muito bom, mas nada como o Jax.

— Ele é muito dramático. — Rick rola os olhos.

— Sim, ele é mesmo — Starla concorda. — Mas é lindo e as plateias o adoram, então, enquanto ele não fizer nada para me irritar pra valer, vou mantê-lo. Até eu conseguir convencer Jax a voltar, no caso.

Jax ri e balança a cabeça, mas Starla não está rindo. Ela senta com as costas retas e apoia os cotovelos nos joelhos.

— Na verdade, eu queria falar com vocês sobre uma coisa.

Jax e eu trocamos um olhar e a observamos em silêncio.

— Mer, eu sinto muito pela sua mãe. Sinto muito por não ter ido ao funeral. Eu estava presa em uma nevasca em Nova York e não consegui um voo.

— Oh, Star, tudo bem. Obrigada por ter ligado naquele dia. Eu sabia que você estava pensando em mim.

Ela assente e, depois, suspira.

— Caramba, por que estou tão nervosa?

— O que foi, garotinha? — Jax pergunta. Ele sempre a chamou de garotinha porque ela é muito pequena.

— Eu sinto falta de vocês. Nós fizemos turnês juntos por tantos anos, e vocês fazem parte dessa família que temos aqui. Eu quero que vocês voltem a fazer turnê comigo ano que vem, e que coreografem todos os shows.

— Isso significaria que teríamos que começar a trabalhar nisso assim que voltarmos para Seattle — Jax diz, surpreso. Starla assente, observando nós dois.

— Nós temos um estúdio agora, Star, com clientes e crianças que dependem de nós. — Balanço a cabeça devagar conforme todas as possibilidades passam pela minha mente.

— Vocês podem contratar pessoas para cuidar do estúdio enquanto estiverem fora — ela replica. Rick continua a nos observar em silêncio. — Pensem sobre o assunto. Darei um aumento a vocês, é claro. E agora também estou oferecendo um pacote de benefícios.

— Você é tão generosa — Jax diz.

— É dedutível do imposto de renda — ela responde.

Eu quero mesmo voltar a fazer turnê? Nunca saber em que fuso horário estou, ou mesmo em qual cidade. Longas horas em aviões e ônibus. Os ensaios constantes e exaustivos. Madrugadas. Sono desregulado.

Sem o Mark.

De jeito nenhum.

Balanço a cabeça e olho Starla nos olhos ao responder honestamente.

— Obrigada pela oportunidade, Star. Mas eu vou recusar. Devo ter só mais um ano ou dois antes de começar a acumular lesões devido aos ensaios rigorosos e, honestamente, estou feliz com a minha vida em Seattle.

— Você conheceu alguém — Rick arrisca.

— Eu me reconectei com alguém. E eu o amo. Não quero mais fazer turnês. Mas adoro saber que você pensou em mim para pedir isso.

— Mantenha contato — ela diz. — Vou precisar de atualizações regulares sobre como vão você e o seu namorado.

— Farei isso.

— Vou recusar também — Jax fala com um suspiro. — Estou feliz trabalhando no estúdio, e também tenho algumas oportunidades de fazer coreografias para a equipe de dança da universidade.

— Você também conheceu alguém, seu safado! — Starla choraminga e joga uma almofada nele.

— Conheceu sim. — Bato palminhas. — E ele é um gato.

— Por que vocês tiveram que ir embora, encontrar uns gostosos para transar e não quererem voltar para mim? — Ela faz um beicinho antes de enfiar o rosto em outra almofada. — *Vofês me ozeiam.*

— O que você disse? — pergunto com uma risada.

— Vocês me odeiam.

— Nós te amamos. — Sopro um beijo para ela e abro um sorriso de orelha a orelha. — Mas eu amo mais o Mark.

— Bom, então vamos colocar a fofoca em dia. enquanto eu ainda tenho a atenção tão disputada de vocês.

Ela limpa a garganta e começa a nos contar histórias sobre a banda e suas escapadinhas, e qual celebridade levou um tombo nos bastidores do Grammy.

Acomodo-me contra as almofadas e ouço, contando as horas que faltam para que eu possa voltar para o Mark.

— Oi — sussurro ao me aconchegar sob as cobertas e colocar a mão em concha contra o celular.

— Oi, amor. Por que você está sussurrando?

— Porque está tarde, eu estou cansada e parece apropriado.

— Como foi o seu dia? — A voz dele soa cansada. Eu queria que ele estivesse aqui, abraçadinho comigo, para que eu pudesse sentir seu cheiro.

— Cheio.

— Me conte.

— Bem — começo, deitando de costas para encarar o teto. — Nós fizemos check-in no hotel, mas disso você já sabe porque eu te mandei mensagem. Depois que Jax tomou um banho e nós dois nos trocamos, fomos direto para o estúdio e ensaiamos com Starla e Brian até às seis.

— Quem é Brian? — ele pergunta e consigo ouvi-lo mastigar algo crocante.

— O dançarino dela. O que você está comendo?

— Pipoca.

— A essa hora?

— Trabalhei muito e perdi a hora do jantar.

Acabo me sentindo triste por pensar em Mark trabalhando sozinho em sua casa enorme durante toda a noite, pulando o jantar e comendo só pipoca.

— Será que todas as mulheres têm essa vontade inegável de cuidar dos seus namorados? — pergunto em voz alta e mordo o interior da bochecha.

— Do que você está falando?

— Eu queria estar aí para me certificar de que você não esqueceria de jantar.

— Eu queria que você estivesse aqui para fazer coisas bem mais interessantes do que jantar — ele diz com a voz seca, fazendo-me rir. — O que mais aconteceu hoje?

— Starla convidou Jax e eu para irmos jantar em sua casa com ela e Rick, noivo dela.

— Foi divertido? — Ouço-o mastigar mais, e sinto um desejo repentino de comer pipoca.

— Sim. Eles são pessoas muito legais, e ela nos atualizou com todas as fofocas que estávamos por fora. Ela quer que a gente vá ao casamento dela em Paris, no outono.

— Isso vai ser divertido para vocês.

Franzo as sobrancelhas e olho para o celular por um instante antes de colocá-lo de volta na orelha.

— Vai ser divertido para *todos* nós. Ela convidou nós quatro, seu bobo.

— Uau. Ok. Fico feliz que você esteja se divertindo.

— É, mas já quero voltar para casa.

— Então, o que você está vestindo?

— Você sempre me pergunta isso. O que *você* está usando?

— Bom, eu tirei a camisa há um tempinho, porque estava ficando com calor, então estou sem camisa e de calça jeans.

— Dá pra ver o elástico da sua cueca pelo topo da calça?

— Sim, um pouco.

— Puta merda — sussurro. — Isso é sexy pra caralho.

— Sério? — Ele ri e mastiga mais pipoca. — Por que as mulheres acham isso sexy?

— Não entenda errado. Não fica sexy em *todo* homem. Mas fica em homens como você, que tem aquele V sensual nos quadris e abdômen sarado.

— Parece que você fez uma boa pesquisa sobre o assunto.

— Ah, sim, eu sou expert nisso — replico e, mais uma vez, sinto vontade de estar lá para poder arrastar a ponta do dedo por aquele V delicioso dele.

— Ok, agora me diga você o que está vestindo.

— Nada.

— Como é que é?

— Já me acostumei a dormir nua.

— Me diz que você *não* está dividindo um quarto com o Jax.

— Não estou.

— Me manda fotos.

— Não!

— Ah, vai!

— De jeito nenhum! — Dou risadinhas incontroláveis, amando o lado brincalhão de Mark.

— Só uma foto dos peitos. Você não tem que colocar o seu rosto.

— Nunquinha!

— Ok, então uma foto da boceta.

— Você é tão pervertido. — Tento fazer uma voz severa, mas falho miseravelmente.

— Só quando se trata de você, baby.

— Espero mesmo que sim. — Suspiro e sinto minhas pálpebras ficarem mais pesadas. — Estou com saudades.

— Eu já estava com saudades antes mesmo de você entrar na porra do avião.

Abro um sorriso enorme.

— Tão conquistador.

— Vá dormir, amor. Falo com você amanhã.

— Acho que vamos terminar lá pelas cinco horas, então eu te ligo até umas cinco e meia.

— Ok. Boa noite, M.

— Boa noite, M.

Ele encerra a ligação e eu abro a câmera do meu celular, ligo o flash, tiro uma *selfie* e envio para ele. O cobertor está enfiado debaixo dos meus braços e meus cabelos estão espalhados pelo travesseiro. Estou sem um pingo de maquiagem e minha aparência está exausta.

Vários segundos depois, ele responde com uma foto sua, sorrindo suavemente para mim através da lente. Ele escreveu uma mensagem: ***Te amo, linda.***

Capítulo Onze

Mark

— Fiquei surpreso com a sua ligação — digo e dou uma mordida no meu cheeseburger.

— Eu fugi do laboratório. Deixei Colin se virar sozinho — Lena responde e pisca para mim. — Faz um bom tempo que não te vemos.

Dou de ombros e coloco uma batata frita gordurosa na boca.

— Ando ocupado.

— Quem é ela? — Ela me lança um sorriso compreensivo e dá uma mordida em seu sanduíche de frango. — Por que pedi isso? Devia ter pedido um hambúrguer.

Meu celular apita sobre a mesa, anunciando a chegada de uma mensagem.

— Desculpe. Tenho que ver isso.

É o Jax. Peguei o celular da Mer emprestado. Aqui vai uma foto dela trabalhando.

A foto é esplêndida. Mer está de pé, atrás de Starla, e as duas estão olhando para o espelho diante delas. Mer está falando e apontando para a barriga de Starla, claramente instruindo a celebridade.

Deus, eu sinto uma falta insana dela.

Digito um agradecimento rapidamente e deixo meu celular de lado.

— Meredith — finalmente respondo para Lena e abro um sorriso largo.

— A Meredith que destruiu o seu coração depois do ensino médio? — ela pergunta, surpresa. — Aquela que te magoou tanto que você não prestava a menor atenção em mim?

Dou risada e balanço a cabeça para a linda morena. Lena tem belas curvas, com cabelos escuros compridos e grandes olhos azuis, além de seios matadores.

Mas eu nunca diria isso a ela. Ou ao seu marido.

— Você só tinha olhos para o Colin — relembro-a. — Talvez tenha sido você que destruiu o meu coração.

— Tanto faz. — Ela dá um gole em seu refrigerante diet e me encara firmemente. — Me conte tudo.

— Sim, é a mesma Meredith do ensino médio. Nós nos reconectamos. — Conto tudo para ela, desde o minuto em que a vi no funeral de Addie até nossa conversa ontem à noite. — Fiquei nervoso com essa viagem.

— Você não acha mesmo que ela te deixaria de novo por um trabalho de dança, acha?

— Acho que não. — Me encolho ao pensar na maneira como suei frio quando a Mer me disse que ela e Jax teriam que ir a Los Angeles para esse trabalho.

— Construir confiança em um novo relacionamento é um processo — ela diz e checa seu celular quando o aparelho vibra. — Agora é a minha vez de ser mal-educada. Colin está ligando. — Oi, amor.

Olho novamente para a foto de Mer e Starla e sorrio para a minha garota. Deus, ela é tão linda. Seus cabelos estão presos em um nó bagunçado, como sempre. Ela está usando uma regata apertadinha e shorts de ioga.

O corpo dela me faz querer ficar de joelhos e implorar.

Assim que Lena finaliza sua ligação, meu celular toca.

— Oi, amor. O que você está usando? — Abro um sorriso enorme, animado para ouvir a voz da Mer.

— Hã, foi mal, Gostosão, aqui é o Jax. Mas estou usando bermuda e uma regata da Nike. E você?

— Ela está bem? — pergunto, sentindo gelo na boca do estômago.

— Ah, sim, ela ainda está trabalhando.

— Eu vou roubar a metade do seu hambúrguer — Lena anuncia.

— Oh, me desculpe — Jax diz. — Eu não queria interromper.

— Você não interrompeu. Estou jantando com uma velha amiga.

— Enfim, a Mer ainda está trabalhando, mas, como ela prometeu te ligar até cinco e meia, vim te avisar que ela vai se atrasar um pouco.

— Obrigado por isso, cara. Está indo tudo bem?

— Você come hambúrguer com picles? — Lena grunhe alto. — Eca!

— É, está tudo indo bem. Estaremos em casa amanhã.

— Ok, ótimo. Vejo vocês amanhã. — Jax desliga.

— Ela está trabalhando.

— Eu ouvi. — Lena mastiga meu hambúrguer alegremente, que agora não tem mais picles, então eu pego seu sanduíche de frango.

— Você costuma roubar a comida do Colin?

— A dele sempre é mais gostosa do que a minha. — Ela dá de ombros e abre um sorriso enorme e presunçoso. — Quando vai trabalhar no nosso laboratório?

— Eu não vou.

— Não entendo. Você é um cientista brilhante. Nunca conheci alguém que consegue fazer o que você faz, ou com a mesma rapidez. Seu cérebro nunca descansa.

— E daí?

— Então, você prefere desperdiçar todo esse talento construindo casas? Você poderia estar fazendo muito mais.

— Não tem nada de errado com a minha carreira. — Faço uma carranca, olhando para o sanduíche na minha mão. — Isso é nojento.

— Eu sei.

— Eu gosto do meu trabalho, Lena. Fico feliz por você e o Colin estarem felizes no laboratório. A propósito, quando pretendem ter filhos?

— Ah, não, você também tão! — Ela grunhe e apoia a cabeça nas mãos. — Se dependesse de você e da minha mãe, minha vagina já estaria enrugada a essa altura.

— Eu não ando pensando em como eu queria que a sua vagina estivesse.

Ela dá risadinhas e limpa a boca com um guardanapo.

— Colin agradece. Mas nada de filhos, por enquanto.

Assinto e como o restante das batatas fritas.

— Você está pensando em ter filhos?

Solto uma risada de escárnio.

— Eu nem estou casado ainda.

Ela apenas ergue uma sobrancelha e me observa em silêncio.

— Eu casaria com ela amanhã e teria uma casa cheia de filhos, se for isso que ela quer.

— E se isso não for o que ela quer?

— Um dia de cada vez — murmuro. — Mas acho que ela quer. Ela disse que consegue nos ver formando uma família, algum dia. Por enquanto, estamos bem, levando um dia de cada vez. Ainda está muito cedo.

— Estou feliz por você. — Ela apoia o queixo na mão e fica me olhando com uma expressão boba e sonhadora. — É até bem romântico.

— Você é tão mulherzinha.

— Por isso falamos sobre a minha vagina.

— Não falamos sobre isso. E pare de dizer vagina.

Ela gargalha alto e ergue uma sobrancelha quando meu celular anuncia mais uma mensagem.

Achei que você gostaria de ver um vídeo da Mer fazendo o que faz de melhor. Jax.

Viro o celular, para que Lena também possa ver, e na tela Mer aparece contando o ritmo para Starla e ditando passos. Em certo ponto, ela a manda parar e começa a fazer os passos, explicando onde a cantora está pisando errado. O vídeo para logo depois de Starla dizer "Aê, caralho!".

— Ela é muito bonita — Lena diz com um sorriso. — E você viu o que ela consegue fazer com a perna? Puta merda.

— Até que é bom — concordo e sorrio para minha amiga.

— Isso foi divertido. Quero conhecê-la logo.

— Nós vamos para Vegas nesse fim de semana, mas talvez semana que vem?

Levantamos da mesa e jogamos nossos restos e embalagens no lixo antes de ir para a rua.

— Boa ideia. Vou arrancar o meu marido nerd do laboratório para interagir com pessoas de verdade por um tempinho.

— Diga a ele que mandei um oi, e que agradeço por dividir sua linda esposa comigo hoje.

Dou-lhe um abraço rápido e um beijo na bochecha, observando-a andar até seu carro em segurança e ir embora em seguida.

No instante em que sento no Jeep, meu celular toca.

— Oi.

— Com quem você estava jantando, porra? — Meredith exige saber. Ela está ofegando e consigo ouvir Jax dizer ao fundo "Calma, KitKat".

— Desculpe, quem fala é a minha namorada amorosa? — Ergo uma sobrancelha e coloco a chave na ignição, mas fico quieto, esperando por sua reação. Não acho que seja uma boa ideia ter essa conversa e dirigir ao mesmo tempo.

— Ah, você se lembra que tem uma namorada? Ótimo. Responda minha pergunta.

— Eu fui jantar com a Lena.

— Por que nunca ouvi o nome dela antes? Não acredito nisso, Mark. Eu viajo por alguns dias e você não pode manter esse zíper fechado?

— Já chega! — vocifero e aperto o volante. Ela fica quieta, mas consigo ouvir sua respiração pesada, e sei que não é por causa da dança. Ela está irada pra caralho.

E eu também.

— Não me lembro de ter concordado em andar de coleira, mas eu estava jantando com uma velha amiga, Meredith.

— Você transou com ela alguma vez? — Sua voz está baixa e trêmula. Recosto a cabeça no encosto do assento e fecho os olhos com força.

— Não. E o simples fato de ouvir essas palavras saírem da sua boca dói, Mer. Ela é uma amiga da faculdade. Eu trabalhei em um laboratório com ela e o marido. Bom, ele era namorado dela na faculdade, mas agora eles são casados.

Ela não responde, mas posso imaginar suas bochechas ficando vermelhas de constrangimento, e eu estaria mentindo se dissesse que esse seu pequeno ataque de ciúmes não foi um bálsamo para o meu ego. Tenho feito o meu melhor para ficar ocupado desde que ela viajou, lembrando-me constantemente de que eu confio nela e ela estará de volta logo.

Mas, aparentemente, ela não confia em mim.

— Eu fiz muitos amigos com o passar dos anos, e a maioria deles você não conhece. Assim como eu também não conheço todos os seus amigos. Devo assumir que você transou com cada homem que conheceu nos últimos dez anos?

— Claro que não. É agora que eu peço desculpas?

— Sim.

— Me desculpe. Jax me disse para não tirar conclusões precipitadas, mas quando ele disse que ouviu a voz de uma mulher ao fundo, me deixou com raiva.

— Poderia ter sido a minha irmã. Ou uma das tantas Montgomery. Você sempre vai ser ciumenta assim, M?

— Não. Foi só uma reação automática, porque estou sentindo a sua falta e queria estar aí com você. Além disso, pensar nela com as mãos em você me fez querer cometer um assassinato. Do tipo violento e sangrento, não do tipo "vou colocar veneno na sua comida".

— Ah, ela falou mesmo sobre a vagina dela. — Dou risada quando Mer rosna. — Você acha mesmo que eu ferraria o que temos por uma foda rápida no instante em que você estivesse fora da cidade?

— Não.

— Eu te amo tanto que dói respirar, Meredith. Você me conhece melhor do que isso.

— Eu sei. Como eu disse, foi uma reação automática.

— Acho que precisamos conversar quando você chegar em casa, amor.

— Sinto muito mesmo. Por que você nunca falou sobre ela antes?

— Porque não a vejo com frequência. Ela e o marido trabalham o tempo todo.

— Ah.

— Como foi o trabalho hoje? — Ligo o Jeep e pego o trânsito, agora que a tempestade de ciúmes já passou.

— Cheio e demorado. — Ela suspira. — Sinto a sua falta.

— Também sinto a sua. Vou te buscar amanhã. Você pousa às duas, certo?

— Sim, mas você não precisa ir nos buscar. Podemos pegar um táxi.

— Estarei lá sim. — Suspiro e passo uma mão pelos cabelos, desejando poder abraçá-la e assegurá-la de que está tudo bem. — Nada de tirar mais conclusões precipitadas, ok?

— Vou dar o meu melhor. Quem diria que eu era tão ciumenta assim?

— Eu não. Você não era assim nem mesmo no tempo do ensino médio.

— Estranho — ela sussurra.

— O vídeo que Jax me mandou estava incrível.

— Obrigada.

— Mer?

— Hum?

— Você está bem?

— Não. Me sinto uma idiota.

— Você é uma idiota linda. — Ela finalmente dá risada e eu sorrio em resposta. — Me ligue mais tarde quando estiver pronta para dormir.

— E se eu te ligar nua de novo?

— Você vai me mandar fotos?

— Não.

— Eu vou te convencer.

— Claro que vai. Eu te devo uma e vou pagar quando te vir amanhã.

— Você não me deve nada, mas vamos falar sobre isso. — Estaciono em frente à minha casa e fico surpreso ao ver minha irmã sentada na varanda. — Sam está aqui. Eu vou ver o que ela quer. Te amo.

— Também te amo.

Fecho a porta do carro e tiro os óculos de sol, enquanto Sam digita furiosamente no celular.

— Até que enfim você chegou, hein? — ela diz, guardando o celular no bolso da calça e ficando de pé para me abraçar.

— Nós tínhamos planos?

— Não, eu vim te fazer uma surpresa.

— Você é esquisita. Não pode ficar brava comigo por não estar aqui se você veio sem avisar. — Puxo seu cabelo e desvio de um soco no ombro, conduzindo-a em seguida para dentro de casa, e em direção à cozinha. — O que posso fazer por você?

— Só vim mesmo olhar pra essa sua cara simpática. — Ela belisca minha bochecha e ri quando a persigo com uma esponja molhada que estava na pia.

— Sério, me diz o que houve.

— Eu tenho uns probleminhas.

— Isso não é novidade, mana.

— Vai se foder.

— Ui!

Ela atravessa a cozinha até a geladeira e a abre bem, mexendo no que tem lá dentro.

— Estou com fome.

— Tem sobras de pizza aí — respondo e me recosto na bancada, esperando que ela vá logo direto ao ponto. — Onde está o Leo?

— No estúdio — ela fala e cheira a pizza. — Por que você come cogumelos?

— Por que todo mundo está questionando minha escolha de condimentos hoje?

— Porque você come coisas nojentas.

— O que está rolando, Sam?

Ela dá uma mordida na pizza, mastiga por alguns segundos, e cospe tudo no lixo.

— Há quanto tempo essa pizza está guardada?

— Uma semana, mais ou menos — revelo com um sorriso presunçoso.

— Eca! Você está tentando me matar. — Ela me olha irritada ao beber um pouco de água e, em seguida, abre um pacote de salgadinhos e enfia um punhado na boca, sentando em um banco alto diante da bancada.

— Fique à vontade.

Sam sempre me fez rir. Ela pode ser chata pra caralho, às vezes, mas é muito protetora, especialmente em relação ao Luke e a mim.

— Me fale sobre a Meredith.

— O que você gostaria de saber?

— Qual é o seu lance com ela?

— Ela é minha namorada, Sam. Pensei que isso já tinha ficado óbvio depois que você nos viu na casa do Will.

Ela assente e mastiga mais salgadinhos.

— Ela é bonita.

— Sim, ela é.

— Ela é corajosa.

Assinto e abro um sorriso largo para minha irmã.

— Ela enfrentou você.

— Como eu disse, ela é corajosa. — Ela dá de ombros e bebe um pouco de água. — Mas eu tenho dificuldade para confiar nela.

— Você tem dificuldade para confiar em qualquer pessoa.

— Isso não é verdade. Eu confio em você. No Leo. Na nossa família, até mesmo nos malucos dos Montgomery.

— Olha, sei que você tem suas reservas, mas eu sou um homem adulto, Sam. Posso lidar com isso.

— Ela magoou você — ela sussurra e passa a encarar o pacote de salgadinhos. — Você ficou na merda por *anos*.

— Não estou mais na merda.

— Não quero que isso aconteça de novo, Mark.

— Eu também não quero que o seu namorado roqueiro te magoe, sabia? Mas o que podemos fazer? Ficarmos solteiros para sempre, pra que assim ninguém se machuque? Talvez assim dê certo.

Ela assente e dá de ombros.

— Eu nem fui cretina com ela.

— Agradeço por isso. Também agradeceria muito se você continuasse a não ser cretina com ela, principalmente nesse fim de semana em Vegas.

— Você vai levá-la?

— Sim.

Ela assente novamente e pisca, pensando sobre o assunto.

— Ok. Talvez seja legal.

— Você vai acabar gostando dela.

— Aí já é demais.

Gargalho e arranco o pacote de salgadinhos de sua mão antes que ela coma tudo.

— Você banca a durona, mas tem o coração mole.

— Não tenho nada! — Ela arfa e me encara, irritada. — Como você se atreve a dizer isso?

— Porque você tem. Só quer que a gente pense que você é valentona.

— Eu não sou obrigada a ficar ouvindo isso.

— Blá, blá, blá... — Reviro os olhos e a puxo do banco. — Vem, vamos assistir a um filme.

— Só se você pedir pizza. — Seu celular toca e ela atende. — Oi, mãe. Sim, eu estou com ele agora, na verdade. Ok.

Ela me entrega o celular e solta uma gargalhada maléfica ao passar por mim no corredor e se jogar na minha poltrona.

— Oi, mãe. — Passei mais tempo ao telefone hoje do que nos últimos dez anos.

— Oi, querido. Eu vou dar um jantar amanhã e quero que você traga a Meredith.

— Em uma quarta-feira?

— Vocês todos vão se aventurar em Vegas no fim de semana — ela me lembra. — Eu quero ver a Meredith. Traga ela. Luke, Nat e as crianças também virão, assim como Sam e Leo.

— Ela chega de Los Angeles amanhã à tarde, então vou perguntar quando for buscá-la no aeroporto.

Sam escolhe um filme brega dos anos 80, fazendo-me revirar os olhos.

— Não pergunte. Só traga ela. É sério. Eu sempre amei aquela menina.

— Ok. Você quer pegar no pé da Sam agora?

— Claro. Te amo, meu garotinho.

— Também te amo, mãe.

Devolvo o celular para Sam e arranco o controle remoto de suas mãos.

— Mãe! Mark acabou de roubar o controle remoto, e eu tinha pegado primeiro!

— É sério isso? Você está me *dedurando*?

Ela me mostra a língua e fala com a mamãe sobre o jantar de amanhã, enquanto eu cedo o controle de volta para ela e me acomodo para assistir a um bando de adolescentes de castigo na detenção, numa noite de sábado. Pelo menos, a trilha sonora é boa.

— Molly Ringwald até que era gostosa — digo quando Sam encerra a ligação com a nossa mãe.

— Judd Nelson era gostoso — ela diz, relaxando no sofá reclinável.

— Leo vai ficar até tarde no estúdio?

Ela dá de ombros e não me olha nos olhos.

— Sam?

— Ele tem trabalhado muito até tarde. Não sei a que horas ele sai hoje.

— Está tudo bem com vocês?

— Claro. — Ela abre um sorriso forçado, mas logo desaparece do seu rosto, pelo simples fato de eu continuar olhando para ela. — Eu acho que sim. Ele tem estado bem quieto essa semana, e ocupado também, então não tive muitas chances de perguntar o que está acontecendo.

— Ele te ama.

— Eu sei. Só estou preocupada com ele.

— Me mantenha informado.

— Ok. Agora, fique quieto. Essa é a parte em que Judd Nelson enfia a cara na virilha da Molly. É hilária.

— Não tinha percebido que era um filme pornô.

— Você é nojento.

Capítulo Doze

Mark

— E aí, cara? — Logan me dá tapinhas no ombro e aperta minha mão.

Estamos no aeroporto, na área de restituição de bagagem, diante da esteira que tem o número do voo da Mer. Eles aterrissaram há cinco minutos, e mal posso esperar até que ela chegue aqui.

— Como vai?

— Bem, obrigado. — Logan assente e empurra os óculos para cima. — Pensei que ia me atrasar. O trânsito estava horrível.

— Veio do trabalho? — Gesticulo para seu terno e gravata.

— Sim. Saí mais cedo hoje e vou tirar o resto da semana de folga.

— Que bom. Vocês têm planos?

— Jax ficou fora alguns dias, e vai viajar novamente na sexta-feira para Vegas, então pensei em tirar umas miniférias para ficar com ele. — Ele sorri timidamente e abre o último botão de sua camisa.

— Na verdade, eu ia falar com você sobre esse fim de semana. O que acha de nos encontrar lá? Jax e as meninas iriam adorar.

Logan abre um sorriso suave.

— Eu ia mesmo perguntar se seria inapropriado se eu fizesse uma surpresa para ele. Estava pensando em ir no sábado à tarde, se você e sua família concordarem.

Abro um sorriso largo e balanço a cabeça.

— Se fosse a Mer, você não conseguiria me manter longe dela. Sinta-se à vontade para aparecer. Eu vou te passar o meu celular e te manter informado sobre o nosso paradeiro no sábado, para você saber onde nos encontrar.

— Obrigado. E a notícia de que Starla pediu ao Jax e a Mer para voltarem a fazer turnê com ela? Loucura, né? — Ele balança a cabeça e sorri, mas meu coração para. Meredith não mencionou isso. Ela vai voltar a fazer turnê?

Quando? Ela está planejando terminar tudo, ou será que acha que vamos tentar um relacionamento à distância enquanto ela fica fora durante meses?

— Eles estão aqui! — Viro-me ao ouvir o som da voz de Mer, a tempo de segurá-la quando ela pula em mim. — Meu Deus, eu senti tanto a sua falta.

Ela me envolve com o corpo inteiro e me beija com força antes de enterrar o rosto no meu pescoço, bem onde ela precisa estar. Minhas mãos estão totalmente preenchidas por essa mulher exuberante e seu cheiro me inebria, acalmando um pouco meus nervos.

— Oi, amor. Como foi o voo?

— Muito longo.

Olho rapidamente para Jax e Logan e os encontro com as testas encostadas, os dois com sorrisos carinhosos nos lábios.

— Estou feliz por ver você — sussurro e beijo sua bochecha, no instante em que a esteira começa a rolar.

— Eu também. — Ela me beija novamente, demorando seus lábios contra os meus por um longo minuto.

— Aqui está a sua mala, pirulito — Jax diz quando coloco Mer de volta no chão. — E nós só ficamos fora por três dias. Não três meses.

Mas vocês ficarão fora por três meses em um futuro breve?

— Dane-se — Mer reage com um sorriso enorme.

— Foram três dias bem longos. — Logan entrelaça os dedos nos de Jax e puxa sua mão para os lábios em seguida. — Vamos.

— Não me espere acordada — Jax avisa com um sorriso largo. — Não que você vá estar em casa, também, né?

— Não — concordo com um sorriso e pego a mala de Mer, conduzindo-a até o estacionamento. — Ela não vai.

Jax pisca para nós e, então, Logan e ele vão embora pela direção oposta.

— Foi tão legal da parte do Logan ter vindo buscar o Jax — Mer diz.

— Uhum. — Não menciono para ela os planos de Logan de fazer uma surpresa para Jax em Vegas. Vai ser uma surpresa para os dois.

— Foi legal da sua parte ter vindo me buscar também. — Ela beija meu ombro. — Obrigada.

— Disponha, amor. — Pago o estacionamento e coloco sua mala no Jeep. Em seguida, pegamos a rodovia, em direção ao apartamento de Mer. — Minha mãe vai dar um jantar hoje, lá pelas seis. Talvez ela tenha ameaçado me deserdar se eu não te levar comigo.

— Estou toda desarrumada — Mer diz e olha para sua calça de ioga e camiseta folgada. — Estou vestida para um voo, não para um jantar na casa da família do meu namorado.

— Você sempre está linda, mas temos tempo para passar no seu apartamento.

— Ok. — Ela pega minha mão, segurando com firmeza, e só esse toque simples já deixa meu pau em alerta total. — Como está indo a sua semana?

— Nada mal. O trabalho está bem movimentado, como sempre. Fiz mais alguns reparos na sua casa, também.

— Sua casa — ela retruca imediatamente, fazendo-me sorrir de orelha a orelha. Ela pode fazer de conta que a casa não é dela o quanto quiser, mas, desde aquela noite, não há dúvidas para mim.

A casa é da Meredith. E eu vou morar lá com ela pelos próximos sessenta anos.

Isso se ela não me der um pé na bunda para voltar a fazer turnê com uma popstar.

Merda.

— Nossa casa? — Lanço para ela o sorriso que sempre a faz derreter, e ela morde o lábio. Eu vou morder esse lábio quando chegarmos em seu apartamento.

— Sua casa — ela sussurra.

Não engana ninguém.

— Eu vou tomar um banho — ela diz quando subimos. — Estou coberta de sujeira de avião.

— Eu te ajudo.

Puxo-a comigo até seu banheiro e ligo o chuveiro para esperar a água esquentar, mas, ao invés de arrancar suas roupas imediatamente, vou com calma. Retiro sua camiseta e seu sutiã e passo alguns minutos beijando e mordiscando seus ombros, ela tira minha camiseta por minha cabeça e arrasta as pontas dos dedos com delicadeza por minha pele, enchendo-me de arrepios e deixando meu pau ainda mais duro para ela.

Eu sou viciado pra caralho nela.

Meus lábios trilham um caminho por sua barriga até o osso púbico, enquanto tiro sua legging, puxando-a por seus quadris e coxas, segurando sua mão para apoiá-la quando ela chuta a peça de roupa.

— Duas noites sem você é tempo demais — murmuro e beijo a parte interna de suas coxas, apalpo sua bunda e aperto bem, enquanto ela enfia os dedos nos meus cabelos e os agarra com vontade.

— Sim, tempo demais. E você ainda está de calça.

— Não ligo para a minha calça — respondo e coloco uma de suas pernas no meu ombro, abrindo-a para mim. Passo a ponta do dedo por seu clitóris inchado e pelos lábios de sua boceta, fazendo-a arfar.

— Eu ligo. — Ela está ofegante agora, apertando meus cabelos como se sua vida dependesse disso. — Eu quero que você se livre dela.

— Farei isso — murmuro e aproximo o rosto para beijar sua carne inchada. — Porra, você tem cheiro de sexo.

— Ainda não — ela diz e deixa escapar uma risadinha. — Mas espero que muito em breve.

Olho para cima, encontrando seus olhos azuis, e passo a língua por sua entrada molhada até seus clitóris, fazendo o caminho inverso em seguida, antes de enfiar a cara com tudo e chupá-la com vontade, fazendo-a gemer conforme suas pernas começam a tremer.

— Eu vou cair!

Balanço a cabeça negativamente e firmo sua bunda em minhas mãos, sem interromper meus movimentos até ela gozar na minha boca. Seus fluidos estão pingando pelo meu queixo. Ela tem a boceta mais doce que já provei e os gemidos que ela emite fazem meu pau pulsar.

Fico de pé aos poucos, salpicando beijos por seu corpo, e finalmente tiro a calça e a boxer, conduzindo-a para o chuveiro em seguida. Mer imediatamente pega a esponja de banho e o sabonete líquido, ocupando-se em me esfregar, arrastando a esponja ensaboada pelo meu corpo, em volta do meu pau duro e latejante, em um ritmo lento pra caralho, aposto que tentando me enlouquecer.

Quando ela finalmente termina, é a minha vez, e eu lavo e esfrego cada centímetro da sua pele perfeita.

— Se eu pedir desculpa por te torturar, você vai mais rápido? — ela pergunta, sem fôlego.

— Não.

Ela dá risada e geme quando arrasto a esponja entre suas pernas, esfregando sua boceta.

— Você está bem mais suja aqui.

— A culpa é sua. — Ela ofega e agarra meus bíceps para evitar perder o equilíbrio quando pressiono com um pouco mais de força. — Deus, isso é tão bom.

Beijo sua bochecha e desço pelo pescoço, dando uma mordida ali, mas não com força suficiente para marcá-la. Ela enterra as pontas dos dedos nos meus braços quando arrasto a esponja ensaboada por suas dobras mais uma vez antes de largar o objeto no chão para enxaguá-la.

— Como é possível você parecer estar mais tonificada do que na semana passada?

— Porque eu provavelmente estou — ela responde antes de beijar meu peito. — A coreografia que fizemos para a Starla foi mais rigorosa do que o que venho fazendo no último ano, desde que vim embora para cá. Praticá-la acabou me deixando mais tonificada de novo. Isso te incomoda?

— Nada em você me incomoda. Amo quando está mais cheia de curvas e amo quando está mais esguia. Porra, M, eu sou viciado em você, não importa como esteja.

Desligo a água e nos seco antes de irmos para sua cama.

— Pensei que íamos conversar — ela murmura enquanto a deito sobre o colchão e cubro seu corpo com o meu.

— Mais tarde. — Deslizo a mão por seu seio e desço por suas costelas até o quadril. — Você só precisa se lembrar, meu amor, de que é minha. Só você. — Beijo seu pescoço e clavícula. — Esse é o único corpo com o qual eu fantasio. — Distribuo beijos de boca aberta por seus seios, chupo seus mamilos durinhos, e deixo uma marca bem em cima do seu coração, onde ninguém mais poderá ver, além de mim.

De repente, ela empurra meus ombros, invertendo nossas posições, e apoia-se no meu peito.

— É bom ouvir isso — ela diz, respirando com dificuldade, erguendo-se com a ajuda dos joelhos e descendo no meu pau. — Porque eu me sinto da mesma maneira. Você é o único para mim, M.

Ela segura minhas mãos e as coloca em seus seios, descendo-as até seus quadris, onde passo a segurá-la e conduzo-a em um ritmo cadenciado, assistindo-a me cavalgar com fascinação. Ela arrasta uma de suas mãos pequenas por sua barriga e desce até seu clitóris, enquanto a outra agarra um dos seios, beliscando o mamilo conforme me cavalga avidamente. Quando penso que é impossível ela ficar ainda mais linda, ela me prova que estou enganado, me surpreendendo e me deixando maravilhado.

Ela morde o lábio e joga a cabeça para trás ao aumentar o ritmo, rebolando os quadris sobre mim muito mais rápido.

Meus dedos se apertam em seus quadris, puxando-a para mim com mais força a cada estocada.

— Puta que pariu, M — grunho. Ela abre os olhos e me prende em seu olhar ao se curvar, se apertar ao meu redor com mais força do que nunca e gozar intensamente, estremecendo e se retorcendo contra mim.

— Oh, Deus!

— Puta merda! — choramingo e fico sentado, envolvendo a cintura de Mer e abraçando-a com força conforme gozo com ela. Meu pau explode dentro dela enquanto sua boceta se contrai ao meu redor, sugando cada gota.

— Acho que você sentiu a minha falta — ela sussurra e pousa a cabeça no meu peito.

— Acho que você tem razão.

Deito e puxo-a comigo. Ela estava certa, nós temos mesmo que conversar, mas isso pode esperar. Por ora, só quero abraçá-la, inspirá-la e não me preocupar com os ciúmes que ela sente ou a possibilidade de ela me deixar.

— Sexo com você é mais exaustivo do que oito horas de dança com Jax — ela murmura. Sorrio e dou um beijo suave em seus cabelos. — E você deixou mesmo um chupão no meu peito?

— Deixei.

— Não somos velhos demais para isso?

— Ninguém pode ver, além de mim. — Afasto seu rosto para poder olhar em seus olhos azul-bebê. — Eu gosto de te marcar.

— Você é *mesmo* um homem das cavernas, sabia?

— Com você, eu sou. E não vou me desculpar por isso.

— Eu não estava pedindo isso. — Ela se aconchega mais contra mim e suspira em contentamento. — Temos tempo para tirar uma soneca?

— Claro, amor.

— Vamos conversar quando acordarmos?

— Combinado.

Beijo sua testa e sorrio quando ela geme baixinho e eu sinto seu corpo se derreter contra o meu, mole de sono. Não demora muito até que eu sinta meu corpo relaxar também, fechando os olhos conforme a respiração rítmica de Mer me faz adormecer junto com ela.

— Merda, nós vamos nos atrasar!

Acordo de uma vez e encontro Mer pulando da cama.

— Acorda, Mark! Nós dormimos demais. Temos que estar na casa dos seus pais em vinte minutos.

— Droga — murmuro e esfrego meu rosto. — Bem, pelo menos nós já tomamos banho.

— E depois ficamos sujos de novo. — Ela ri.

— Consigo te persuadir a tomar mais um banho comigo?

— Não. Vista-se logo, seu tarado.

— Desculpe, não consegui te ouvir devido ao som alto de nós dois fazendo sexo louco na minha cabeça.

Ela gargalha e joga minha camiseta em mim.

— Você é insaciável.

— Com você, sim. — Puxo sua cintura, colocando-a no meu colo para beijar seu pescoço. — Nunca vou me cansar de você.

— Bom, você vai ter que esperar — ela sussurra e beija minha bochecha. — Porque nós estamos atrasados.

Ela salta do meu colo e termina de se vestir. Eu não me mexo, continuo sentado com a camiseta na mão enquanto a assisto vestir uma saia preta longa com uma blusa branca e calçar sandálias pretas. Ela escova os cabelos e os deixa soltos em volta do rosto, indo em seguida aplicar só um pouquinho de maquiagem, mas o suficiente para deixar seus olhos ainda mais azuis e seus lábios brilhando.

— Você ainda não se vestiu. — Ela apoia as mãos na cintura e me olha com diversão no rosto. — Mark?

— Hum?

— Você não está vestido.

— Porra, você é tão linda que dói respirar.

Ela pisca, surpresa, e vem até mim.

— Você está bem?

Seguro suas mãos entre as minhas e beijo os nós dos seus dedos suavemente, antes de ficar de pé e puxá-la para um abraço apertado.

— Linda pra caralho — sussurro, inclinando sua cabeça para trás para dar um beijo em seus lábios, antes de me afastar para me vestir.

Ela parece chocada enquanto me visto rapidamente e amarro meus sapatos. Quando termino, seguro sua mão e a conduzo até o carro.

— Por que você disse aquilo? — ela pergunta.

— Por nada. É como eu me sinto. — Dou de ombros e entrelaço nossos dedos enquanto dirijo em direção à casa dos meus pais.

Quando estamos estacionando em frente à casa onde cresci, Sam e Leo chegam e estacionam logo atrás de nós, no Camaro preto dele.

— Você está atrasado — Sam diz e me encara, irritada.

— E você está o quê? — pergunto e dou um tapinha no ombro de Leo enquanto ele ri de Sam.

— Elegantemente atrasada.

Ela oferece um sorriso genuíno para Mer, que corresponde alegremente.

— Bom te ver, Sam.

— Não deixe Mark te atrasar para tudo. É um mau hábito dele. — Sam cruza seu braço com o de Mer e a conduz para dentro da casa, com Leo e eu logo atrás. — Como foi com a Starla?

Meredith olha surpresa para Sam.

— Como você sabia que Jax e eu estávamos trabalhando com a Starla.

— Mark me disse — Sam responde.

— Foi divertido, mas estou feliz por estar em casa.

Mas por quanto tempo você estará em casa?

— Olá, pessoal! — Mamãe está segurando um Keaton adormecido em seu ombro, balançando-o de um lado para o outro, enquanto Livie e Luke estão sentados no chão brincando com uma cozinha de brinquedo.

— Oi, mãe. — Beijo sua bochecha, virando-me para gesticular para Meredith em seguida. — Você já conhece a Mer.

— É claro. Oi, querida! Estou feliz por você ter vindo.

— Obrigada por me convidar. — Mer sorri largamente e beija a cabeça de Keaton e a bochecha da minha mãe.

— Minha vez — meu pai anuncia ao se juntar a nós, vindo da cozinha. Ele abraça Sam e a mim antes de erguer Mer do chão com um abraço de urso. — É tão bom ver você, Meredith.

Ela sorri e pisca, afugentando algumas lágrimas, enquanto ele a coloca de volta no chão e, em seguida, vira para apertar a mão de Leo.

— Você está bem? — sussurro para ela, que responde com um assentir rápido e um sorriso corajoso.

— Oi, gente! — Nat acena da mesa de jantar. Ela está tomando uma taça de vinho e sorrindo alegremente.

— Você já deve ter parado de amamentar — Sam arrisca e junta-se a ela.

— Sim, senhora. Achei que seria o melhor a fazer, principalmente com a viagem para Vegas nesse fim de semana.

Liv fica de pé e vai até as prateleiras de livros que ficam próximas à televisão na sala de estar.

— Não, amor, você não pode pegar isso — Luke diz e a pega antes que ela possa puxar os sinos de vidro da mamãe que ficam na prateleira. — Mãe, você tem que deixar essa sala mais segura. Ela vai acabar quebrando alguma coisa.

— Ela nunca tinha prestado atenção nesses sinos antes. Acho que está na hora de guardá-los por um tempo — mamãe fala e beija a bochecha de Keaton.

Puxo uma cadeira para Meredith e depois sento ao lado dela, servindo-lhe uma taça de vinho. Meu celular vibra no meu bolso e eu o pego, encontrando uma mensagem de Isaac.

Tire o restante da semana de folga. Te vejo sexta-feira no aeroporto.

— Tudo bem? — Mer pergunta quando coloco o celular sobre a mesa.

— Sim. Isaac acabou de me dar o restante da semana de folga.

— Eu gosto muito dele — Mer diz com um sorriso enorme. Sem conseguir evitar, inclino-me e beijo seus lábios antes de tomar um gole de vinho.

— Eu também.

— Muito bem, rapazes, preciso de vocês na cozinha — meu pai anuncia, começando a retirar algumas coisas da geladeira.

— Essa é a minha deixa — sussurro e beijo Mer na bochecha antes de me juntar ao papai e a Luke na cozinha. Para minha surpresa, Leo também junta-se a nós, abrindo um sorriso pretensioso quando ergo uma sobrancelha para ele.

— O que foi? Eu sei cozinhar.

— Sério?

— Sério, ué.

— Quer usar um dos aventais da mamãe? — Luke pergunta e ri quando Leo ergue o dedo do meio para ele.

— Livie! — Nat fica de pé em um pulo e corre atrás da filha, que acaba de ir direto para os sinos da mamãe de novo.

— Muito bem, probleminha — digo e pego Livie nos braços. — Você já causou estragos suficientes por hoje. Venha cozinhar comigo.

— Tio Mawk. — Ela sorri. — *Cozinhá* com *voxê*.

— Isso mesmo. — Apoio ela no meu quadril e começo a preparar o arroz, olhando de relance para encontrar Mer rindo com Nat, Sam e mamãe.

Ela se encaixa perfeitamente aqui.

E então, lembro-me do comentário de Logan no aeroporto e o ar foge dos meus pulmões.

Leo dá um beijinho na bochecha de Liv quando passa por nós, fazendo-a dar risadinhas, e, assim, sou puxado dos meus pensamentos depressivos pra caralho.

— Papai cozinhando — ela diz e aponta para Luke.

— Ele acha que está — respondo e sussurro em seu ouvido: — Mas ele não é tão bom quanto o tio Mark.

Liv ri e Luke me mostra o dedo quando ela não está vendo.

— Então, Nat — começo e olho para Luke com um sorriso presunçoso. — Quando você vai fugir comigo? — Atravesso o cômodo e vou até onde ela está sentada à mesa, colocando a mão em seu ombro. Mer está franzindo os lábios, mas seus olhos estão rindo de mim.

— Tenho que checar minha agenda — ela pondera e apoia o rosto no meu braço.

— Cara, tire as mãos da minha mulher. Você já tem a sua.

— Não sei — Mer entra na brincadeira. — Acho que eles formam um bonito casal.

— Você não deveria encorajá-lo — Luke diz, encarando Mer.

— Você sabe que prefere a mim — continuo. Livie nos observa avidamente, alternando seu olhar entre sua mãe e seu pai, que está encostado na bancada da cozinha, encarando-me, irritado.

— Hummm... — Natalie faz de conta que está pensando sobre o assunto, e balança a cabeça. — Não, vou ficar com ele mesmo. — Ela aponta para Luke e dá palmadinhas consoladoras no meu braço. — Você tem uma opção melhor bem ali, de qualquer jeito.

— Acho que nosso amor não era para ser — lamento.

— Acho que não.

— Vocês são repugnantes. — Sam revira os olhos. — Sério, Mer, fuja enquanto ainda pode. Eles são um bando de malucos.

— Acho que vou ficar. — Mer dá risada. — Eu até que gosto.

Sim, pelo amor de tudo o que é mais sagrado, fique.

— Essa é a minha garota. — Beijo a bochecha de Mer e deixo Liv em seu colo antes de voltar para a cozinha.

Ocupo-me cortando vegetais para a salada, ouvindo as garotas conversarem e rirem juntas. Luke e Leo estão falando sobre um amigo em comum de Los Angeles. Papai está temperando a carne para grelhar.

Olho de relance para Mer e a encontro me encarando séria, com os lábios apertados. Com o que ela está irritada?

Antes que eu possa perguntar, minha mãe fica de pé, coloca Keaton em seu berço portátil e gesticula para as meninas.

— Quero mostrar para vocês o meu jardim!

— Vocês podem ficar de olho no Keaton? Vamos levar a Liv conosco — Nat pede.

— Claro, amor. Divirtam-se. — Luke sorri para sua linda esposa e as meninas saem pela porta dos fundos.

Meredith não me olha nos olhos.

Que porra foi essa?

Capítulo Treze

Meredith

— Essa é a minha garota. — Mark beija minha bochecha e coloca Livie no meu colo antes de se juntar aos outros na cozinha. Liv olha para mim com os olhos arregalados.

— Seu nome? — ela pergunta com sua vozinha doce.

— Meredith.

— Meme — ela diz e abre um sorriso largo, antes de bater as mãozinhas sobre a mesa e olhar para sua mãe. — Oi, mama!

— Oi, bebê. — Nat sorri para a filha.

— O que vocês vão levar para o fim de semana em Vegas? — Sam indaga.

— Vamos fazer algo formal? — Acaricio os cabelinhos castanhos de Liv.

— Talvez. Eu não sei bem quais são os planos. — Nat dá de ombros. — Acho que vou levar um vestido elegante e sapatos de salto alto só para o caso. E, com certeza, levarei meu biquíni para ficarmos na piscina.

— Eu te odeio por já estar perfeitamente em forma depois de ter um filho há poucos meses. — Sam encara Natalie com irritação.

— Eu já te falei. — Nat abre um sorriso sugestivo. — É a yoga.

— Você faz yoga? — pergunto avidamente. — Estou tentando encontrar aulas de yoga desde que me mudei de volta para cá.

— Eu dou aulas. Você deveria ir.

— Ótimo!

— Bom, eu não vou fazer yoga — Sam diz.

— Você não precisa — Leo fala da cozinha. Sam sopra um beijo para ele.

— Ok, então algo chique e um biquíni — confirmo, pensando no que tenho no meu armário. — Acho que também vou levar algumas calças jeans e blusinhas.

— Sim, vamos levar um pouco de tudo. — Sam assente.

— Como você está, Meredith? — Lucy cobre minha mão com a sua e me oferece um sorriso carinhoso.

Ela sempre foi tão gentil comigo, e sentir sua mão na minha me faz lembrar da minha mãe. Estou tão presa ao luto que não consegui prever isso. Meu peito dói com as saudades que já estava me acostumando a sentir, mas consigo conter as lágrimas e sorrio de volta para Lucy.

— Estou ótima. O estúdio está indo muito bem.

— É uma alegria imensa poder passar um tempo com você novamente. — Lucy afaga minha mão antes de virar a atenção para Liv, que está tentando se desvencilhar do meu colo para poder subir no da avó.

Antes que eu possa responder, vejo a tela do celular de Mark acender, próximo ao meu cotovelo. Olho para baixo e encontro uma mensagem de uma pessoa chamada Tami.

Faz um tempinho que não nos vemos, gato. Que tal hoje à noite?

Sério? Ainda há mulheres que mandam mensagem chamando-o para sair?

Quero tanto confrontar Mark agora, mas não é o momento certo. Estamos com a família dele, pelo amor de Deus.

Isso vai ter que ficar para depois. Nós precisamos conversar, mesmo.

Sam olha para mim e me oferece um sorriso solidário. Ela obviamente também viu a mensagem. Eu apenas dou de ombros, abro um sorriso corajoso e faço o meu melhor para me conter e não esfaquear Mark no braço com a faca que ele está usando para cortar a salada.

Assim que ergo a taça para tomar um gole de vinho, a tela acende novamente, mas, dessa vez, é de uma pessoa chamada Marcy, e consiste em uma foto.

A porra de uma foto dos peitos dela.

Isso só pode ser brincadeira, caralho!

— Mulherengo — Sam murmura e balança a cabeça. Acho que não consigo confrontá-lo agora sem tentar matá-lo.

Minha pele começa a ficar úmida de suor e fico irada.

— Quero mostrar meu jardim para vocês.

— Preciso mesmo de um pouco de ar fresco — respondo imediatamente. Talvez eu consiga respirar para acalmar minha fúria para poder conversar com Mark com calma.

Mas, no mesmo instante, a tela acende mais uma vez, anunciando a última mensagem que chegou, como um lembrete de que ainda não foi lida, e acabo olhando mais uma vez para os peitões da tal Marcy.

Lucy anuncia que vamos para o quintal no instante em que meu olhar cruza com o de Mark. Suas sobrancelhas se erguem de surpresa quando ele vê minha expressão, mas eu desvio, incapaz de manter contato visual. Luke concorda com Nat sobre vigiar o bebê enquanto estivermos lá fora.

— Eu plantei algumas roseiras novas — Lucy começa ao nos conduzir até outro canto do jardim enorme. Sorrio e assinto conforme sigo ela e as outras, mas não ouço muito bem o que ela está falando enquanto nos mostra as fileiras bem iluminadas que serpenteiam pelo jardim.

— Não significa nada, sabe? — Sam diz baixinho ao meu lado. Nós diminuímos o passo, ficando para trás de Lucy e Nat, que continuam a conversar alegremente sobre plantas. Nat está segurando Livie, que fica apontando para borboletas e passarinhos que estão voando ali perto.

— Não significa?

— Não. — Ela balança a cabeça e entrelaça seu braço no meu. — Mas você já deveria saber que ele não tinha ficado em celibato por dez anos.

Jogo a cabeça para trás e rio.

— Claro que sei. Você já o viu?

— Já. Ele não é tão feio assim.

— Não é mesmo. — Suspiro e coloco meu cabelo atrás da orelha. — Nós precisamos conversar.

— Eu acho que encheria muito o saco do Leo, se estivesse nessa situação. Mas não sou uma pessoa muito ciumenta, só faria isso para irritá-lo um pouco.

— Geralmente, eu também não sou, mas fala sério! Aquela garota mandou uma foto dos peitos para ele.

Sam estremece e depois dá uma gargalhada.

— Tem garotas que tiram a blusa e esfregam os peitos bem na cara do Leo. Imagina o quanto acho isso agradável.

— Aff. — Suspiro e mordo o lábio. — Garotas são péssimas.

— Sim, elas são. Ela nem deve saber que ele está com você agora.

— Muitas não ligam para isso.

— É verdade, mas ele vai lhes dizer. Ele vai ficar constrangido quando vir o que você viu.

— Eu não quero que ele fique constrangido.

— O que você quer?

— Eu não sei. — Dou de ombros e sorrio para ela. — Queria nunca ter visto aquilo. Obrigada por conversar comigo e me acalmar.

— Por nada. Agora, quando você conversar com ele, poderá ser de uma maneira mais produtiva.

— Eu estava sonhando em enfiar nele aquela faca que ele estava usando — confesso, fazendo Sam rir.

— Bem, acho que isso significa que você o ama, porque, se não amasse, não se importaria com aquelas mensagens.

— Eu o amo. Mas ainda estou irada.

Ela assente e, nesse mesmo instante, Lucy e Nat juntam-se a nós.

— O seu jardim está lindo, Lucy — elogio e sorrio.

— Obrigada, querida. Eu acho que o jantar já deve estar pronto.

Quando voltamos para dentro, a casa está com um cheiro incrível. Os meninos estão distribuindo travessas fumegantes com comida na mesa e Luke está dando mamadeira para Keaton.

— Ele acordou? — Nat pergunta a Luke.

— Sim, e está com fome — responde com um sorriso. Ver o lindo irmão mais velho de Mark com um bebê é uma vista e tanto. Há uma razão para Luke ter estampado capas de revista e paredes de adolescentes por tanto tempo. O cara é um gato.

— Você está bem? — Mark pergunta ao ficar ao meu lado e me envolver pela cintura com o braço.

Eu poderia mentir. Mas não vou.

— Não. Tem umas mensagens que você não leu. — Aponto para seu celular e me afasto dele, sento-me à mesa e decido aproveitar o resto da noite com essas pessoas agradáveis.

Mark pega seu celular ao sentar ao meu lado e abre as mensagens. Ele se encolhe e balança a cabeça com desgosto depois de fazer isso.

O jantar se torna uma agitação em meio a comida boa e conversa melhor ainda. Esqueço das mulheres estúpidas no celular de Mark por um tempinho e me divirto. Quando terminamos de comer, as meninas se ocupam em limpar tudo, enquanto os meninos levam as crianças para a sala de estar.

Quando o último prato é colocado na lava-louças e a cozinha está limpa, nos juntamos a eles.

— Posso segurá-lo? — pergunto a Luke, que está ninando um Keaton sonolento.

— Claro que pode. — Ele passa o bebê para os meus braços com cuidado.

— Estou ficando mais corajosa em relação aos pequenos — digo com um sorriso. — Como vocês os seguram o tempo todo sem se preocupar em machucá-los?

— Eles são mais fortes do que parecem — Neil responde e envolve os ombros de Lucy com um braço, puxando-a para mais perto dele. Não é de se espantar que os Williams sejam tão carinhosos. Eles aprenderam com o pai. — Você não vai machucá-lo, garotinha.

Passo o dedo pelo nariz de Keaton e dou um beijo em sua bochecha redondinha. Ele faz barulhos de sucção com os lábios.

De repente, sinto um cheiro bem desagradável vindo desse pacotinho de fofura.

— Hã, eu acho que ele precisa trocar de fralda. — Olho em volta do cômodo, em pânico.

— Vamos lá. — Nat fica de pé e gesticula para que eu a siga. — Eu te ajudo.

— Ai, Deus. Eu não quero quebrá-lo — sussurro e sigo Nat pelo corredor até um quartinho de bebê. — Lucy e Neil fizeram um quartinho de bebê aqui?

— Sim. Eles adoram cuidar das crianças.

Nat me ajuda a deitar Keaton na mesinha de troca e me instrui a trocar a fralda, que está bem cheia.

— Meu Deus, Keaton! — exclamo quando abro a fralda. — Com o que estão te alimentando?

Nat ri e me entrega lencinhos umedecidos.

— Eu deveria estar usando roupa de proteção — murmuro e limpo o bumbum do bebê, passo talco e, sob a supervisão de Nat, coloco a fralda limpa.

— Você leva jeito — ela diz com um sorriso.

— Acho que agora preciso de terapia.

Quando retornamos à sala de estar, todos estão gargalhando e nos observando.

— Qual é a graça? — pergunto e me acomodo no sofá com o bebê nos braços.

— Você. — Mark beija minha têmpora. — Nós estávamos te ouvindo pela babá eletrônica.

— É, bom, os pais do Keaton deveriam repensar a alimentação dele. — Keaton, completamente desperto agora, está mastigando o punho, observando-me falar. Ele abre um sorriso largo e banguela, e acabo me apaixonando ainda mais por ele. — Você é muito lindo para cheirar tão mal daquele jeito. É, sim!

— Sam, conte à Meredith a história de quando você e Leo cuidaram da Liv quando ela ainda era bebê e tiveram que ligar para a Meg ir trocar a fralda pra vocês. — Luke está gargalhando, segurando a barriga. — Aquilo foi tão clássico.

— Foi a primeira vez que cuidamos dela sozinhos — Sam começa.

— Primeira e única vez — Mark completa, recebendo um olhar irritado de Sam.

— E ela sujou a fralda. E eu nunca tinha trocado uma fralda antes, nem o Leo.

— Ainda defendo que é antiético um homem ter que trocar a fralda de uma bebezinha — Leo argumenta, erguendo as mãos em rendição. — Não é apropriado.

Dou risada e presto atenção enquanto Sam e Leo alternam ao contar que tiveram que esperar uma eternidade até Meg aparecer e trocar a fralda de Liv, que estava gritando de chorar. Eles são incríveis juntos, completando as frases um do outro e trocando olhares cheios de amor.

— Deu certo, no fim de tudo — Leo termina a história.

— Isso foi hilário — comento e olho para o bebê, que está fazendo barulhinhos com a boca em meus braços.

— É melhor colocarmos as crianças para dormir. — Luke beija a bochecha de Nat. — Estou pronto para passar um tempinho a sós com a minha mulher.

— Eca! — Sam torce o nariz. — Não precisa ficar anunciando.

Luke apenas abre um sorriso presunçoso e beija a esposa novamente, deixando Sam mais enojada.

— Vocês são engraçados — digo, sem perceber que falei em voz alta até Sam começar a gargalhar e dar de ombros.

Coloco Keaton em sua cadeirinha e me afasto para Luke prendê-lo e pegá-lo do chão. Nat está segurando Liv e nos despedimos do lado de fora.

— Nós deveríamos ir, também — Mark diz.

— Eu tenho que trabalhar um pouco. — Sam sorri para Leo. — Está pronto?

— Estou.

Trocamos vários abraços e promessas de nos falarmos em breve ao entrarmos em nossos respectivos veículos, e acenamos para Lucy e Neil antes de nos afastarmos da casa.

— Eu gostaria de ir para casa, por favor — peço, olhando pela janela.

— Eu ia te levar para a minha casa.

— Prefiro ir para a minha.

Mark suspira ao meu lado e esfrega o rosto. Agora que estamos sozinhos, minha raiva está de volta. Estou cansada e, honestamente, magoada.

E não me importo se isso é irracional.

— Mer...

— Conversaremos quando chegarmos lá, Mark.

Fecho os olhos e me recosto no assento, deixando-o dirigir até o meu apartamento em silêncio.

— Eu vou me trocar — anuncio assim que entro, mas Mark me para.

— Não. Você vai sentar e nós vamos conversar.

Viro-me para ele e cruzo os braços contra o peito.

— Sério? É esse momento que você vai escolher para ser mandão?

— Sente-se, Meredith.

— Vai se foder, Mark.

— Nós vamos mesmo fazer isso de novo? Você acredita realmente que eu estou fodendo aquelas mulheres?

Dou alguns passos para me afastar e jogo os braços para cima.

— Não, eu não acredito nisso, Mark! Isso é ridículo.

— Então por que está tão zangada?

Paro e o encaro como se ele tivesse uma cabeça a mais.

— Porque... — começo e respiro fundo — duas mulheres obviamente acham que ainda podem te mandar mensagem, fazer um convite e você irá correndo transar com elas.

— Mas elas não podem. Você sabe disso.

— *Eu* sei. *Elas*, não.

Ele franze a testa e coça a cabeça, agitado.

— E?

— Nós já estamos juntos há tempo suficiente para você ter avisado às suas amiguinhas que não está mais disponível, Mark.

— Eu nem ao menos me lembrei delas desde que ficamos juntos, Meredith. Por que eu me lembraria de mandar mensagem para elas e dizer que estou em um relacionamento quando eu só penso em você o tempo todo?

Balanço a cabeça e fico andando de um lado para o outro.

— Olha, é óbvio que você teve uma vida sexual saudável antes de eu voltar pra sua vida. Mas eu não precisava ser pega de surpresa por ela enquanto estava sentada na mesa de jantar da sua mãe. A sua *irmã* viu. Foi humilhante.

— Meredith, ouça o que está falando. Você estava na mesa de jantar da minha mãe. Nenhuma dessas mulheres chegou a conhecer a minha família. Não dou a mínima para elas, e você sabe disso. Quantas vezes vou ter que te dizer que te amo?

— Eu não estou questionando o fato de você me amar, droga!

— Vou deixar claro com prazer para elas e para qualquer outra pessoa que me contate que estou indisponível, Meredith. Eu não tenho problema com isso. Tenho problema com esse padrão ciumento que você desenvolveu nos últimos dez anos.

Abro a boca para responder, mas ele ergue uma mão, interrompendo-me.

— Lena e eu somos amigos desde o primeiro ano da faculdade. Ela e o Colin, que agora é seu marido, foram os amigos mais próximos que tive por um bom tempo. Eles sempre souberam sobre você.

Encolho-me quando ele ergue uma sobrancelha.

— Nós nos ajudamos durante as aulas e trabalhos em laboratórios durante anos. Eu fui padrinho do casamento deles, Mer. Lena é só uma amiga, e ela está ansiosa pra te conhecer.

— Ok.

— Se você quiser saber qualquer coisa, pode me perguntar. Quer vasculhar o meu celular? — Ele joga o celular para mim, mas eu jogo de volta. — Eu não ligo se você olhar. Não fiz nada de errado.

Suspiro e desabo no sofá.

— Não acho que você fez algo de errado, Mark. Não estou te acusando de nada.

— Mas você não confia em mim.

— Eu não confio em mulheres. — Ergo a cabeça e fico de pé de novo, decidida a fazê-lo entender. — Eu não confio em mulheres.

— Por quê?

— Porque mulheres podem ser bem maliciosas, e muitas delas parecem não se importar se um homem está comprometido. O problema disso tudo para mim é: aquelas mulheres não deveriam estar te mandando mensagens. Eu sei que você não fez nada de errado, mas isso não me faz sentir melhor.

— Bem, então vamos passar para o próximo problema. Quando você ia me contar que vai voltar a fazer turnê com a Starla? — Suas mãos estão nos quadris e ele está me encarando de maneira acusatória.

— Eu não vou.

— Não minta pra mim, porra. — Sua voz é baixa, rouca e meticulosamente irritada.

— Não estou mentindo pra você. Ela nos ofereceu nossos antigos empregos de volta. — Prendo a respiração quando ele fecha os olhos e solta um longo suspiro. — Mas nós recusamos.

Nada de resposta.

— Mark?

Nada.

— Mark, nós recusamos.

Ele limpa a garganta.

— Continue.

— Ela disse que sente falta de nos ter com ela, e agora que a mamãe morreu e as coisas ficaram um pouco menos agitadas, ela queria que nós coreografássemos a próxima turnê e voltássemos para a estrada com ela no ano que vem. Mas quer saber de uma coisa?

— O quê? — ele sussurra.

Odeio o leve tremor em sua voz. Dou um passo em sua direção, mas ele ergue uma mão para me impedir.

— Por uns dez segundos, enquanto ela fazia a proposta, eu pensei sobre o assunto. Pensei sobre os longos dias de viagem, nunca saber onde estou, não ter um lar de verdade. Sem contar que não sou mais tão jovem e poderia me lesionar com os ensaios rigorosos que Starla impõe.

Ando de um lado para o outro e passo as mãos pelos cabelos.

— E eu disse a ela que não é mais só por mim. Eu amo o meu estúdio e as minhas alunas, e eu amo você. Estou feliz em Seattle. Aquele mundo não serve mais para mim.

— Você tem certeza? — ele pergunta com suavidade.

— Eu nunca responderia que sim, M. Mesmo se não estivesse com você, o que eu fico muito feliz de não ser assim, mas eu ainda teria recusado. Aquela parte da minha vida já acabou, e gosto de onde estou agora.

— O que Jax disse?

— Ele também disse não. Pelas mesmas razões, basicamente.

— Ele também está apaixonado por mim?

E aí está o engraçadinho. Expiro profundamente e sorrio para ele.

— Sim, perdidamente. — Dou risada e prendo meu cabelo atrás da orelha. — Acho que ele está apaixonado pelo Logan.

— E só agora você está percebendo isso?

— Com Jax, é complicado.

— Posso imaginar.

— Ele te contou sobre o passado dele? — Mark assente e enfia as mãos nos bolsos.

— Então, o que temos aqui é uma falta de confiança das duas partes — murmura. Ele ainda não me puxou para seus braços. — Você acha que eu vou foder qualquer pessoa que sorrir para mim...

— Eu nunca disse isso.

— E eu ainda tenho um medo do caralho de que você acabe escolhendo a dança em vez de mim e me largue.

Ele acha mesmo isso? Que eu faria isso de novo? Suspiro e me sinto exausta, de repente. Os dias longos de trabalho físico e passar por esse baque emocional com Mark estão cobrando seu preço.

Ando em direção ao meu quarto.

— Quer saber? Eu vou trocar de roupa, e acho que quero ficar sozinha esta noite.

— Não.

— O que você disse? — Giro e olho para ele. Suas mãos estão fechadas em punho dos lados do seu corpo e um músculo salta em sua mandíbula devido à força com que ele a aperta.

— Eu disse que não. Acabei de passar duas noites sem você, Meredith. Não vou fazer isso de novo.

— Bem, eu não quero dormir com você esta noite.

Deus, eu estou sendo uma baita cretina! Pare com isso!

Mas não consigo.

— Então eu vou dormir no sofá.

— Faça o que você quiser.

Viro e vou para o quarto, bato a porta e me pergunto o que diabos há de errado comigo.

Pego meu celular do bolso e mando uma mensagem para Jax.

Eu sou uma idiota. Me mande parar com isso.

Tiro a roupa e deito na cama, mal prestando atenção às lágrimas rolando por minhas bochechas.

Finalmente, meu celular apita com uma mensagem de Jax.

Pare de ser idiota. Por que eu acabei de dizer isso?

Enxugo as bochechas com o dorso da mão e respondo.

Porque estou brava com Mark por algo que ele não fez. Umas garotas mandaram mensagem para ele chamando para uma rapidinha hoje. Ele não respondeu. Mas uma delas mandou foto dos peitos!

Pressiono "Enviar" e, menos de dez segundos depois, meu celular toca.

— Você não precisava ter me ligado.

— Quer que eu volte para casa? — A voz de Jax está cheia de preocupação, e isso me faz amá-lo ainda mais.

— Não. Estou sendo estúpida. Mas ainda estou zangada com ele.

— Nem todos os homens são traidores como aquele cretino do Scott — Jax me lembra.

— Scott e eu nem éramos oficialmente um casal.

— Não eram, mas mesmo assim ele saía fodendo qualquer uma que o olhasse de lado enquanto estava transando com você, e aquilo mexeu muito com você, caramelo. Mark não é o Scott, e só porque algumas feiosas mandaram mensagem para ele, não significa que ele tenha feito algo de errado. Então, é, pare de ser idiota.

— Nossa. Essa sinceridade é uma droga.

Jax ri.

— Ele foi embora?

— Não, ele... — A porta da frente bate nesse momento, fazendo minhas lágrimas voltarem a cair. — É. Ele acabou de ir embora.

— Você precisa dormir para espantar esse humor horrível e, depois, ir pedir desculpas. Com um boquete.

— Obrigada, dra. Ruth[1].

— O prazer é meu. Te vejo na sexta-feira.

Minha cabeça está latejando quando acordo. O dia ainda não está completamente claro. Sombras acinzentadas atravessam o quarto conforme os primeiros raios de sol começam a surgir.

1 Terapeuta sexual germano-americana e apresentadora de talk show. (N. da T.)

Saio da cama e cambaleio até a cozinha para tomar um analgésico. Jogo a água restante na pia e viro-me para voltar para a cama, mas uma imagem escura no sofá chama a minha atenção.

Mark.

Ele não foi embora.

Ele está deitado de barriga para cima, com uma coberta jogada sobre ele, que reconheço ser a mesma que ele usou na noite que fomos ao píer. Ao me aproximar, vejo que está dormindo.

E, de repente, sinto que não posso mais ficar longe dele.

Monto sobre ele, aconchegando-me sobre seu peito e, de repente, seus braços me envolvem, abraçando-me com força.

— Eu fui uma vaca com você — sussurro, sentindo as lágrimas voltarem. — Mas não vou me desculpar pela minha reação, Mark, porque você é *meu* e aquelas mensagens me irritaram pra caralho.

— Percebi isso — ele responde e beija meu cabelo. — Quando pensei sobre a situação pelo seu ponto de vista, eu entendi. Se os papéis fossem invertidos, eu estaria na cadeia por agressão.

— Não sou tão ciumenta assim, geralmente, mas, sério, Mark... os peitos?

— Eu sei. Sinto muito por isso. Eu mandei mensagem para todas as mulheres que tenho na agenda do celular, as que eu me lembro e as que não lembro, e disse a elas que estou fora do mercado definitivamente e pedi que não me contatassem novamente.

— Você fez isso?

— Sim. Minha irmã e minha mãe não gostaram muito.

Dou risada e bato em seu braço de brincadeira.

— Eu tive um relacionamento breve com um cara há alguns anos, e quando eu digo *breve*, não estou mentindo. Superbreve. Principalmente porque ele não achou que seria necessário parar de transar com todo mundo que ele conhecia enquanto estava comigo.

— Eu não sou assim, e você sabe disso.

— Eu sei. E me sinto uma idiota agora. Se serve de ajuda, chorei até dormir ontem à noite.

— Isso não ajuda nem um pouco — ele diz ao acariciar minhas costas e beijar minha cabeça. — Eu odeio quando você chora.

— Eu odeio quando sou estúpida.

— Você não é estúpida. Estamos nos conhecendo novamente, lembra?

— Aham.

— Estou aprendendo que você tem um lado possessivo pra caralho.

— Tenho.

Sua mão viaja por minhas costas até apalpar minha bunda com firmeza.

— Eu também tenho. O que aconteceu ontem não vai se repetir, M. Eu prometo. E essa é a última vez que vou dormir no sofá. Você não pode me culpar por coisas que não são minha culpa.

Abro um sorriso largo e beijo seu peito.

— Eu vou tentar controlar a louca ciumenta que há em mim.

— Faça isso. Você não tem por que sentir ciúmes, amor. É a única para mim. Sabe disso.

Ergo-me um pouco para fitar seu rosto no brilho acinzentado que está entrando na sala. Ele passa os polegares sob meus olhos, enxugando as lágrimas.

— Você é tudo que eu vejo — ele sussurra.

— E sobre aquela outra coisa, Mark. Não quero que você pense que eu escolheria a dança em vez de você de novo. Eu não faria isso. Eu recusei por causa de você, porque não iria conseguir ficar longe de você por muito tempo. Deixei bem claro que essa parte da minha vida já passou.

Ele beija minha bochecha e me puxa de volta para seu peito.

— Eu acredito em você — ele sussurra. — E me desculpe por também tirar conclusões precipitadas.

Meredith

— Aonde estamos indo? — pergunto e afasto meu cabelo do rosto. Mark abriu a capota do seu Jeep, e estamos percorrendo a rodovia com pressa nesse dia lindo de primavera. O céu está azul-claro, sem uma única nuvem, e o friozinho do início da primavera está começando a ser substituído pelo calor do sol brilhante.

— Temos trabalho a fazer hoje.

— Hã, não, nós temos a semana de folga. — Olho para Mark e sinto o fôlego fugir dos meus pulmões. Será que vai ser assim?

Ele está usando óculos escuros Oakley. Seus cabelos estão bagunçados do vento e dos meus dedos. Sua camiseta branca delineia seu peito, os músculos de seus braços, e seus antebraços flexionam enquanto ele segura o volante.

Não consigo nem pensar no jeito como aqueles jeans claros modelam sua bunda e suas coxas sem começar a suar.

Eu poderia facilmente ficar admirando-o o dia inteiro.

— Mer?

— Sim?

— Você não está me ouvindo.

— Desculpe, é difícil me concentrar quando você está aí assim, tão lindo.

Ele ri e leva minha mão até seus lábios para beijar os nós dos meus dedos.

— Você é engraçada.

— Você é sexy.

Ele me lança um olhar matador antes de estacionar em frente a uma loja de materiais de construção e decoração.

— O que estamos fazendo aqui?

— Quero que me ajude a decidir que reformas você vai querer na sua cozinha.

— Não tenho permissão do proprietário do meu apartamento para reformar a minha cozinha.

Ele inclina a cabeça de lado e curva uma sobrancelha para mim.

— Pare de ser difícil.

— Por que precisa da minha ajuda?

— Porque você vai ter que conviver com ela por muito tempo, então deveria me dizer do que gosta.

Ele desce do Jeep, mas tudo o que consigo fazer é permanecer sentada e encará-lo. Ele abre a minha porta e me ajuda a descer do carro e me conduz até o interior da loja cavernosa. Tem cheiro de serragem e grama.

— Eu não acho que garotas deveriam entrar aqui — digo e mordo o lábio. Mark ri e empurra seus óculos de sol para o topo da cabeça.

— É uma loja para todos, M.

— Eu vou gostar de qualquer coisa que você fizer com a sua cozinha, Mark. Você não precisa que eu te diga o que fazer.

Ele me conduz até a área de utensílios para cozinha, onde há exposições montadas para que seja possível ver como as bancadas e os eletrodomésticos ficariam juntos.

— Só faça isso por mim, ok? — Ele beija minha têmpora antes de soltar minha mão e gesticular para uma cozinha próxima a nós. — Eu vou deixar os armários que já estão lá, mas estava pensando em pintá-los.

Inclino a cabeça e dou uma olhada no espaço, pensando em como a cozinha está atualmente.

— Branco daria uma boa iluminada.

— Exato. — Ele sorri largamente e assente. — Eu também estava pensando em substituir as portas por outras que têm vidro.

— De jeito nenhum. — Balanço a cabeça, determinada. — Se elas tiverem vidro na frente, vai dar para ver a bagunça do lado de dentro. Talvez seja uma boa colocar vidro só onde guardaremos os pratos e tigelas. Eu gosto de louças coloridas, então ficaria bonito, mas o restante não deveria ter vidro.

Ele está assentindo enquanto falo, pensando.

— Posso fazer isso. Ok, armários brancos, alguns com porta de vidro. Agora, vamos falar sobre as bancadas. Eu queria granito, mas vamos dar uma olhada nas cores. — Ele me conduz até uma parede coberta com amostras de granito. — Eu vou aumentar a bancada principal para nos dar mais espaço.

— Que tal uma pia pequena na bancada principal? Seria útil ter uma pia menor para lavar vegetais e essas coisas, assim eu não teria que ficar indo e voltando até a pia maior.

— Podemos fazer isso — Mark diz com um sorriso de orelha a orelha. — Viu? Não é tão difícil.

Mordo o lábio e desvio o olhar. Puta merda, eu entrei mesmo no espírito da coisa. Preciso controlar um pouco isso.

— Já que todos os armários serão brancos, o que acha de bancadas escuras? — Ele aponta para um granito preto brilhante suave, com pequenas manchas prateadas.

— Esse é bonito.

Ele fica atrás de mim e me envolve pela cintura com seus braços, inclinando-se para sussurrar no meu ouvido:

— Já consigo imaginar você toda aberta sobre essa bancada escura, sua pele clara brilhando de suor enquanto eu te chupo e te faço gritar.

Arfo e começo a dar risadinhas sem fôlego, lançando um sorrio para ele sobre o meu ombro.

— Você está safado hoje.

— Eu sou safado todo dia, amor. Você ficaria uma delícia nesse granito preto. Se preferir, posso te curvar sobre ele. Sou bem flexível, sabe?

— Bem, com você argumentando assim, acho que também adorei o granito preto.

Ele dá risada e me beija na bochecha, conduzindo-me em seguida para escolhermos o revestimento da parede e os complementos para as portas dos armários.

— Ok, vamos falar sobre os eletrodomésticos.

— Você também vai trocá-los?

— Sim. Tudo novo. Claro que, pensando melhor agora, vai ser mais fácil se você for morar comigo só depois que a cozinha estiver pronta. Podemos morar no seu apartamento enquanto eu a reformo.

— Eu não me lembro de ter concordado em ir morar na sua casa.

— Nossa casa.

— Sua casa. — Agora só estou fazendo isso porque é divertido bancar a teimosa e discordar dele. É claro que vou morar com ele. Não sei bem quando, mas isso vai acontecer sim.

— Você ficou bem mais teimosa com a idade. Eu vou conseguir te convencer, você sabe, né?

— Se você está dizendo. Que tipo de fogão quer para a sua cozinha?

— A *nossa* cozinha precisa de um fogão a gás.

Nós passamos pelos eletrodomésticos, olhando vários tipos de fogão, geladeira, e tudo que uma pessoa pode precisar. E muitos deles nem são tão necessários, mas são muito legais mesmo assim.

Uma adega para vinhos chama a minha atenção. Agacho-me e dou uma olhada. Vinho branco é o meu favorito, e eu o prefiro bem gelado. Isso ficaria incrível junto à bancada maior que Mark está planejando fazer.

— Você gostou disso? — ele pergunta.

— É legal. Abriria espaço na geladeira. Não que eu beba vinho com muita frequência.

Ele assente e se afasta, mas tenho a sensação de que isso vai fazer parte da nova cozinha.

— O que você acha de um forno duplo? — Ele aponta para dois fornos montados em uma parede.

— Eu mal cozinho em um forno — respondo secamente. — Não vamos exagerar. Eu gostei da geladeira com porta francesa.

— É a que você quer?

— A cozinha não é minha, mas, se fosse, é a que eu compraria.

— Agora você só está zombando da minha cara — ele finge desespero.
— Eu meio que gostei dessa outra geladeira. — Antes que ele possa se afastar, agarro seu braço e o puxo de volta.

— *Se fosse eu*, ficaria com essa aqui.

— Tenho uma novidade pra você, M. — Ele se inclina na minha direção com um meio sorriso e pressiona os lábios na minha orelha. — Sempre será você. — Ele pisca e sai andando, deixando-me completamente derretida. Ele diz as coisas mais doces nos momentos perfeitos. Nem consigo me lembrar por que eu estava tão brava ontem à noite. Ele é *meu*.

Ele para no fim do corredor e vira-se para mim, com o sorriso safado ainda brincando nos lábios.

— Vamos escolher uma lava-louças e, quem sabe, uma lavadora e secadora, já que estamos aqui.

— Você está mimando demais aquela casa.

Caminho até ele e mordo o lábio quando seus olhos viajam por todo o meu corpo, sorrindo quando para no meu rosto.

Você está me mimando demais.

— É para você — ele diz simplesmente, dando de ombros como se todo homem dissesse coisas desse tipo todos os dias, e entrelaça os dedos nos meus para continuarmos a escolher os eletrodomésticos para a nossa casa.

— Eu não sabia que iríamos pintar os armários hoje. — Coloco mais tinta no meu pincel, espalhando sobre a madeira lixada. — Você deve ter limpado tudo isso enquanto eu estava viajando.

— Sim. Terminei de lixar na noite antes de você chegar.

Estou em pé sobre a bancada antiga, pintando os armários de branco. Passamos a tarde inteira trabalhando neles e estamos quase terminando.

O celular de Mark vibra sobre a bancada, próximo aos meus pés, e dou uma olhada rápida para baixo, vendo o nome de Lena brilhar na tela, anunciando uma ligação.

— Lena está ligando — aviso e entrego o celular a Mark.

— Alô? — Ele pisca para mim e sorri quando a mulher começa a falar. — Uau, ele quer sair por vontade própria? Acho que vai ser legal, mas me deixe ver com a Mer primeiro. — Ele abaixa o aparelho. — Lena e Colin gostariam de nos levar para jantar hoje. Mas vou logo te avisando, Colin é branco feito papel, como Luke em *Nightwalker*. O cara nunca sai do laboratório.

Dou risada e termino de pintar os armários.

— Acho uma ótima ideia.

— Ok, nós topamos — ele diz ao telefone. — Ótimo. Nos veremos logo.

Ele desliga e me ajuda a descer da bancada, mantendo-me em seus braços. Apoio as mãos em seus ombros e lhe dou um beijo rápido, limpando um pouco de tinta em sua bochecha.

— Quanto tempo nós temos?

— Uma hora, mais ou menos.

— Ótimo. — Eu o ajudo a recolher os pinceis sujos e a limpar toda a sujeira. Em seguida, seguro sua mão e o levo até as escadas. — Você precisa terminar o que começou na loja hoje.

— O que eu comecei?

— Tesão.

— Ah, eu posso dar um jeito nisso com certeza, amor.

— E aí, ele mandou o professor ir se ferrar e mostrou o dedo do meio para ele ao sair do laboratório! — Lena conta, gargalhando.

— Você fez isso? — Encaro Mark, que está com o rosto vermelho.

— Sim. Ele me irritou. Eu estava certo.

— Você estava certo, mas acabou sendo expulso daquela matéria e teve que repetir no semestre seguinte. — Colin balança a cabeça e toma um gole de cerveja. Ele não é branco feito papel. Na verdade, sua pele tem um tom café com leite e ele tem os olhos castanhos mais gentis que já vi. Ele é bem alto, deve ter mais de um metro e noventa, é esguio e mantém o cabelo raspado.

Colin e Lena formam um casal bem improvável, mas pode-se ver claramente que são muito apaixonados um pelo outro.

Eles também são muito inteligentes. Quando começam a falar sobre trabalho, não consigo acompanhar.

— Falem a minha língua, por favor, não esse idioma de Super Gênios — imploro, batendo a palma na testa. — Não consigo entender vocês.

— É tudo muito chato, de qualquer forma. — Mark me puxa para seu lado.

— Mas até que é meio sexy quando você começa a falar com toda essa genialidade. — Beijo sua bochecha. — Como se fosse uma língua estrangeira.

— Você gosta, hein? — Ele abre aquele sorriso safado. — Vou te dizer um monte dessas coisas mais tarde.

— Maravilha.

— O meu vasto conhecimento em ciência te excita? — Colin pergunta a Lena, balançando as sobrancelhas.

— Ah, sim, com certeza. — Ela dá uma risadinha e toma um gole de água com gás.

Ele se inclina para sussurrar em seu ouvido e, para minha surpresa, ela fica com o rosto vermelho.

— Agora isso, sim, me excita — ela diz.

— Por que parece que acabamos de testemunhar algo que não devíamos? — Mark pergunta, franzindo as sobrancelhas. — Vocês querem ficar sozinhos?

— Nah, eu só disse uma coisinha na qual ela vai ficar pensando por um tempinho — Colin responde e pisca para sua esposa.

Lena limpa a garganta e toma mais um gole de sua bebida.

— Preciso de mais histórias cabulosas sobre os anos do Mark na faculdade — peço. — Me contem tudo.

— Não tem histórias cabulosas — Mark insiste.

— Ah, qual é! Festas de fraternidade? Garotas fazendo fila na porta dele? Viagens de férias de primavera para Daytona?

— Não mesmo — Colin responde. — Ele estava muito focado em se formar o mais cedo possível. E acabou conseguindo. Um ano mais cedo.

— Nunca conheci alguém que conseguiu se graduar e completar o mestrado em cinco anos. — Lena balança a cabeça. — Ele parecia estar possuído.

— Eu te disse. — Mark dá de ombros. — Se eu estudasse pra caramba, não teria tempo para pensar em você.

Todos à mesa ficam quietos diante de sua confissão, até Lena finalmente quebrar o gelo.

— Mas nós nos divertimos juntos, sim. Dávamos um duro danado, mas as férias eram divertidas. Mark costumava nos convidar para ficar na casa dos pais deles, que eram muito legais.

— Os pais dele são os melhores — concordo e seguro a mão de Mark, enquanto ele pressiona os lábios nos meus cabelos.

— Vocês dois são adoráveis. — Lena encosta-se no braço de Colin e olha para nós com um sorriso suave.

— Vocês também são — devolvo. — Adorei a nossa noite.

— Nós faremos isso com mais frequência. Colin precisa trabalhar um pouco menos, principalmente agora. — Lena abre um sorriso enorme para ele antes de anunciar: — Nós vamos ter um bebê!

— Mentira! — Mark exclama. — Você disse que estavam planejando esperar mais um tempo.

— Eu não sabia que estava grávida quando te vi naquele dia. — Ela dá de ombros e joga os cabelos longos para as costas. — Eu descobri hoje de manhã. Fiz xixi no palitinho.

— Isso é incrível! — falo e aperto sua mão. — Se vocês precisarem de alguma coisa, é só nos dizer.

— Os nossos pais vão surtar e comprar mais coisas do que o necessário para o bebê, mas manteremos vocês informados.

— Estou feliz por vocês! — Mark reage. — Já estava na hora.

— Talvez nós precisemos que você reforme o cômodo que temos usado como depósito para ser o quartinho do bebê — Colin diz.

— Farei com prazer. Vou dar uma olhada na semana que vem.

— Ele é bom demais em fazer essas reformas. — Estou orgulhosa dele. — Vamos convidar vocês para ver a casa. Ele tem feito um trabalho incrível.

As sobrancelhas de Lena se erguem conforme ela olha para Mark e mim.

— Vamos adorar ver a casa.

— Nós escolhemos as coisas novas para a cozinha hoje, então, quando estiver tudo pronto, vamos convidá-los para jantar.

— Parece um ótimo plano.

Olho para Mark e o encontro me fitando com seus olhos azuis profundos e o sorriso feliz.

— O que foi?

— Nada. Eu te amo.

— Eu também te amo.

— E agora, senhoras e senhores, eu vou levar a minha esposa grávida para casa e fazer todas as coisas que sussurrei no ouvido dela mais cedo. — Colin estala as mãos e nos conduz até o lado de fora. — Foi ótimo te conhecer, Meredith. — Ele beija minha bochecha.

— Foi ótimo te conhecer, também — digo e fico surpresa quando Lena me puxa para um abraço.

— Estou feliz por ele ter te encontrado de novo — ela sussurra no meu ouvido. — Nunca o vi tão feliz assim.

Ela se afasta e sorri para mim antes de abraçar Mark e ir embora com o marido.

— O que ela disse? — Mark pergunta.

— Só que está feliz por nós.

— Além da minha família, eles são as melhores pessoas que conheço. — Ele segura minha mão, mas, em vez de me levar de volta para o Jeep, seguimos na direção oposta, para um parque ali perto. — Estou feliz por você ter conhecido eles.

— Eu também. Também fico feliz por saber que você os tinha na sua vida todos esses anos. Eles são tipo o seu Jax.

Ele assente e aperta os lábios.

— É, acho que são.

Esse parque está todo florido da primavera, uma festa de cores em rosa, roxo e vermelho. Há crianças correndo e brincando, cachorros em coleiras estão passeando pelos caminhos pavimentados com seus donos. Há um pequeno lago de pesca, com bancos distribuídos pela margem. Mark me conduz até um deles e senta, puxando-me para seu colo.

— É tão lindo aqui — murmuro e passo os dedos por seus cabelos. Seus braços estão me envolvendo com firmeza, e ele enterra o rosto entre os meus seios ao me apertar um pouco mais.

— Isso é tão bom.

— Você está bem?

— Uhum... só aproveitando a sensação dos seus peitos no meu rosto. Preciso de um momento de silêncio.

Dou risada e beijo o topo de sua cabeça, afastando-me em seguida para olhar para ele.

— Tem crianças aqui.

— Elas que procurem outros peitos.

Gargalhamos juntos por um longo momento, até que respiro fundo e descanso a testa na dele.

— Você está animado para Vegas?

— Estou. Vai ser divertido. Soube que algumas surpresas estão sendo planejadas.

— Me conta!

— Não posso, senão vai deixar de ser surpresa.

— Estraga-prazeres. — Beijo sua testa e fico de pé, estendendo a mão para ele. — Vem. Temos que arrumar as malas.

— Você sabe que vamos fazer muita sacanagem em Vegas, não é?

— Estou contando com isso.

Capítulo Quinze

Meredith

— Eu quero dobrar a aposta, vadias! — Meg exclama e toma um gole de sua bebida.

— Não quer, não — Nate informa a ela, balançando a cabeça, e fita Will, exasperado. — Cara, controle a sua mulher.

— Quero sim — ela insiste. — Eu gosto do jeito que soa quando dizemos isso. Dobre a aposta, vadia! — O cara que distribui as cartas ri e segue as instruções de Meg, enquanto eu me recosto contra o peito firme de Mark e quase morro de rir.

— Soa como uma posição sexual. — Sam gesticula para que o crupiê lhe entregue mais uma.

— Uhhh! — Jules murmura e lança um olhar para seu lindo marido. — Talvez nós devamos tentar dobrar a aposta mais tarde.

— Acho que já tentamos esta manhã. — Ele dá um beijo em sua cabeça.

— Fala sério! Eu não tenho que ficar ouvindo sobre você traçando a minha irmã — Will diz, com um olhar irritado. Estamos na mesa de blackjack com Nate, Jules, Sam, Meg e Will. Os outros estão espalhados pelo cassino, jogando em caça-níqueis ou sentados no bar.

— Nós temos uma filha — Jules lembra seu irmão. — É óbvio que transamos.

— Cala a boca.

— Muito — ela continua.

— Pare de falar, Jules.

— E ele é muito bom nisso. — Jules dá um gole em sua bebida, toda cheia de si, enquanto Will continua olhando-a irritado, sem se dar ao trabalho de continuar a pedir que ela fique calada.

— Obrigado, amor. — Nate beija a bochecha de Jules.

Meg faz biquinho quando perde seus vinte dólares e vira-se em sua cadeira e abraça Will pela cintura, pressionando a bochecha em seu peito largo.

— Eu perdi o meu dinheiro.

— É o que acontece quando você dobra a aposta e tem um total de seis — Nate informa a ela. — Você já jogou isso alguma vez?

— Não.

— Ah, meu Deus! — Todos viramos diante do som da exclamação de Natalie, encontrando-a diante de uma máquina caça-níqueis, com um sorriso largo e pulando em seu assento. Luke corre até ela, saindo do bar.

— O que houve? — ele exige saber, com a expressão preocupada.

— Eu acabei de ganhar cinquenta mil pontos! — Ela bate palmas e, em seguida, agarra a gola da camisa de Luke para beijá-lo.

— Isso dá quanto? — pergunto. Ela analisa a máquina e faz as contas.

— Cinquenta dólares — Mark sussurra no meu ouvido, rindo.

— Cinquenta dólares! — Natalie exclama, como se fossem cinquenta milhões de dólares. Ela está muito satisfeita consigo mesma, enquanto Luke beija seu rosto e a ajuda a pegar o dinheiro.

— Natalie paga as bebidas! — Jules anuncia.

— Nós já estamos bebendo de graça — Mark a lembra.

— Natalie paga as bebidas mais tarde! — ela corrige, acenando para uma garçonete para pedir mais uma bebida.

Jax está no bar com Stacy, Brynna e Nic, contando a elas todo tipo de história, com certeza. Elas estão presas em cada palavra que ele emite. O fato de ele ser gato pra cacete e engraçado só deixa tudo ainda melhor.

E ele é péssimo em flertar.

— Jax está fazendo o que faz de melhor — digo para Mark e gesticulo para o meu amigo, que está fazendo as meninas gargalharem.

— Eu sabia que elas iriam adorá-lo — Mark fala. — Elas podem flertar com ele sem que os maridos percam a cabeça.

— Isaac está vigiando — sussurro e aponto para o Montgomery mais velho, que está em uma mesa de roleta com Leo, Matt, Dom e Caleb. Os olhos de Isaac estão presos em sua esposa, que está gargalhando alto de algo que Jax acaba de dizer.

— Todos eles vão ficar de olho. É o que fazemos. — Mark dá de ombros e aponta para a mesa de blackjack. — Você quer jogar?

— Não. Eu sou péssima nesses jogos.

— Você não sabe mesmo disfarçar suas expressões. — Mark beija minha cabeça. — E você está deliciosa nesse vestidinho. — Ele gesticula para o meu vestido preto simples de alças, que exibe minhas curvas e pernas. Quando o vesti, foi com a intenção de fazer Mark sofrer um pouco esta noite.

— Você também não está nada mal — digo e tomo um gole do meu *Sex On The Beach*. Ele está usando calça jeans escura e uma camiseta justa que parece implorar para que eu a arranque do seu corpo gostoso.

— Você está usando calcinha? — ele sussurra na minha orelha.

Balanço a cabeça negativamente e abro um sorriso enorme quando ele emite um rosnado profundo.

— Você está me matando.

— Eu não estou fazendo nada.

— Vocês dois precisam arrumar um quarto. — Jules franze o nariz. — Qual é a desses Williams? Vocês são todos tão melosos. — Ela aponta para Luke e Natalie, que estão abraçadinhos diante da mesa da roleta, assistindo aos meninos jogarem.

— Nós somos românticos — Mark a corrige.

— É nojento.

Leo surge atrás de Sam e apoia a mão em seu quadril enquanto a assiste jogar cartas.

— Você é boa nisso, linda.

— Valeu. É só matemática.

— Não é, não — Mark rebate. — Se fosse só matemática, todo mundo ganharia. É questão de estratégia.

Sam dá de ombros e abre um sorriso pequeno quando Leo beija sua bochecha.

— Minha garota é gata *e* inteligente.

— É, sobraram poucas como nós por aqui — Jules diz, com um suspiro atrevido.

— Cansei de dobrar a aposta. — Meg sorri para Will. — O que vamos fazer agora?

— Você e eu temos um compromisso. — Will vira-se para nós. — Vamos nos recolher pelo resto da noite, pessoal. Tenho alguns planos para Meg, então veremos vocês amanhã.

— Estarei na piscina quase toda a tarde — Sam avisa.

— Divirtam-se esta noite — desejo, e eles seguem em direção ao bar para avisar ao restante do pessoal.

— O que vocês vão fazer? — Mark pergunta.

— Nós vamos a um espetáculo do *Cirque du Soleil* com Nat e Luke — Jules diz.

— Leo e eu vamos encontrar alguns dos rapazes da banda dele que vieram de Los Angeles — Sam fala. — Vai ser legal vê-los.

— Nós os vimos há um mês — Leo a relembra com um sorriso.

— Você também sente falta deles. Você não me engana.

Nós todos vamos para o bar, encontrando também os que estavam na mesa de roleta.

— Alguns de nós iremos para o clube daqui do hotel para jantar e dançar. — Brynna coloca a mão no braço de Jax. — Você tem que ir com a gente!

— Só se eu puder dançar com você. — Ele pisca para ela.

— Vou ter que matá-lo? — Caleb pergunta para Mark.

— Não, ele é de boa. — Mark ri quando Jax dá uma boa olhada em Caleb, de cima a baixo.

— Você é que pode não estar a salvo comigo — Jax diz.

— Ok, pode dançar com a minha esposa — Caleb responde e balança a cabeça. — Vocês vão?

— Claro. — Sorrio para Mark. — Faz anos que não danço com você.

— Eu não sou muito bom nisso.

— Eu te ajudo. Sabe, eu faço isso para viver.

— Ótimo. Vamos.

Nos dividimos em alguns grupos: Sam e Leo partem para encontrar a banda dele, Nat e Jules dão risadinhas enquanto seus maridos as seguem para irem ao espetáculo do *Cirque du Soleil*, e o restante e nós pegamos a escada rolante para o quarto andar do Cosmopolitan, para fazer um estrago na pista de dança.

Estamos em Vegas há seis horas, e nunca me diverti tanto. Tenho a sensação de que esse é só o começo.

Juntamos duas mesas vazias e nos acomodamos, assistindo algumas pessoas que estão dançando enquanto aguardamos nossas bebidas.

— Nós vamos pedir comida? — Matt analisa o cardápio. — Pelo menos alguns aperitivos para compensar todo o álcool que vocês estão consumindo.

— Boa ideia — Caleb diz. — Vamos pedir duas porções de cada um.

— Três porções de cascas de batata — Stacy pede. — A música está ótima, mas os dançarinos são muito ruins. Nem um pouco legais de se ver.

— Sim — Brynna concorda e pisca para ela. — Muito entediante.

— Acho que elas estão jogando indiretas — Dominic aponta. — Tão sutis.

— Eles precisam de alguém que mostre como se faz. — Nic abre um sorriso sugestivo para mim. — Você e Jax deveriam ir se exibir.

— Tão sutil como um ataque cardíaco — Matt concorda, acariciando cabeça de Nic. — Mas muito linda.

Just Dance, da Lady Gaga, começa a tocar, e Jax ri ao olhar para mim, erguendo uma sobrancelha.

— Isso parece coincidência demais.

— Vá se divertir, amor — Mark me incentiva. — Mas tenha cuidado. Esse vestido é bem curto. — Ele termina sua frase com o olhar: *E você não está usando calcinha.*

— Vá dançar! — Brynna bate palmas.

Jax pega minha mão e me conduz para a pista de dança.

— Estou usando saltos e sem calcinha, então nada de me erguer na horizontal, ok?

— Saquei, marshmallow.

E então começamos a dançar, com Jax guiando. Ele me gira e, depois de cinco passos, somos apenas Jax e eu, sentindo a música e dançando do jeito que sempre fazemos.

Eu adoro quando ele improvisa. Ele é genial, e me desafia. Jax tem total ciência dos meus saltos, e acaba me erguendo, mas mantém o braço nas minhas coxas, segurando meu vestido no lugar.

Quando aterrisso de pé, ele ondula os quadris e se afasta, cantando para mim, fazendo-me gargalhar. As meninas estão gritando vários elogios, incitando-o.

Todos no clube aplaudem quando a música acaba. Voltamos para a mesa e desabamos em nossas cadeiras, bebendo a água que foi servida enquanto estávamos dançando.

— Vocês são fantásticos — Stacy elogia. — Eu nunca conseguiria me mexer daquele jeito. Meus quadris não fazem aqueles movimentos.

— Seus quadris fazem ótimos movimentos, amor. — Isaac pisca para ela, fazendo-a corar.

— Minha vez! — Brynna exclama e puxa Jax de sua cadeira. — Eu quero dançar.

— Eu não fazia ideia de que ela gostava tanto de dançar — Isaac diz, assistindo Brynna e Jax irem para a pista de dança.

— Ela sempre amou dançar na faculdade. — Stacy ri quando Brynna começa a mexer os quadris, imitando Jax. — Você deveria ir lá e surpreendê-la — ela sugere para Caleb.

— Eu vou dançar com ela daqui a pouco. Ela está se divertindo com ele.

— Normalmente, você não gosta de dividir — Matt observa e bebe sua água. Sua mão está no pescoço de Nic durante todo o tempo desde que sentamos aqui.

— Ele não é ameaça nenhuma — Caleb fala com um sorriso largo. — Você e eu sabemos disso.

— Ele é encantador, e as meninas gostam dele — Dominic adiciona.

— Além disso, ele é divertido. — Assisto meu amigo com a linda morena. Eles estão gargalhando enquanto ele mostra a ela alguns passos mais elaborados.

Descruzo e volto a cruzar as pernas. A mão de Mark pousa na minha coxa.

— Não faça isso — ele sussurra no meu ouvido.

— Não dá para ninguém ver nada — respondo e volto a assistir ao show na pista.

Mark coloca o braço em volta de mim e acaricia meu braço gentilmente, depois meu pescoço e minhas costas nuas — graças ao vestido minúsculo. Minha respiração fica rasa e minha pele enche de arrepios quando ele arrasta as unhas pela minha espinha.

— Olhe para mim — ele sussurra.

Seus olhos estão em chamas enquanto ele me encara por um longo minuto. Em seguida, ele fica de pé e, sem uma palavra, me puxa junto com ele e me conduz para atravessarmos a pista de dança em direção à saída. Em vez de ir para a escada rolante, ele toma outro caminho, em direção ao bufê. Está fechado no momento, e o corredor está escuro. Ele me leva para um canto mais secreto, longe da linha de visão de qualquer pessoa.

— Qual é o seu problema? — pergunto com uma risada. Ele me prende contra a parede e encosta a testa na minha.

— Não tenho problema algum — ele diz, beijando meu nariz e arrastando seus lábios mágicos por minha bochecha, em direção à orelha. — Você passou a noite inteira me enchendo de tesão.

— Eu não fiz nada. — Apoio as mãos em seus ombros conforme ele desce os beijos para o meu pescoço, fazendo meu centro se contrair e ficar úmido no mesmo instante.

— Você não tem que fazer isso de propósito. Basta respirar que eu fico duro. — Ele passa as mãos por minhas costelas até meus quadris, onde desliza uma delas sob a barra do vestido, indo em direção ao meio das minhas pernas. — Eu vou te chupar, aqui mesmo.

— Deve ter câmeras aqui. — Arfo quando ele belisca um dos meus mamilos rígidos por cima do vestido.

— Porra, tô nem aí. — Ele se agacha diante de mim e ergue meu vestido até as coxas, para poder ver o que há debaixo. — Caralho, você é tão gostosa.

Apoio uma mão na parede, à minha direita, enfio os dedos da outra em seus cabelos quando ele se aproxima e roça a ponta da língua no meu clitóris já inchado.

— Meu Deus, M.

— Você já está tão molhada. — Sua voz é cheia de urgência.

Seus dedos deslizam pelos meus lábios e, então, ele me penetra com um deles, pressionando o polegar no meu clitóris, forçando-me a morder o lábio para evitar gritar. Ele ergue minha perna direita e a coloca sobre o ombro, escondendo a mim e o seu rosto de qualquer câmera que possa estar apontada em nossa direção, e envolve meu clitóris com os lábios, chupando com força.

— Puta merda, Mark!

— Hummm — ele murmura, retirando seu dedo de mim para substituí-lo por sua língua, beijando-me da maneira mais íntima possível, fazendo-me ver estrelas.

Ele é simplesmente sensacional. Suas mãos estão me segurando com firmeza, garantindo que eu fique de pé, enquanto ele cai de boca em mim, me chupando, lambendo e beijando até eu não ser capaz de lembrar do meu próprio nome. Até as pontas dos meus dedos estão vibrando devido às sensações incríveis que estão atravessando meu corpo. E então, de repente, minha barriga se contrai ao mesmo tempo que aperto ainda mais seus cabelos, e eu gozo com força em sua boca. Seus olhos estão cravados em mim, assistindo enquanto eu me desfaço, e, quando termino, ele não para. Continua a fazer amor entre minhas dobras, passando em seguida a beijar a parte interna das minhas coxas antes de retirar minha perna do seu ombro e ficar de pé, segurando meus cabelos em seu punho e beijando-me com avidez. Posso sentir meu gosto nele, e isso me deixa ainda mais excitada.

Ergo uma perna e envolvo sua cintura, subindo nele aos poucos quando ele me segura contra a parede, enfia a mão entre nós para abrir seu zíper, libera seu pau e me penetra com um só movimento.

— Puta que pariu, Meredith — ele sussurra no meu pescoço. — Eu não deveria fazer isso aqui, mas você é tentadora demais.

Ele começa a me foder rápido e com força, fazendo com que bastem poucas estocadas para que ele estremeça e goze, impulsionando os quadris contra os meus ao se esvaziar dentro de mim, e esfregando-se no meu clitóris e me fazendo chegar a mais um orgasmo.

— Porra, você está tentando me matar? — ele murmura ao deslizar para fora de mim. Ele se veste e me ajuda a arrumar meu vestido. Seu sêmen vaza de dentro de mim e escorre pela minha perna.

— Hum, acho que isso não é nem um pouco óbvio — digo sarcasticamente.

— Aqui. — Ele retira sua camiseta e a regata branca que usa por baixo, se agacha novamente e usa a regata para me limpar o melhor possível antes de vestir a camiseta novamente.

— Espero que isso não vá parar na internet — brinco. O rosto de Mark fica pálido enquanto ele me encara.

— Ah, meu Deus, me desculpe! Eu nem pensei direito nisso...

— Eu tô brincando. Tudo bem. Tenho certeza de que isso acontece em Vegas o tempo todo.

Ele passa os dedos pelos cabelos e balança a cabeça.

— Eu nunca perdi o controle assim antes. A culpa é sua. Você me jogou algum tipo de feitiço.

— Sim, eu o chamo de feitiço sexy — respondo e beijo seu queixo. — Eu vou jogá-lo em você a noite inteira, então prepare-se.

— Vamos lá, feiticeira atrevida. — Ele dá uma palmada na minha bunda conforme andamos de volta em direção à entrada do clube. Ele joga a regata arruinada em uma lata de lixo. — Não posso garantir que não vou fazer aquilo de novo se você continuar a rebolar a bunda na pista de dança.

— Bom, então vamos desaparecer mais vezes, porque eu pretendo dançar o máximo possível.

— Você está mesmo tentando me matar.

Ao passarmos pela pista de dança, Jax acena para mim, abrindo um sorriso enorme, enquanto Nic, Stacy e Brynna dançam com ele.

— Ele roubou as mulheres de todos vocês — Mark diz com uma risada quando voltamos à mesa.

Minha boceta ainda está pulsando depois de dois orgasmos e devido ao pau grande de Mark. Remexo-me na cadeira e Dominic flagra meu olhar. Ele pisca para mim e balança a cabeça, toma um gole de sua bebida e dá uma olhada em seu celular quando ele vibra na mesa, próximo ao seu cotovelo. É incrível a maneira como Dominic é diferente de seus irmãos. Ele tem os mesmos olhos azuis, mas é tão sombrio. Cabelos pretos e pele oliva. No entanto, é tão grande quanto os outros. Alto, largo e delicioso. Ele é mais quieto. Não tive uma boa chance de conversar com ele desde aquele dia na casa do Will.

— Ok, eu quero dançar. Acho que vocês deveriam levantar e ir também. — Aponto para os meninos, fazendo-os sorrir.

— Eu danço com você — Mark oferece.

— Você não acabou de fazer isso? — Isaac pergunta com uma risada.

— Eu não chamaria aquilo de dançar — Mark replica com um sorriso convencido, e me conduz até a pista de dança.

A música é agitada, mas ele me puxa para seus braços e nos embala devagar, como se estivéssemos dançando uma balada.

— Não era isso que eu tinha em mente — murmuro ao enterrar o rosto em seu pescoço e abraçá-lo com força.

— É exatamente o que eu tinha em mente — ele diz e beija meus cabelos. — Só quero ficar aqui por um tempinho e aproveitar a sensação de te ter nos meus braços.

— Jules tinha razão, você é meloso.

— Não ligo.

— Nem eu.

Quando a música acaba, Caleb, Matt e Isaac vêm até a pista de dança e reivindicam suas mulheres, puxando-as para seus braços e girando-as pela pista. Jax sorri e aproveita o intervalo. Ele volta para a mesa, mas, assim que senta, uma mulher se aproxima e o chama para dançar. Ele nega com a cabeça e ela vai embora, e ele começa a conversar com Dominic.

— Estou tão feliz por você ter me convidado para vir. — Abro um sorriso enorme para Mark.

— Eu também.

— O que vamos fazer amanhã?

— Você vai me deixar de pau duro permanentemente enquanto fica de biquíni na beira da piscina — ele responde com um sorriso.

— Hum, parece divertido. Você vai passar protetor solar em mim?

— É claro.

— Vai me levar bebidas frutadas com guarda-chuvinhas no copo?

— Se você pedir com jeitinho.

— Vai ficar sem camisa o dia inteiro e me deixar também em um estado perpétuo de tesão?

— Se é isso que tenho que fazer, sim. — Ele ri e prende meu cabelo atrás da orelha. — Você me faz rir.

— Fico feliz por isso.

Sua expressão fica séria conforme ele arrasta as pontas dos dedos por minha bochecha. Ainda estamos balançando de um lado para o outro, dançando em nosso próprio ritmo.

— Eu sou viciado em você, sabia?

— Não há vergonha nisso — respondo, passando um dedo por seu lábio inferior. Ele faz um bico e me beija delicadamente. — Tem momentos que eu te quero tanto que sinto meu corpo em chamas.

— Não é só isso. É tudo. Eu sou viciado em tudo que diz respeito a você. Seu corpo, sua risada, o jeito que você me faz sentir quando estamos juntos. Você é a minha droga, Meredith.

— Eu sou viciada em você da mesma forma, e não pretendo me recuperar nunca, Mark.

Ele fica parado por um instante, cravando seu olhar azul em mim, enviando arrepios por minha espinha, como se conseguisse tocar a minha alma.

— Não há como se recuperar disso.

Capítulo Dezesseis

Meredith

— Nós andamos tanto hoje que meus pés estão dormentes — Stacy resmunga quando estamos na escada rolante que leva ao clube do nosso hotel, o Cosmopolitan.

— Acho que a culpa é do álcool — Nat diz.

— Esses lustres são insanos. — Jules aperta os olhos ao encarar os objetos de vidro brilhando ao nosso redor. — Ferra mesmo com a sua cabeça depois que você exagerou na bebida.

— Será que aqueles cretinos fizeram de propósito? — Sam pondera.

— Nós estamos no hotel mais lindo da Vegas Strip — Brynna fala com um sorriso. — Estou surpresa por você ter convencido Will a escolher esse hotel, Meg.

— Acho que ele nem ia ligar para o lugar onde iríamos ficar, contanto que tivesse um bufê e um bar — Meg responde com uma risadinha, tomando mais um gole de sua bebida cor-de-rosa. — O bufê aqui é o máximo. Acho que Will se contentaria em dormir com as casquinhas de siri.

— O cara come demais. — Jules suspira. — Esse intervalo de quinze minutos das travessuras de Vegas não foi legal. Parece que vou cair.

Chegamos ao fim da escada rolante e Sam fica entre Jules e Nat, passa os braços pelos delas e diz:

— Animem-se, meninas! As travessuras estão só começando!

— Essas mulheres são hilárias — Jax murmura e me conduz até o clube. — Não recebo tantos flertes assim desde que fomos àquela boate em Nova York depois da festa de ano novo, há três anos.

— Era uma boate gay — lembro a ele, revirando os olhos. — Nem preciso dizer que não descolei nada naquela noite.

— Acredite em mim, biscoitinho, eu descolei o suficiente por nós dois naquela noite. — Ele balança as sobrancelhas sugestivamente, enquanto as meninas caem na gargalhada.

— Você é nojento.

— Você é hilário! — Nic contrapõe ao pedirmos duas mesas para juntá-las novamente. O mesmo barman de ontem à noite está no bar, e revira os olhos quando nos sentamos.

— Eu ainda não me recuperei depois que vocês estiveram aqui ontem! — ele grita para nós.

— Você ainda não viu nada, docinho — Stacy anuncia com uma piscadela. — Hoje nós nos livramos dos nossos homens e deixamos nossos filtros em Seattle.

— Ótimo. — Ele ri e balança a cabeça ao voltar para o bar para atender outro cliente.

— Será que os meninos estão se divertindo? — Brynna pergunta, enquanto digita no celular.

— É bom você não estar mandando mensagem para o inimigo — Jules diz, com um olhar irritado. — Essa é a despedida de solteira da Meg.

— Só estou falando com a mamãe, para saber como estão as crianças.

— Ah, boa ideia. — Nat começa a digitar em seu celular também.

— Ok, é melhor que todas as mamães contatem as babás agora, porque logo não estarão sóbrias o suficiente para isso — Jax avisa e acena para uma garçonete.

— O que os meninos estão fazendo, mesmo? — indago e ergo uma sobrancelha quando Jax começa a digitar em seu celular. — Não sabia que você também tinha filhos.

— Não tenho, espertinha. Logan passou o dia inteiro sem me responder.

— Problemas no paraíso? — Meu sorriso diminui quando seus olhos escuros e preocupados encontram os meus. — Tenho certeza de que ele está bem. Ele deve estar compensando o tempo que tirou de folga no trabalho essa semana.

Ele assente, mas sua expressão me diz que ele não acredita muito nisso.

— Nem todos os caras são cretinos traidores. Lembra?

— Porra, eu não disse que achava que ele está me traindo. — Ele faz uma carranca e toma de uma vez o shot de tequila que a garçonete acaba de colocar diante dele. — Mas agora acho.

— Acredite em mim — Stacy diz, inclinando-se sobre Brynna e Meg para pousar a mão no braço de Jax. — Ninguém teria coragem de trair um gostosão como você.

— Ah, Deus. — Nat começa a rir. — Lá vem ela.

— Você acha que eu sou gostosão? — Jax graceja com um sorriso satisfeito.

— Com certeza — Brynna responde com um assentir decisivo, enquanto as outras sorriem e concordam.

— Eu não acho. — Curvo meu lábio e olho para Jax, cedendo às risadas logo em seguida. — Ok, tá bom, você é um gostosão. Mas parem de alimentar o ego dele! Vai ficar tão grande que não vamos conseguir carregá-lo daqui quando sairmos.

— Estou tão feliz por termos um amigo gay agora — Jules anuncia e ergue sua bebida para um brinde. — Ao Jax, a peça que faltava no nosso grupo!

— Ao Jax! — Nós todos viramos mais um shot de tequila e batemos palmas, algumas de nós se remexendo ao som da música que está tocando.

— Ok, chega de álcool para mim — Nic anuncia e pede um refrigerante diet.

— Por quê? — Meg faz biquinho. — É a minha festa. Nós temos que ficar malucas de bêbadas.

— Álcool e diabetes não se dão muito bem. — Nic faz uma careta. — Mas não se preocupe. Consigo ser maluca sem estar bêbada.

— Ah, ótimo — Meg aceita e beija Nic na bochecha. — Estou tão feliz por vocês estarem aqui. Estou tão feliz que, finalmente, vou me casar com aquele jogador lindo e grandão.

— Nós também estamos. Vocês já esperaram demais — Nat diz.

— Sempre tinha algo para atrapalhar. O futebol americano, problemas de família, a minha promoção no hospital.

— Nós sabíamos que você daria um jeito — Jules fala. — Nossa, esse coquetel de limão é uma delícia.

— Quer saber o que é mesmo uma delícia? — Sam pergunta.

— O quê? — Todos perguntamos em uníssono e nos cumprimentamos com *toca aqui* porque, claramente, aquilo foi hilário.

— Quando Leo bate na minha bunda. — Ela morde o canudo de seu coquetel de vodca e suco de cranberry.

— Aposto que Leo é uma loucura na cama. — Jules suspira.

— Jules! — Nat repreende, enquanto nós damos risada.

— O que foi? Ele é um dos poucos homens do grupo que não é meu parente! Me deixem cobiçá-lo.

— Acho justo — Brynna diz. — Nós podemos cobiçar cinco Montgomery gatos, dois Williams gostosos e um McKenna delícia. Jules pode ficar com Leo.

Em nossas mentes bagunçadas pelo álcool, isso parece perfeito.

— Eu quero saber mais sobre esses "apagasmos" sobre os quais tanto ouvi falar — Nic pede, inclinando-se para a frente. — Desembucha, McKenna.

— Espere, o que é um apagasmo? — Jax pergunta.

— Nate tem um apadravya — Meg informa a ele, como se essas coisas acontecessem todo dia.

— Um o quê? — questiono e Jules cai na gargalhada.

— Foi isso que eu disse na primeira vez que vi!

— O que é? — Tomo um gole da minha bebida adocicada e me inclino para frente assim como Nic, pronta para ouvir o que é esse negócio mágico.

— Ele tem um piercing no pau — Nat explica, colocando a mão em concha ao redor da boca, como se estivesse compartilhando um grande segredo, mas o cara que está na mesa ao lado da nossa vira a cabeça de uma vez em nossa direção quando ouve isso e dá risada.

— Cara! — Jax exclama, colocando a mão de maneira protetora em suas partes íntimas.

— É simplesmente... fantástico — Jules conta com um suspiro.

— Eu te odeio — Brynna diz, com um olhar irritado.

— Você está dizendo que Caleb não está dando conta do recado na hora do sexo? — indago.

— Claro que não! Aquele homem consegue me fazer gozar só olhando pra mim. E ele faz um meia-nove que, juro pra vocês, deve ser ilegal em todos os estados. — Ela põe uma mão sobre o coração e morde o lábio, no instante em que a garçonete aparece magicamente com mais bebidas.

Deus a abençoe.

— Alguma coisa mudou depois que vocês tiveram filhos? — pergunto. — Tipo, as sensações?

— Mudou por um tempinho, mas ainda assim era gostoso. Até que o seu corpo se reprograma e tudo vai voltando a ser como era antes — Natalie explica.

— Eu não quero saber sobre isso. — Jax se encolhe. — Desculpe, meninas, mas as suas partes não me interessam.

— Oh! — Uma Meg muito bêbada começa a quicar na cadeira. — Eu tenho uma pergunta pra *você*. — Ela aponta para Jax e abre um sorriso malicioso.

— Isso! Nós podemos fazer perguntas sobre sexo pelo ponto de vista dos homens — Stacy concorda.

Jax limpa a garganta e se endireita na cadeira, oferecendo uma falsa expressão de seriedade para as meninas.

— Sim, estou aos seus serviços, madames.

— Eu primeiro! — Meg pede. — O que vocês sentem quando têm um orgasmo?

Jax pisca rapidamente e nós damos risadinhas.

— O que as garotas sentem? — ele devolve.

— É uma delícia explosiva, cheia de formigamento e uma sensação de moleza no final — Nat explica com um suspiro. — Porra, o meu marido é muito bom com orgasmos.

Nós todas assentimos em concordância. Deve ser uma coisa genética, porque Mark também é brilhante pra caralho nos orgasmos.

Acho que já tive por volta de trinta e sete orgasmos desde que chegamos em Vegas. É como se a missão de vida dele fosse me manter permanentemente excitada.

É incrível.

— Espera — Sam pede e ergue uma mão no instante em que Jax começa a responder. — Vamos ser mais específicas. Onde o orgasmo *começa*?

— Começa? — Agora Jax parece confuso. — Docinho, quem liga para onde começa? A parte mais importante é o resultado final.

— Deus, eu adoro o jeito que ele diz docinho. — Stacy abre um sorriso sonhador para Jax. — Que bom que você é gay. Eu posso flertar com você sem correr o risco de o meu marido te matar.

— Que conveniente. — Jax cobre o rosto com as mãos, caindo na risada. — Eu amo vocês.

— Como poderia não amar? — Nic diz com uma piscadela. — Então, conte mais sobre os orgasmos dos garotos.

— Garotos não têm orgasmos, docinho. — Jax pisca de volta para ela e todos rimos mais um pouco, batendo na mesa e cumprimentando Jax.

— Bem, obviamente, as bolas se contraem — Sam inicia enquanto bate o dedo em seu lábio, pensativa. — É aí que começa?

— Nunca pensei bem sobre isso. — Ele coça a cabeça e olha para o teto, também pensando no assunto. — Não, isso acontece logo antes de gozar, mas começa de verdade na espinha. Pelo menos, para mim. Deve ser diferente para cada pessoa.

— Na sua *espinha*? Vertebral? — Meg pergunta com os olhos arregalados. — O que acontece com a sua espinha?

— Começa a formigar.

— Ah, então você também sente formigamentos — Nat fala, satisfeita por ter razão.

— Sim, acho que sim.

— E depois as bolas se contraem? — Brynna pergunta e toma um gole de sua bebida. Nós estamos todas inclinadas sobre a mesa, observando Jax com os olhos arregalados, como se ele estivesse nos contando segredos sobre a NASA e a Área 51 ao mesmo tempo.

— É. Acho que sim.

— É uma sensação estranha? — Jules pergunta. — Quer dizer, a pele fica toda tensa e tal? Eu arriscaria que é dolorido.

— Não dói. — Agora Jax está corando e gargalhando, com os braços cruzados contra o peito. — Eu não sei se deveria estar contando essas coisas para vocês. São coisas de homem.

— Mas você é o nosso amigo gay! — Brynna bate a mão na mesa, dando ênfase. — Você é o único a quem podemos perguntar!

— Perguntem aos homens de vocês — ele diz racionalmente, e vira mais um shot em seguida.

— Quando eu pergunto ao Luke sobre orgasmos, ele simplesmente me distrai ao me dar orgasmos e eu esqueço do que estava perguntando. — Nat franze a testa. — Ele me deixa sem palavras.

— Eu fico sem palavras o tempo todo! — Meg exclama. — É amnésia.

— Orgasmnésia! — Bato na mão de Jax e começo a rir. — Mark também é bom em me fazer perder as palavras. Ele me faz perder tudo.

— O que você quer dizer? — Nic pergunta e, simples assim, o foco agora está todo em mim. Pisco para minhas novas amigas e tento encontrar uma maneira de clarear a mente o suficiente para conseguir explicar.

— Ele me faz perder as roupas, as palavras, meu coração.

— Awwn! — Sam exclama. — Quer dizer, eca, porque você está falando sobre fazer sexo com o meu irmão, mas awwn!

— Ele me fez perder a virgindade. — Minha boca está solta agora, e estou riscando cada item com meus dedos. Tenho certeza de que estou contando errado.

— Ele foi o seu primeiro? — Nic pergunta.

— Sim. — Assinto, sonhadora. — Ele foi bom até na primeira vez. É claro que levou um tempinho até eu começar a ter orgasmos, porque eu estava nervosa e tal, mas, puta merda, o homem tem um pau incrível!

— Ai, meu Deus, tá, você pode parar agora. — Sam torce o nariz. — Eca.

— Não, continue! — Brynna pede, batendo palminhas. — Estamos falando de *"blé"* ou *"caralhoputaquepariu"*?

— Caralho, puta que pariu — respondo, assentindo. — Como ele foi o meu primeiro, eu não sabia que era maior do que o normal, mas daí eu transei com alguns otários depois dele, e eles eram tão pequenos. — Ergo meu dedo mínimo para demonstrara a elas, que dão risada.

— Ok, minha vez de dizer eca. — Jax estremece.

— Qual o tamanho do seu? — Stacy pergunta, cheia de ousadia.

— Querida, meu tamanho não dá nem para medir.

— Prove. — Meg fica de pé e dá a volta na mesa, montando no colo de Jax e enfiando as mãos no botão da calça dele.

— Hã, Meg, você é uma mulher linda, mas eu sou gay e você vai se casar. — O rosto de Jax beira o pânico, fazendo-nos rir.

— Está com medo? — ela o desafia, estreitando os olhos.

— Sim. — Ele assente e a retira do seu colo.

— Eu só queria ver. — Ela faz beicinho e volta para sua cadeira.

— Precisamos de mais bebidas. — Aceno para a garçonete.

— Eu quero mandar mensagem para o meu gato — Nic anuncia e começa a digitar no celular.

— Não! Nós combinamos que não faríamos isso. — Stacy balança a cabeça de maneira inflexível, mas logo parece repensar no caso. — Espera. Será que eles estão sentindo a nossa falta?

— Onde eles estão mesmo? — Jax pergunta.

— Devem estar em um clube de strip-tease. — Meg faz beicinho novamente.

— Não, disso eu duvido. Acho que eles estão jogando. — Nat afaga o ombro de Meg e abre um sorriso.

— Vocês fazem ideia de quantas mulheres devem estar flertando com os nossos homens agora? — Sam pergunta, de repente. — Eles são gostosos. E pelo menos metade deles são famosos. Oh, Deus, o que nós fizemos?

— Então, vamos lembrá-los do que eles já têm. — O sorriso de Brynna aumenta e ela fica de pé rapidamente. — Todas para o banheiro! Você também, Jax.

— Eu não vou ao banheiro feminino — Jax nega. — De jeito nenhum.

— Jax! Como você vai poder tirar uma foto do seu pau aqui fora para mandar para Logan?

Jax se engasga com a tequila.

— Eu não sabia que esses eram os planos para esta noite.

— Quando você se tornou tão puritano? — Fico de pé e arrasto Jax comigo. — Esse cara costumava ter uma pasta de fotos do pau no celular.

— Porra, como você sabe disso?

— Nós sabemos as senhas de acesso um do outro, Einstein.

— Mas isso não é para ficarmos xeretando. É para podermos destruir evidências comprometedoras caso o outro esteja incapacitado.

— Ah, que boa ideia! Aqui, Nat, essa é a minha senha — Jules diz, cambaleando sobre seus sapatos de salto alto em direção ao banheiro.

— Guarde as nossas mesas! Nós voltaremos já! — Sam grita para o barman, que acena para nós enquanto cambaleamos até o banheiro.

Felizmente, está vazio.

— Tranque a porta, Nic. — Meg abre um sorriso de orelha a orelha e olha para todas nós. — Ok, o que vamos fazer?

— Fotos dos peitos — Brynna sugere. — Vamos mandar fotos dos nossos peitos para os nossos homens.

— Podemos mandar para eles só os *seus* peitos? — Jules pergunta. — Você tem os peitos mais lindos.

— Não. — Bryn ri ao tirar a blusa. — Eles vão saber que não são os de vocês.

— Por que mesmo que eu tive que vir? — Jax pergunta.

— Porque você vai tirar as fotos — Sam esclarece com um sorriso. — Você é o homem mais sortudo desse hotel.

— E sou o único que não está tão feliz com isso. Ok. — Ele dá de ombros e tira uma foto dos nossos seios desnudos com cada um dos celulares. — Tudo por vocês.

— Agora você. — Nat joga os cabelos longos e escuros por cima do ombro.

— De jeito nenhum. Nada de fotos do meu pau para Logan. — Jax balança a cabeça, determinado, e crava seu olhar em mim. — Não, Meredith.

— Ah, então você sabe o nome dela! — Nic exclama e solta uma risada pelo nariz. — Meu Deus, eu nem estou bêbada e acabei de roncar.

— Boa garota — Meg diz, satisfeita.

— Tudo bem, nada de fotos do pau — cedo e afago o ombro de Jax. — Mas nós temos que mandar alguma coisa para ele.

— Por quê? Ele não está me respondendo.

— Ele está bravo? — Jules pergunta e pisca algumas vezes, alternando entre olhar para Jax com o olho esquerdo, depois com o direito. — Porra, você fica mais gostoso quando te olho com o olho esquerdo.

— O que houve com o seu olho direito? — Nat pergunta.

— Está ficando mais bêbado do que o outro.

— Ele está bravo? — Brynna indaga, preocupada. — Ele está bravo por nossa causa? É por que a Meg subiu no seu colo? Ela vai pedir desculpas. — Ela vira para Meg e apoia as mãos na cintura. — Peça desculpas ao Logan!

— Desculpe, Logan. É só que o Jax é gostoso e disse que o pau dele é muito grande, mas você já deve saber disso.

— Logan não está aqui. — Jax ri alto. — Então, ele não viu a Meg no meu colo. Eu não sei se ele está bravo. Não consigo contatá-lo.

— Ele chupa o seu pau? — Jules pergunta, espiando Jax somente com o olho esquerdo.

— Meu Deus. Isso é pessoal demais. — Nat balança a cabeça.

— Você chupa o pau do Nate? — Jax pergunta.

— Sempre que tenho chance.

Jax ergue uma sobrancelha e espera até Jules perceber.

— Rá! Eu sabia!

— Ok, foco, pessoal. — Viro-me e olho para os três Jaxes que estão diante de mim. O álcool está batendo com força.

Meg abre um sorriso malicioso e se arruma na frente do espelho.

— Vamos mandar para ele uma foto bonitinha sua — sugiro e arranco o celular da sua mão para poder tirar a foto.

— Espere! Vamos nos juntar em volta dele — Nic diz e as garotas se amontoam ao redor de Jax. Nat pula nos braços dele e, de repente, ele está afogado em mulheres.

— Isso é o máximo!

Tiro algumas fotos com os celulares de todo mundo e, depois disso, voltamos para nossa mesa, pedindo uma nova rodada de bebidas.

— Ok, vamos enviar nossas fotos para os nossos homens. — Sam enfia a cara no celular, concentrada.

— Como se escreve peitos? — Jules pergunta.

— Esqueci — Meg diz.

Abro minha conversa com Mark no celular e coloco a foto dos meus seios, escrevendo logo embaixo: **Aqui está a foto que você queria, seu pervertido.**

— Como se escreve pau, mesmo? — Stacy pergunta para o clube quase todo. — Eu quero escrever "Eu quero o seu pau no meio dos meus peitos".

Jax cospe a tequila que acaba de virar e se engasga.

— Caramba, vocês são um bando de safadas.

— Ah, querido, você não faz ideia. — Sam balança a cabeça. — Felizmente, nossos homens gostam disso.

Depois que enviamos as mensagens, sorrimos largamente umas para as outras e caímos na gargalhada.

— Isso vai deixar o meu marido chocado pra caralho — Stacy fala, enxugando os olhos.

— Ok, chega de ficarmos sentadas aqui. Meg, eu acho que você deveria cantar — Jules diz.

— Não tem uma banda aqui, Jules. E a música está estrondando.

— Tem um karaokê logo ali. — Brynna aponta para um canto do clube. — Aposto que o sr. Delicinha ali pode ligar pra gente.

— Quem? — Nic pergunta.

— O barman.

— Deixa comigo. — Fico de pé e empino os seios, como se estivesse me preparando para algum tipo de batalha, e vou até o bar, pronta para flertar com o sr. Delicinha para que ele deixe a Meg cantar.

Capítulo Dezessete

Mark

— Desisto. — Caleb joga suas cartas na mesa com desgosto e lança um olhar irritado para Matt. — Quando foi que você ficou com a sorte tão boa assim, porra?

— No dia em que conheci a Nic — ele responde e junta as fichas que acaba de ganhar. Estamos na área de jogos do Aria, ao lado do lugar onde as meninas estão. Nenhum de nós queria ficar muito longe delas.

— Nossa, você está mesmo laçado — Dom murmura e segura seu charuto entre os dentes enquanto conta suas fichas. Will nos trouxe aqui com vinte e cinco mil dólares em fichas e nos desejou boa sorte quando nos sentamos em duas mesas e começamos os trabalhos há três horas.

Qualquer quantia em dinheiro que conseguirmos ganhar aqui será doado para a caridade.

— Isso vai acabar acontecendo com você também, irmão. — Matt dá tapinhas no ombro de Dom e ri quando seu rosto fica tenso. — Acredite em mim. Alguma mulher ainda vai te fazer ficar todo bobo.

— Ele não precisa de uma mulher para isso — Will grita da mesa ao lado da nossa e Luke diz "Bate aqui!" para ele.

Logan olha para mim e balança a cabeça, com um sorriso pesaroso. Ele se juntou a nós há mais ou menos uma hora, depois de fazer check-in no hotel.

— Quando poderemos ir buscar nossas mulheres? — Luke pergunta.

— Já cansou da gente? — Leo retruca e joga algumas fichas.

— Natalie é bem mais bonita do que você.

— Disso, eu não vou discordar — Leo diz com um sorriso. — E você não chega nem aos pés da sua irmã.

— Ela é um pé no saco — murmuro, bem-humorado. — E você é a porra de um santo.

— Eu não sou santo. — Ele balança a cabeça. — E, sim, ela pode ser um pé no saco, mas é a minha pé no saco.

— Que fofo — Dom o provoca. — Cuidado, você está prestes a perder a sua carteirinha de homem.

Isaac abre um sorriso sugestivo ao lado de Luke.

— Acho que sempre passamos nossas carteirinhas de homem para nossas esposas quando nos casamos. Isso ainda te faz homem, mas você é o homem dela.

— Isso é algo profundo demais para se pensar quando estou bebendo, mano — Will responde e bebe sua cerveja. — Eu não vou entregar a minha carteirinha de homem a ninguém. Meg sabe quem é que manda.

Todos os caras caem na gargalhada e balançam a cabeça para Will, como se ele fosse muito, muito estúpido.

— Claro que sabe — Luke diz com um sorriso. — Ela é quem manda.

— É. — Will suspira e abre um sorriso bobão. — É ela mesmo.

— Está vendo? Esse problema não existe quando as duas pessoas no relacionamento são homens — Logan fala com um sorriso satisfeito.

— Não vai rolar, cara. — Caleb balança a cabeça, fazendo Logan rir.

— Isso também nunca vai ser um problema para mim — Leo murmura, fazendo uma carranca, e joga suas cartas na mesa com desgosto.

— Ela não quer casar, hein? — Caleb pergunta.

— Não.

— Você já fez o pedido? — Logan questiona seriamente. Quanto mais o conheço, mais gosto dele. Ele não mede palavras.

— Eu já toquei no assunto algumas vezes, mas ela insiste que nunca quer se casar, então, não, eu nunca fiz um pedido formal.

Ele parece infeliz. O músculo em sua mandíbula salta devido à força com que ele cerra os dentes e suas mãos tatuadas flexionam sobre a mesa.

— Faça o pedido — Nate opina, sério.

— Ela vai dizer não.

— Talvez ela não diga não — respondo e assinto quando ele me olha surpreso. — Ela está achando que você anda bravo com ela, ou algo assim.

— Ela falou com você?

— Ela foi à minha casa, certa noite, quando você estava trabalhando até tarde.

— Porra, eu não estou bravo com ela. — Ele faz cara feia e balança a cabeça, como se estivesse confuso. — Eu não consigo pensar em mais nada além dela.

— Faça o pedido — Luke insiste e, depois, vira-se para o crupiê. — Estou dentro.

De repente, os celulares de todos começam a apitar e vibrar ao mesmo tempo. Trocamos olhares rápidos e pegamos os aparelhos para ver o que está acontecendo.

No meu, há uma mensagem de Meredith, e é uma foto dos seus lindos seios. Caramba, só uma foto dos seus peitos já me deixa duro.

Aqui está a foto que você queria, seu pervertido.

Abro um sorriso de orelha a orelha e olho para os outros. Eles estão com os queixos caídos, olhando fixamente para seus celulares com fascinação.

— Todo mundo recebeu uma foto de peitos? — pergunto.

Os rapazes assentem, mas Logan ri e balança a cabeça.

— Não, eu recebi uma foto do meu namorado no meio das mulheres de vocês. — Ele nos mostra, fazendo-nos rir.

— Pensei que você tinha dito que elas ficariam bem — digo para Matt, que está sorrindo como um lunático, encarando seu celular.

— Eu disse que elas ficariam bem. Não disse que tomariam decisões sábias. — Ele guarda o celular no bolso, enquanto todos nós fazemos o mesmo. — No entanto, acho que esse foi um sinal de que elas já ficaram sozinhas tempo demais.

— Eu vou casar com esses peitos — Will anuncia, maravilhado, ainda fitando a tela do celular.

— Não deixe a Meg te ouvir dizer isso — Luke fala com uma risada. — Ela vai te dar uma surra.

— Eu vou casar com ela — ele sussurra e alarga mais o sorriso, também parecendo um lunático.

Os Montgomery são um bando de lunáticos.

Acertamos com o crupiê e saímos dali. Estou pronto para voltar para a minha garota. Eu não poderia estar mais feliz por saber que ela está se divertindo com as outras meninas, e isso não me surpreende. Ela é engraçada pra cacete e fácil de amar.

Ela é tão fácil de amar.

— Estou com a sensação de que Jax deve estar irritado comigo — Logan confessa, conforme atravessamos o cassino em direção à ponte que leva ao Cosmopolitan.

— Por quê? — pergunto.

— O que você fez? — Will indaga por cima do ombro.

— Ele não sabe que eu vim — Logan diz. — Então, não retornei as ligações e mensagens dele.

— Ele está te bombardeando? Odeio quando isso acontece — Dom fala.

— Não, ele só ligou uma vez e mandou algumas mensagens, mas estou me sentindo culpado por não responder.

— Você podia ter fingido que estava em casa. — Olho para o homem ao meu lado.

— Eu minto muito mal.

— É uma mensagem. Não dá para saber se você está mentindo.

Ele dá de ombros e franze os lábios.

— Eu só espero não ter desperdiçado uma viagem para Vegas.

— Está tudo bem. — Dou tapinhas em seu ombro e sigo os caras em direção ao clube.

Nós todos ficamos parados assim que entramos, formando uma linha, e encaramos a cena diante de nós com as bocas abertas.

Meg está gritando uma música da Britney Spears em um karaokê. Brynna está deitada sobre o balcão do bar com uma fatia de limão entre seus seios firmes e fartos, e Sam está virando um shot de tequila, pegando em seguida o limão dos seios de Brynna com os dentes.

— Jesus! Minha mulher está fazendo *body shots* na sua esposa — Leo diz para Caleb, com a voz baixa e reverente. Caleb apenas assente silenciosamente.

Jax e Natalie estão dançando a música que Meg está cantando — ou melhor, balbuciando e gritando. Luke está olhando para ela e morrendo de rir.

Jules e Mer estão com as cabeças deitadas para trás sobre o balcão do bar, enquanto o barman coloca shots diretamente em suas bocas.

Stacy está sentada no colo de um cara estranho e Nic está atrás do balcão do bar, atendendo clientes, jogando garrafas no ar como se estivesse fazendo coquetéis.

— Isso está mesmo acontecendo? — Dom pergunta quando consegue recuperar o fôlego depois de tanto rir.

— Por que minha esposa está sentada no colo daquele filho da puta? — Isaac pergunta. Estamos todos com os braços cruzados, assistindo àquilo tudo como se fosse um acidente do qual não conseguimos desviar o olhar.

O ambiente cheira a álcool e más decisões, conforme as meninas dão risada e batem nas mãos umas das outras. O sr. Filho da Puta *e* Mão Boba coloca suas mãos nos quadris de Stacy, e ela as afasta automaticamente.

— Boa garota — Isaac murmura. — Eu vou matá-lo.

— Isso é o máximo. — Dom ri. — Incrível pra caralho.

— Minha garota sabe cantar. — Will sorri.

— Cara, você está bêbado pra cacete — Leo diz, com um sorriso irônico. — Ela é péssima.

— Vai se foder, ela é incrível — Will insiste.

— Olha! O sr. Amorzinho está aqui! — Meredith exclama e aponta para Logan. — Jax! Ele está aqui!

— Ela me chamou de sr. Amorzinho? — Logan pergunta, incrédulo.

— Sim. Eu acho que é assim que te chamam quando você não está por perto — informo a ele, seriamente.

— Bom, eu sou mesmo um amorzinho. Tenho bastante amor pra dar, nas minhas calças principalmente — Logan diz, convencido.

— Sério, cara? — Caleb rosna.

— Ele vai se encaixar perfeitamente com esse pessoal. — Dom ri, gargalhando ainda mais quando Stacy acena para Isaac.

— Amor! Oi! Esse é o Stan. — Nós vamos até nossas garotas para reivindicá-las. — Não tinha mais cadeiras!

— Meu nome não é Stan — ele corrige e pisca para Stacy.

— Quem é você? — Isaac rosna.

— Ted.

— Ele tem cara de Stan. — Stacy dá de ombros. — Todas as cadeiras do *mundo inteiro* tinham acabado!

— Se você não tirar as mãos da minha esposa, eu vou te matar, porra — Isaac fala friamente. — Meu irmão é policial e eu vou conseguir me safar. Não vou te dizer isso duas vezes.

Ted fica pálido e engole em seco, abrindo um sorriso para Stacy em seguida e retirando-a do seu colo.

— Prazer te conhecer, querida. — Com isso, ele sai correndo.

— Eu senti tanto a sua falta! — Mer exclama e se joga nos meus braços. — Faz dias e dias desde que te vi.

— Nós nos vimos há umas quatro horas, amor. — Dou risada e beijo o topo de sua cabeça, segurando seu queixo em seguida para beijar seus lábios macios.

— Você sabia que o sr. Amorzinho viria?

— Sabia. Era uma surpresa.

— Awwn! — ela diz e descansa a cabeça no meu ombro, olhando para seu amigo. — Olhe para eles.

Logan e Jax estão dançando com as testas encostadas, enquanto Meg e Will cantam uma versão horrenda de *I Got You Babe*, de Sonny e Cher.

Luke pega Natalie nos braços e a beija profundamente, fazendo Jules emitir sons de nojo.

— Parem!

— Não — Luke diz antes de voltar a roubar mais beijos.

— Pelo amor de Deus, Williams, vocês têm um quarto logo ali em cima!

Nate envolve Jules em seus braços, puxando-a contra ele, mas ela continua a provocar Luke até que seu marido decide fazê-la se calar tascando um beijo nela também.

— Muita gente se beijando por aqui — Brynna murmura.

— Vamos lá para cima — Caleb convida e segura sua mão, conduzindo-a para a saída.

— Eu vou ganhar orgasmos! — Brynna grita e acena para todos nós. — Podemos fazer aquele meia-nove que você faz tão bem?

— Eu também vou! — Jules anuncia. — Bom, apagasmos.

— Julianne! — Nate murmura, exasperado.

— O que foi? Eu vou mesmo!

Sam está no colo de Leo, no bar, mas eles não estão falando um com o outro, enquanto Matt se junta à Nic atrás do balcão e olha para o avental em sua cintura.

— Nós vamos levar isso conosco — ele informa ao barman e conduz Nic para fora do clube sem olhar para trás.

— Você já pode soltar a Nat, Luke — digo para o meu irmão, mas ele apenas balança a cabeça negativamente e beija a têmpora da esposa.

— Não. Vou levá-la para o quarto. Boa noite, pessoal.

— Estão todos caindo feito moscas — Meredith murmura. — Você sabia que, quando um cara tem um orgasmo, começa na espinha vertebral dele? — ela conta, com os olhos arregalados.

— Hã, eu sou um cara — digo com uma risada.

— Eu sei, mas eu não sabia disso. Você sabia?

— Acho que dá para descrever assim. Nunca pensei bem sobre isso.

— Obrigado! — Jax diz ao se aproximar de nós com Logan. — Essas bêbadas do caralho ficaram me fazendo todo tipo de pergunta sobre sexo.

Homens não pensam sobre sexo. Nós apenas fazemos.

— Você foi bem informativo, dr. Perigoso — Meredith fala de maneira arrastada, fazendo-nos rir.

— Foi mesmo? — Logan pergunta para ele, empurrando os óculos do nariz para o lugar certo. — Vou querer saber tudinho mais tarde.

As mãos de Mer viajam para cima e para baixo nas minhas costas, ao passo em que ela se aconchega mais contra mim, descansando a cabeça no meu peito. Ela vira o rosto para esfregar o nariz no meu esterno e desliza aquelas mãos pecadoramente sensuais até a minha bunda.

— Eu amo a sua bunda — ela fala, de maneira que só eu possa ouvir.

Ela está gostosa pra caralho hoje, usando mais um vestido curto, mas esse é um pouco mais solto do que o que me torturou na noite passada. É vermelho e com decote em V, exibindo o topo dos seus seios, com uma saia mais folgada que começa logo abaixo do busto até um pouco acima dos joelhos.

— Você me mandou uma foto dos seus peitos — murmuro de volta.

— Foi ideia da Brynna. Nós tínhamos que lembrar vocês do que já têm, pra que não fodessem nenhuma das vagabundas que se aproximassem quando estavam longe de nós.

Dou risada e coloco uma mecha solta do seu cabelo atrás da orelha.

— Bem, primeiro de tudo, nós nunca esqueceríamos do que estava nos aguardando, e, segundo, estávamos muito ocupados jogando pôquer para foder qualquer uma que desse em cima de nós.

— Vagabundas — ela murmura, como se estivesse imaginando as mulheres dando em cima de mim.

— Vagabundas! — Stacy concorda e vira para seu marido. — Podemos ir transar agora?

— Não precisa perguntar duas vezes. Valeu, pessoal. — Isaac segura a mão de Stacy imediatamente e a conduz para fora do clube.

— Eu vou voltar a jogar pôquer. — Dom acena para nós ao ir embora. — Estou em uma boa onda de sorte.

— Nós também vamos embora. — Jax sorri. — Obrigado por ter guardado segredo. Foi uma ótima surpresa.

— Disponha.

— Vejo vocês amanhã! — Mer grita para ele.

Sam e Leo parecem estar imersos em uma conversa nesse momento.

— Quer mais uma bebida? — pergunto para minha namorada já bêbada, sem a real intenção de lhe dar ainda mais álcool.

— Não. — Ela sorri largamente e morde meu queixo.

— O que você gostaria de fazer, louquinha?

— Tirar as suas roupas aqui mesmo e me aproveitar do seu corpo gostoso.

Olho para ela fixamente por alguns segundos antes de cair na risada.

— É, isso não vai rolar.

— Droga. Você não tem graça. — Ela faz beicinho, e pronto. Já era.

Aceno com a cabeça para Sam e arrasto Mer para o elevador, apertando o botão para subirmos.

— Você vai tirar a minha roupa quando chegarmos ao quarto? — ela pergunta e enterra o rosto no meu pescoço. — Deus, você tem um cheiro tão bom. Você sempre teve um cheiro tão bom. Eu poderia ficar com o rosto bem aqui por, tipo, uns vinte anos e seria ótimo. Contanto que você estivesse pelado.

— Você está me matando — murmuro e mordo meu lábio, sentindo meu pau latejar e os arrepios que Mer está fazendo correrem pelo meu corpo ao mordiscar meu pescoço.

De jeito nenhum vou conseguir chegar ao quarto sem fazê-la gozar antes.

O elevador chega e, felizmente, está vazio.

— Graças a Deus. — Empurro-a contra a parede do elevador, aperto o botão para o nosso andar e a ataco. — Você não tem noção do quão sexy pra caralho é.

— Você que é sexy pra caralho — ela replica e puxa minha camisa de dentro da calça, plantando as mãos no meu abdômen. — Nossa, Mark, o seu corpo é incrível.

— Você me faz fazer coisas que eu nunca faria com mais ninguém. Você me faz esquecer de mim mesmo. — Prendo sua perna em volta da minha cintura e empurro sua calcinha para o lado, dando aos meus dedos acesso para sua boceta molhada. — Sua boceta me deixa louco.

— Eu quero o seu pau, Mark.

— Daqui a pouco. Eu quero te fazer gozar antes de chegarmos ao nosso andar.

— Oh, Deus — ela geme ao rebolar e empurrar os quadris contra os meus dedos, choramingando após algumas investidas e mordendo meu ombro ao gozar na minha mão. — Puta merda.

As portas se abrem e eu a pego nos braços para carregá-la até o quarto.

— Ainda não terminei com você. Não cheguei nem perto.

— Graças a Deus.

Capítulo Dezoito

Meredith

Será que vou vomitar? Estou deitada e me mantenho quieta, tomando consciência do meu estômago, cabeça, corpo. Tudo parece estar funcionando direito. Meu estômago não está revirando, o que é um bom sinal, porque, dado o tanto que bebi ontem à noite, eu deveria estar passando muito mal. Nunca bebo daquele jeito.

Minha boca está tão seca que tenho certeza de que estou com hálito de dragão, e se eu não fizer xixi *agora mesmo*, sei que minha bexiga vai estourar.

Rolo para fora da cama e cambaleio até o banheiro, faço minhas necessidades, jogo água no rosto e escovo os dentes, limpando da boca as sobras desagradáveis da noite passada. Quando termino, esfrego os olhos e dou uma boa olhada na minha imagem no espelho.

Puta. Merda.

Há rímel manchando minhas bochechas, meus cabelos loiros estão emaranhados e estou com um chupão no seio.

Fecho os olhos e fico úmida ao lembrar de como Mark idolatrou meus seios ontem à noite, dizendo o quanto apreciou a foto que mandei e o quanto ele ficou excitado.

Quem diria que uma foto desencadearia aquela reação?

Quero acordá-lo com minha boca em seu corpo, mas ele não pode me ver assim, então ligo o chuveiro e entro antes mesmo que a água esquente, despertando meu corpo em um choque. Lavo o rosto e esfrego o corpo antes de entrar debaixo d'água para lavar os cabelos.

No instante em que começo a me sentir humana novamente, a porta do chuveiro se abre e Mark entra, envolvendo-me em seus braços fortes.

— Bom dia — murmuro contra seu peito.

— Bom dia — ele responde, com a voz rouca de sono. Ele está quentinho, macio e perfeito para ficar junto ao meu corpo nesse momento. — Como está se sentindo, amor?

— Melhor agora que esfreguei cada centímetro do meu corpo. — Sorrio para ele e sinto meu coração tropeçar quando ele me corresponde, os olhos azuis sonolentos. — E você?

— Acordei sentindo sua falta. — Ele beija minha testa e nos troca de lugar, para poder ficar debaixo da água. — E eu acho que estou fedendo.

— Nós fizemos umas coisas bem sujas ontem à noite. — Começo a esfregá-lo e fico olhando minhas mãos deslizarem por seu corpo firme, os músculos do seu abdômen, seus braços incríveis, seus quadris. — Estou vendo que deixei algumas marcas em você — murmuro quando ele se vira e vejo arranhões em suas costas.

— Você estava bem animada — ele diz com uma risada.

— Assim como você.

— Eu sempre estou animado quando se trata de você.

— Assim como eu quando se trata de você.

Ele gira novamente para ficar de frente para mim e lava seus cabelos. Nós saímos do banho em seguida e ele me seca ternamente, suas mãos gentis e meticulosas acendendo meu corpo novamente. Em vez de me conduzir de volta para a cama, depois que estamos secos, ele me guia até a bancada do banheiro, liga o secador e começa a secar meus cabelos, mecha por mecha, penteando-os com os dedos, observando como suas mãos se mexem em minhas madeixas. Ele está quieto esta manhã, atencioso e cuidando de mim.

Quando meu cabelo está seco, inverto os papéis e começo a secar o seu. Ele me observa com diversão no olhar, com as mãos apoiadas nos meus quadris, até cada fio de cabelo seu secar.

— Meredith. — Ele tira o secador da minha mão e o coloca sobre a bancada antes de me envolver pela cintura e encostar a testa na minha.

— Hum?

— Eu te amo.

Abro um sorriso enorme e arrasto as pontas dos dedos por seu rosto.

Ele desce os lábios sobre os meus, acariciando-os devagar, mordiscando o canto da minha boca, tocando seu nariz no meu. Meus mamilos endurecem conforme suas mãos deslizam até minhas costelas, mas ele não continua a subir para apalpar meus seios. Ele continua a apenas me beijar, com nossos corpos excitados pressionados um contra o outro, encostados na bancada do banheiro. Quando ele beija meu nariz e testa, arrasto as mãos até seus quadris e estou prestes a agarrar seu pau duro e grosso quando ele segura meus pulsos e me impede.

— Eu quero te tocar — sussurro.

— Ainda não. — Ele toca o nariz no meu novamente, abrindo um sorriso para suavizar a rejeição. — Eu quero ficar só beijando você.

— Sério? — Ergo uma sobrancelha e dou uma olhada no seu pau. — Não é o que parece.

Sem mais uma palavra, ele se vira e me leva de volta para o quarto, me coloca no meio da cama e se junta a mim. Mas, ao invés de ficar por cima e fazer amor comigo, ele deita ao meu lado, de frente para mim, pressiona a mão na minha lombar e me puxa para ele, reivindicando meus lábios novamente com os seus, beijando-me lentamente. É um beijo preguiçoso e delicado. Nossas pernas se entrelaçam, eu enterro os dedos em seus cabelos e os seguro enquanto ele arrasta seus lábios maravilhosos sobre os meus e depois desliza a língua na minha boca, como se eu fosse uma comida especial que ele quer provar aos poucos.

Eu amo as diferentes facetas desse homem. Ele pode enlouquecer de luxúria, como fez na noite passada, e me fazer sentir que vai morrer se não me foder logo. E pode ser como está fazendo agora. Indo com calma, nos seduzindo, deleitando-se no amor que sentimos um pelo outro.

Ele desenha círculos nas minhas costas com as pontas dos dedos, sobe até meus ombros e torna a descer até minhas costelas, repetindo o caminho em seguida e enviando arrepios por todo o meu corpo.

— Está com frio? — ele sussurra e joga as cobertas sobre nós, nos cobrindo completamente, até a cabeça.

Arrasto o pé por sua perna, para cima e para baixo, amando a sensação dos pelos macios ali. Seu pau está pressionado no meu baixo ventre, pulsando de desejo. Remexendo-me devagar, ergo a perna, prendo em seu quadril e encaixo meus quadris, preenchendo-me com ele, fazendo nós dois ofegarmos. Ele segura meu rosto e fico olhando sua boca aberta em um O enquanto eu mal me movo, mas contraio meus músculos em volta dele.

— Eu também te amo — sussurro. Nossos olhares ficam cravados um no outro, e estamos conectados de todas as maneiras possíveis, dos pés à cabeça, enquanto fazemos amor lento e calmo. — Muito mais do que consigo expressar.

Sua mão desliza pelo meu pescoço, passa por meu seio e se apoia no meu quadril, guiando meus pequenos movimentos. O ângulo faz com que a base do seu pau pressione meu clitóris, e eu mordo o lábio enquanto o observo, sabendo que estou chegando perto.

— Você é apertada pra caralho, Mer. Tão molhada. — Ele morde o lábio também, mas não desvia o olhar de mim. — Você está perto?

— Muito perto — sussurro. — Oh, Deus, Mark, eu vou...

— Isso. — Sua mão aperta meu quadril e isso é o que basta para me empurrar no abismo. Nunca ficamos tão quietos, fazendo amor da maneira mais doce, preguiçosa e fácil, mas tenho a sensação de que foi mais significativo do que nunca. Para nós dois.

Ele pisca devagar e me segue até o clímax, tremendo em seu orgasmo, mas sem emitir um único som enquanto seu corpo se arrepia e contrai, suado e tenso. Sua mão desliza para apalpar minha bunda e seus lábios vêm até os meus novamente, mordiscando-os preguiçosamente.

— Minha — ele sussurra contra a minha boca.

— Que gentiliza da parte de vocês se juntar a nós — Luke diz secamente ao chegarmos ao pátio perto da piscina. As mesas estão sombreadas por guarda-sóis enormes e coloridos, e o *brunch* está sendo servido.

— Eles estão apaixonados. Deixe-os em paz — Brynna nos defende com um sorriso.

— Como vocês estão? — pergunto enquanto Mark puxa uma cadeira para mim, e eu pego o cardápio. Jax se inclina e beija minha bochecha antes de colocar seu suco de laranja na minha mão, que bebo todo em dois goles.

Todo mundo está usando óculos escuros, o que me faz rir. Exceto Logan, que está usando seus óculos de grau, sua marca registrada, apoiados em seu lindo nariz. Ele pisca para mim.

— Você não está de ressaca? — Jules pergunta, surpresa.

— Estava um pouco, mas estou melhor agora. Nada que uma chuveirada e escovar os dentes não pudessem consertar.

— E talvez um pouco de sexo. — Nic dá uma piscadela. Matt beija sua têmpora e afaga suas costas em um movimento rítmico.

— Então, o que vai rolar hoje? — Dom pergunta antes de enfiar um pedaço enorme de waffle cheio de melado na boca.

— Hoje é dia de preguiça — Will fala com um meio sorriso. — Acho que estamos todos nos recuperando de ontem à noite.

— Eu tenho uma reunião — Leo revela baixinho.

— Que reunião? — Sam indaga com uma carranca.

— Os caras querem falar sobre algumas músicas que têm potencial para entrar no próximo álbum. — Ele dá de ombros como se não fosse nada de mais, mas Sam claramente não está feliz com isso.

— Não. — Ela balança a cabeça enfaticamente.

— Não? — ele ecoa com uma sobrancelha arqueada.

— Não. Nós estamos aqui para celebrar com a nossa família, não para trabalhar. Você já trabalha o suficiente quando estamos em Seattle.

— Vai ser só por algumas horas, Samantha.

Todos trocamos olhares, quietos enquanto Leo e Sam encaram um ao outro, irritados. Mark fica tenso ao meu lado, então seguro sua mão e a aperto para acalmá-lo.

— Qual é o seu problema? — Sam exige saber.

— Do que você está falando? — Ele aperta o alto do nariz e suspira, exasperado.

— Você está temperamental. E trabalha o tempo inteiro. Acha que não sinto que está se afastando de mim? — Sua voz está beirando o pânico agora, e Luke parece prestes a falar algo quando a mão de Leo cai de seu rosto e ele vira a cabeça na direção dela para encará-la.

— Você tá de brincadeira? Eu acho que deveríamos ter essa conversa mais tarde, quando estivermos sozinhos.

— Não, nós vamos conversar agora. Aqui mesmo. — Ela retira seus óculos escuros e os joga sobre a mesa. — Se está tentando terminar comigo, porra, só faça logo isso, Leo. Seu jeito distante está me matando.

— Não quero terminar com você, caralho!

— Então qual é o seu problema?

— Eu quero casar com você!

Todos ficamos atordoados, em silêncio, olhando para eles enquanto Sam fica de boca aberta, surpresa.

— Você não quer se casar. Eu já entendi. — Agora ele joga seus óculos na mesa, e a tristeza em seus olhos faz os meus se encherem de lágrimas. — Você vem dizendo há quase dois anos que está feliz do jeito que as coisas estão, e que não precisamos de um pedaço de papel para demonstrar para todo mundo que nos amamos. Tá bom.

Ele joga as mãos para cima e balança a cabeça.

— Eu quero você da maneira que eu puder te ter, Samantha, e essa é a verdade, porra. Eu te amo, todo maldito dia, eu te amo. Eu nunca vou a lugar algum. Você é a única pra mim. Mas, sim, *eu* quero casar.

— Eu não quero ter filhos — ela sussurra, seus lábios mal se movendo.

Leo ri e balança a cabeça.

— Quanto a esse assunto, nós ainda estamos de acordo. Essas máquinas de fazer bebês aqui já estão fazendo o trabalho de encher a família de crianças sem que a gente precise, e tem pessoas que se casam sem ter filhos todos os dias. Mas eu entendo, raio de sol. Não é o que você quer.

— Mas é o que você quer.

Ele apenas assente e fecha os olhos com força. Lanço um olhar para Mark, encontrando-o com a atenção fixa em sua irmã e Leo. As meninas estão fungando, tentando fazer isso silenciosamente, mas falhando, e continuamos a observar quietos Sam e Leo terem seu momento.

— Então, vamos nos casar.

— O quê? — Leo vira o rosto para ela de repente novamente.

— Vamos nos casar. Nós estamos em Vegas, pelo amor de Deus.

— Isso não é engraçado. — A voz dele está zangada.

— Eu não estou tentando ser engraçada. — Ela está olhando para ele e um sorriso surge devagar em seu lindo rosto. — Vamos casar, amor.

— Por quê? E se você disser que é por que eu estou temperamental e está tentando me acalmar, a resposta é não, porra. Eu te disse, isso não é um ultimato.

— Porque eu te amo, todo maldito dia. — Ela sobe no colo dele e enterra o rosto em seu pescoço. — Porque eu quero que você seja feliz, e porque só estou com você pelo seu dinheiro.

Isso arranca sorrisos de todos nós, e Leo deixa escapar uma risada, abraçando-a com força, quase com desespero.

— Sério?

Ela assente.

— Quando?

— Hoje.

O queixo dele cai, e ele agarra os ombros dela para afastá-la e olhar em seus olhos.

— Hoje?

— Por que não? Já estamos aqui. As pessoas que amamos estão aqui. Até a sua banda está na cidade. Pode ser hoje à noite. É por isso que você tem andado tão temperamental? Tão distante? — Ela acaricia o nariz dele com o seu e segura seu rosto.

— Eu sempre trabalho muito.

— Sim, mas nem sempre você age como um babaca rabugento por causa disso.

Ele suspira e apoia a testa na dela.

— Acho que tenho pensado muito nisso, ultimamente. Sinto que dar esse passo com você é a coisa certa.

— Eu estava com medo de você estar querendo cair fora, mas não sabia como me dizer isso.

— Nunca — ele diz ferozmente. — Eu nunca quero nem pensar na possibilidade de não estar mais com você. Nada importa sem você, raio de sol.

— Para ser honesta, eu tenho me sentido tão feliz com o jeito que as coisas estão que casar realmente não me passava pela cabeça. — Ela abre um sorriso de orelha a orelha e traceja com a ponta do dedo a tatuagem na parte superior do peito dele. — Mas, agora que você mencionou, é tudo o que mais quero fazer. Vamos casar.

— Mamãe e o papai não estão aqui — Mark diz imediatamente.

— Se é isso que você quer fazer — Luke começa, e quando olho para ele, fico chocada ao ver lágrimas em seus olhos —, posso trazer a mamãe e o papai para cá em algumas horas. Só preciso fazer uma ligação.

— O que você me diz? — Sam pergunta, sorrindo para seu futuro marido. — Quer se casar comigo hoje?

— Isso é tão a nossa cara — ele sussurra, balançando a cabeça. — Você não quer todo aquele planejamento que mulheres adoram fazer e tal?

— Não. — Ela sorri e beija seus lábios com força. — Já tenho meus sapatos favoritos comigo, a minha família está aqui, e eu estou pronta.

— Então, vamos casar. — Leo olha para Luke. — Pode fazer a ligação. Eu também tenho que fazer algumas.

— É pra já. — Luke levanta, mas, ao invés de pegar seu celular, ele dá a volta na mesa para beijar a cabeça de Sam. — Eu te amo.

— Eu também te amo. Traga logo a mamãe e o papai para que eu possa me casar.

— Sim, senhora.

— Espere, e os nossos filhos? Eles estão com os seus pais — Natalie lembra seu marido.

— Meus pais podem ficar com eles — Caleb diz imediatamente. — Sem problemas.

— Ai, meu Deus! — Jules exclama. — Estamos planejando um casamento!

— Para hoje! — Meg abraça Will. — Até a minha ressaca passou.

— O que temos que fazer? — Stacy pergunta.

— A primeira coisa a se arranjar é a comida — Will opina, recebendo um revirar de olhos de Meg.

— Já estou cuidando disso — Matt avisa, com os dedos voando sobre a tela do celular. Dom está fazendo o mesmo.

— Tenho informações sobre a licença aqui, cara — Dom fala para Matt.

— Ótimo. Estou procurando capelas, também. Tenho duas para as quais posso ligar.

— Quem diria que Matt e Dom sabiam planejar um casamento? — Natalie se admira com um sorriso enorme.

— Nós não precisamos de tudo isso — Leo diz. — Para mim, basta uma cerimônia rápida no *drive-thru* e o Elvis.

— Claro que não! — Sam balança a cabeça e ri. — Posso não precisar de todas as ornamentações chiques, mas os convidados deveriam ao menos ter onde sentar ao invés de nos seguir por um *drive-thru*.

— É uma pena a Alecia não ter vindo. — Jules balança a cabeça. — Ela já teria planejado tudo, a essa altura.

— Eu sei, eu a convidei, mas ela tinha um evento nesse fim de semana. — Meg faz biquinho.

Dom limpa a garganta, chamando minha atenção.

— Acho que não conheci a Alecia — digo e observo o rosto de Dom. Ele me lança um olhar rápido, aperta os lábios e volta a mexer no celular.

— Ela planeja todos os nossos eventos, ela é brilhante — Jules explica.

Dom cerra a mandíbula.

— Você não gosta dela? — pergunto.

— Eu não a conheço direito — ele responde, evitando olhar para mim.

— Dom a convidou para sair e ela o rejeitou — Will me informa. — Magoou o ego dele.

— *Vaffanculo* — Dom murmura.

— Você mandou eu ir me foder? — Will pergunta com uma risada.

— Quase isso.

— Você fala italiano *e* é um gato? Como ela pôde deixar essa oportunidade passar? — pergunto sarcasticamente.

— Você me acha um gato, *bella*? — Dom dá um sorriso preguiçoso.

— Dããã! — Reviro os olhos, enquanto Mark rosna ao meu lado. — Você já se viu?

— Bem, isso é interessante — Dom diz.

— Cuidado, viu? — A voz de Mark é baixa e ríspida.

Dom dá de ombros e pisca para mim, voltando a mexer no celular.

— Você é terrivelmente possessivo — Stacy fala para Mark enquanto mordisca um morango.

— Pode apostar que sou — ele concorda.

— Ok, Sam e Leo, vocês vêm comigo. Vamos pegar a licença de casamento. — Dom fica de pé e se afasta, sem olhar para nenhum de nós.

— Mamãe e papai estão a caminho — Luke anuncia ao retornar.

— Obrigada. — Sam abraça seu irmão e, em seguida, ela e Leo seguem Dom, deixando o restante de nós apenas olhando uns para os outros.

— Isso acabou de acontecer mesmo? — Brynna pergunta.

— Minha irmã vai casar. Hoje — Mark murmura.

— Nunca tem um momento tedioso por aqui — Logan fala alegremente.

— Espere só até ficarem todos bêbados. — Jax balança a cabeça. — Você ainda não viu nada.

— Nós precisamos arranjar flores para ela — Nat avisa.

— As capelas oferecem o serviço completo — Matt responde, com o nariz enfiado no celular. — E eu acabei de reservar uma para esta noite.

— O que temos que fazer até lá? — Isaac pergunta.

— Ajudar as nossas mulheres a se recuperarem de ontem à noite para que elas possam fazer tudo de novo hoje à noite — Nate explica com um sorriso.

— Eu sou mãe — Jules replica. — Não posso fazer aquilo de novo esta noite.

— Sério? — Meg pergunta.

— Ai, Deus, é melhor eu ir tirar uma soneca — Jules responde. — Quer ir tirar uma soneca, amor?

— Se isso for um código para me enfiar em você e perder o juízo por algumas horas, então, sim, quero.

— Graças a Deus você consegue ler a minha mente.

Meredith

— Você não pode usar calça de couro no seu casamento! — Jules insiste, com as mãos na cintura e uma careta em seu rosto lindo.

— Eu vou me casar com uma estrela do rock, Jules — Sam diz com uma risada. — Acho que eu poderia usar até mesmo shorts curtos e uma blusa de alcinhas e seria ótimo. Além disso, estamos em Vegas. O juiz de paz já vai ficar grato por eu estar ao menos sóbria.

— Você planeja casar sóbria? — Stacy pisca para Sam, quando encara com amor o par de sapatos vermelhos Louboutin que ela segura.

— Com certeza. Meu Deus! Eu não fazia ideia de que ele queria casar.

— Sério? — Sorrio quando vejo uma mensagem de Mark no meu celular.

Nós, mulheres, estamos todas na suíte presidencial de Meg e Will, no último andar do hotel. Esse lugar é maior do que a antiga casa da minha mãe. Os homens deram uma sumida pelas próximas horas até o casamento porque, como Natalie disse, pode ser um casamento não-convencional, mas ainda é má sorte se Leo vir a noiva antes da cerimônia. Jax e Logan decidiram ir com eles, porque os dois concordaram que já ficaram muito tempo perto de tanto estrogênio.

Fracotes.

Sam está nervosa?

Olho rapidamente para ela e sorrio da sua expressão sonhadora.

Não, ela está empolgada. E o Leo?

— Não falamos sobre isso desde o começo do nosso relacionamento — ela insiste. — Concordamos que casamento não era para nós e nunca mais tocamos no assunto.

— Bom, eu acho que ele mudou de ideia — Brynna diz. — Eu amo o Leo, Sam. Ele é fantástico.

— Mulheres pelo mundo todo vão ficar de luto quando a notícia se espalhar. — Nic balança a cabeça. — Não tenho medo de admitir que eu seria uma delas, há alguns anos.

Sam vira para ela e dá risada.

— E agora?

— Agora, vocês são meus amigos e eu estou muito feliz por você. Você merece o seu felizes para sempre com o seu rockstar. — Nic abraça Sam e se afasta com um arfar. — Precisamos achar um bolo! Droga, Sam! Você não pode se casar sem bolo!

— Tenho certeza de que vamos dar um jeito — Stacy assegura e dá pulinhos. — Sam vai se casar!

— Onde está a minha filhinha? — Lucy exige saber ao entrar na suíte, com Neil logo atrás dela.

— Mãe! — Sam corre até sua mãe e a abraça com força, e meu coração para, quando sinto uma falta enorme da minha mãe, de repente.

Leo não consegue parar de sorrir. Parece um idiota.

Mark responde à mensagem, fazendo-me rir.

— Não acredito que vocês decidiram se casar hoje. — Lucy dá risada ao se afastar para olhar nos olhos de Sam. — Você tem certeza disso?

— Nunca tive tanta certeza.

— Eu vou ficar com os garotos e assustar um pouco meu futuro genro — Neil diz ao abraçar a filha. — Mas eu queria vir aqui e abraçar a noiva primeiro.

— Estou tão feliz por vocês estarem aqui — Sam responde com um sorriso enorme. — Acho que não é mesmo tão ruim estar com o Luke a tiracolo, vez ou outra.

— O garoto é cheio de contatos — Lucy concorda. — Ok, Neil, xô! Essa é uma zona exclusivamente feminina.

— Vejo vocês em breve. — Ele acena para nós e se retira da suíte.

Seu pai está indo até vocês. Lucy está com a gente.

Envio a mensagem para Mark e fico quieta observando todas aquelas lindas mulheres paparicarem Sam, rindo, se abraçando e tomando refrigerante diet. Lucy se encaixa perfeitamente, com a expressão brilhando de felicidade. Essas mulheres, essa família, são mágicas. Estão rodeando Sam como se fossem todas suas irmãs.

O que eu não daria para estar com a minha irmã no dia do casamento dela.

Empurro o pensamento triste para longe, por enquanto, determinada a ficar feliz por Sam e a me concentrar na felicidade dela hoje.

Algum dia, ela poderá ser a minha cunhada.

O pensamento me deixa aturdida e animada ao mesmo tempo.

Ele chegou. Saudade de você.

A mensagem de Mark me faz abrir um largo sorriso e deixa meu coração mais leve.

Você vai me ver logo. Te amo.

Guardo o celular e dou risada quando Jules continua a olhar fixamente para a calça preta de couro de Sam.

— Ela não vai mudar de ideia — informo a Jules.

— Calça preta de couro — Jules repete, apontando para a peça de roupa ofensiva. — Como ela pode se casar usando isso?

— Ela vai ficar linda com essa calça. — Dou de ombros. — A blusa é linda.

— Você vai usar calça preta de couro? — Lucy pergunta com olhos arregalados e aturdidos.

— Sim. Mas olhe só a blusa! — Sam ergue uma blusa branca com um decote alto. Ela tem flores brancas grandes de renda e é curtinha, deixando à mostra seu umbigo com piercing. — É branca.

— E os sapatos vermelhos mais sensuais que já vi — Stacy completa.

— Bem — Lucy diz, após considerar por um momento. — Estamos em Vegas, é um casamento de última hora, e você sempre viveu nos seus próprios termos. Eu acho que essa roupa está fantástica.

Sam lança um sorriso convencido para Jules.

— Viu só? É fantástica.

— É ridícula. — Jules balança a cabeça e suspira, exasperada, enquanto nós rimos dela. — Você deveria usar um lindo vestido.

— Não importa. — Sam sorri e puxa Jules para um abraço enorme. — Não importa o que eu vista, Jules. Eu poderia usar um pijama velho e rasgado, e ainda assim não importaria. Tudo o que importa é que vou casar com o Leo. Ele é a melhor parte. Não o que vou vestir.

— Exceto os sapatos — Stacy insiste.

— Os sapatos sempre são a exceção — Sam diz com uma piscadela.

— Estou tão feliz por você — Jules fala em um sussurro rouco. — Todos sabemos pelo que você e Leo passaram, e vocês merecem ficar juntos mais do que ninguém. Natalie vai continuar fazendo vários bebês para vocês mimarem.

— Eu vou mesmo — Nat concorda, sorrindo.

— E os votos? — Meg indaga. — Se conheço o Leo, ele vai querer algo original.

— Nós já escrevemos.

— Já? — pergunto. — Vocês mal se viram hoje.

— Escrevemos no táxi quando fomos buscar a licença. Ele é compositor. Foi muito fácil.

— Mal posso esperar para ouvi-los. — Nic suspira. — Isso é tão romântico.

— Quando acha que você e Matt vão se casar? — Brynna pergunta.

Nic parece surpresa, mas logo dá de ombros.

— Não faço ideia. Algum dia, com certeza. — Ela morde o lábio, como se estivesse pensando nisso pela primeira vez. — Não temos pressa.

— Ok, meninas — Sam anuncia e começa a tirar suas roupas casuais. — Eu vou me vestir e vou me casar.

— Quer que eu arrume o seu cabelo? — Stacy pergunta.

— Sim, você pode deixá-lo todo bagunçado e maneiro como na noite em que Will pediu a Meg em casamento?

— Com certeza.

Sam, Brynna, Stacy e Nic se amontoam no banheiro para se arrumarem. O restante de nós já se arrumou nos respectivos quartos mais cedo para vestirmos algo mais formal do que calça jeans e camisetas, embora eu esteja começando a achar que isso não foi necessário.

Não quando a noiva vai usar calça de couro.

Lucy senta ao meu lado e segura minha mão amigavelmente.

— Como você está, querida?

— Estou ótima. Esse fim de semana tem sido o máximo.

— Parece mesmo que sim — ela diz com uma risada. — Fico feliz. Vocês todos precisavam disso. Um tempinho para se divertir faz bem para a alma.

— Faz mesmo. — Sorrio para a mulher gentil ao meu lado. — Você ficou em choque quando Luke ligou?

— Cá entre nós? Não. — Ela estica o pescoço para espiar dentro do banheiro. O barulho vindo de lá ecoa no vasto espaço conforme as meninas conversam e riem.

— Estou surpresa por ter demorado tanto — Meg adiciona ao sentar-se em um sofá de acolchoado confortável e beber seu refrigerante.

— Sam é teimosa — Nat diz. — Eu sabia que isso iria acabar acontecendo, mas pensei que ele teria que insistir bem mais.

— Fico grata que pelo menos não é o Elvis que vai oficializar — Jules fala ao retocar o gloss. — Vocês estão perto de terminar aí? — ela grita.

— Estamos saindo! — Stacy grita de volta.

— Ok, quem quer apostar quem vai chorar primeiro durante a cerimônia? — Meg pergunta.

— Nenhum deles vai chorar — retruco com um sorrisinho. — Eles são durões demais para isso.

— Você já ouviu a música *Sunshine*? — Meg pergunta. — Leo escreveu para ela. Eles escreveram os votos juntos. Cachoeiras vão rolar.

— Eu que não vou apostar contra isso — Nat anuncia.

— Nem eu — Jules concorda.

— Ele escreveu *Sunshine* para ela? — Dou um sorriso todo bobo e Meg assente. — Essa é a coisa mais romântica que já ouvi.

— Ainda quer apostar?

— De jeito nenhum.

— Temos que ir! — Nat grita em direção ao banheiro.

— Estou pronta!

Sam vem pelo corredor usando seus sapatos vermelhos de salto, a calça de couro abraçando e destacando cada curva que ela tem e a blusa branca de renda, que é absolutamente deslumbrante.

Seus cabelos estão bagunçados de uma maneira chique e seus olhos azuis estão brilhando acima de seus lábios pintados de vermelho-sangue.

— Você está magnífica — sussurro e sinto meus olhos encherem de lágrimas. — Oh, Sam.

— Oh, minha garotinha. — Lucy funga ao se levantar para abraçar Sam. — Você é a noiva mais linda que já vi.

— Obrigada, mãe.

— Vamos lá. — Meg também funga. — Vamos fazer o meu irmão parar de sofrer e casar vocês dois logo.

Sam abre um sorriso triunfante.

— Vamos lá.

Esse deve ser o casamento mais lindo que já vi. E é em Vegas.

Essa capela, em particular, oferece a opção de um jardim ao ar livre. Está anoitecendo, o sol acaba de se pôr. Estamos sentados em cadeiras ornamentadas de frente para um caramanchão coberto por luzes piscantes.

— Você está linda — Mark sussurra no meu ouvido.

— Espere até você ver a sua irmã — respondo com um sorriso.

— É um tipo de beleza diferente. — Ele acaricia minha bochecha com os nós dos dedos. — Você me tira o fôlego, M.

Seguro sua mão e dou um beijo suave na palma.

Estamos todos aqui. Todos os irmãos Montgomery e seus parceiros. Nat e Luke, Mark e eu. Jax e Logan. Até mesmo a banda de Leo e seus familiares estão presentes, ansiosos para que o show comece logo.

Leo, vestindo calça jeans rasgada e uma camisa de botões com as mangas dobradas até os cotovelos, caminha com Lucy pela passarela até seu assento, beija sua bochecha e junta-se ao juiz de paz no pequeno palanque. A música *Sunshine* começa a tocar, sinalizando que devemos ficar de pé e virarmos para ver Sam, usando seu traje de casamento nada convencional, entrar de braço dado com seu pai. Neil está sorrindo orgulhoso da filha, segurando sua mão com força, e não consigo evitar o pensamento de que o meu pai nunca poderá entrar comigo no meu casamento. Mark não vai levar minha mãe até seu assento. Tiff não estará ao meu lado enquanto eu me entrego ao homem que amo com todo o meu coração.

Será que eles saberão, mesmo assim? Será que estarão comigo? Será que conseguem ver o quanto Mark me faz feliz?

Inspiro profundamente quando Mark me abraça por trás e beija meus cabelos antes de sussurrar:

— Está tudo bem, M. Apenas respire.

Como ele sempre sabe?

Sinto seu peito se mover contra as minhas costas quando ele respira longa e profundamente, e faço como ele me instrui, inspirando e expirando com força e focando no aqui e agora.

Sam está carregando um pequeno buquê de lírios, com os olhos cravados nos de Leo. Olho para o noivo para encontrá-lo fitando a noiva, com o queixo caído de fascinação e amor, e tudo em mim parece derreter diante do momento romântico.

Ela entrega as flores para sua mãe quando a abraça e a beija antes de se juntar a Leo no pequeno palanque. Ele segura as mãos de Sam e sussurra algo para ela que faz suas bochechas corarem e seu sorriso aumentar.

— Família e amigos — o homem alto começa, quando voltamos a nos sentar. Mark mantém o braço em volta dos meus ombros e me pressiona contra si. — É um prazer oficializar esta ocasião especial. Samantha e Leo pediram uma cerimônia rápida e, devo dizer, nada convencional.

— Imagina — Will diz com uma risada. Todos sorrimos e concordamos.

— Esse casal muito especial decidiu trocar as alianças ao recitarem seus votos um para o outro. Samantha, por favor, recite seus votos para Leo.

Sam limpa a garganta e retira uma aliança do sutiã, erguendo para que todos nós possamos ver.

— Melhor sistema de armazenamento da história — Leo murmura suavemente, fazendo Sam rir. Ela respira fundo, segura a mão de Leo e olha em seus olhos solenemente.

— Eu prometo, Leo, que até o meu último suspiro, lutarei pela vida, por alegria, por nós. Prometo que sempre darei valor às suas ações, palavras e gentileza, e que continuarei a deixar bilhetinhos secretos para você quando estivermos longe um do outro.

Leo abre um sorriso largo conforme Sam desliza o anel em seu dedo e continua a falar.

— Prometo crescer junto com você, e nunca nos afastar. Prometo fazer minhas conquistas serem nossas, e seus desafios, também meus. Sempre vou te amar, profunda e honestamente, de igual para igual, como sua parceira. Eu quero, mais do que tudo, envelhecer ao seu lado, para podermos sentar em nossa varanda em uma noite de verão; para darmos nossas mãos frágeis e rir juntos; para que eu possa simplesmente estar com você, e saber que estou em casa. Nasci para dizer que te amo, para ser sua esposa, para estar com você, pelo resto da minha vida.

Assisto, através das lágrimas que enchem meus olhos, Leo engolir em seco, retirar um anel do bolso e olhar profundamente nos olhos de Sam.

— Eu prometo, Samantha, meu raio de sol, que até o meu último suspiro, lutarei pela vida, por alegria, por nós. Prometo que sempre darei valor às suas ações, palavras e gentileza, e que continuarei a escrever canções de amor para você o máximo possível.

Sam morde o lábio, tentando não deixar as lágrimas caírem e falhando logo em seguida.

— Prometo crescer junto com você, e nunca nos afastar. Prometo fazer minhas conquistas serem nossas, e os seus desafios, também meus. Sempre vou te amar, profunda e honestamente, de igual para igual, como seu parceiro. Eu quero, mais do que tudo, envelhecer ao seu lado, para podermos sentar em nossa varanda em uma noite quente de verão; para que eu possa te ter em meus braços; para que eu possa simplesmente estar com você, e saber que estou em casa. Nasci para dizer que te amo, para ser seu marido, para estar com você, pelo resto da minha vida.

Com o anel firmemente posicionado na mão de Sam, ele a leva até os lábios e beija seu dedo. Mark me entrega um lenço e beija minha bochecha, enquanto o juiz de paz torna a falar.

— Pelos poderem concedidos a mim pelo estado de Nevada, eu os declaro marido e mulher. Pode beijar a noiva.

— Uhuuu! — Mark exclama e todos nós aplaudimos e assobiamos, conforme Leo curva Sam para trás e a beija com vontade.

— Senhoras e senhores: o sr. e a sra. Nash!

— Nós casamos! — Sam exclama e ergue sua palma para dar um *toca aqui* em Leo, o que ele corresponde com prazer, puxando-a para mais um beijo longo e suave.

— Isso foi incrível — sussurro enquanto lágrimas continuam a rolar por minhas bochechas. — Ele é tão bom com as palavras.

— Eu te disse — Meg diz ao enxugar o rosto.

— Vamos comer — Will chama, mas logo ergue as mãos, como se estivesse sendo rendido. — Para comemorar. Nós todos precisamos comemorar.

— Vocês podem ir. — Neil abraça sua esposa, segurando-a ao seu lado, e é nesse momento, olhando para Neil aconchegar-se com sua esposa e beijá-la com ternura enquanto ela continua a chorar em silêncio, que percebo que tenho que agradecer a ele pelo homem que Mark se tornou. Que exemplo maravilhoso do que é ser um bom marido.

Um bom homem.

— Nós precisamos voltar para as crianças — Neil termina.

— Ah, fiquem mais um pouco — Natalie pede com os olhos arregalados. — As crianças estão bem.

Lucy balança a cabeça e abraça seu novo genro, depois vira-se para Sam e segura seu rosto, beijando suas bochechas.

— Nós queremos que vocês celebrem. Daremos uma festa para toda a família depois que vocês voltarem para casa. Divirtam-se esta noite. Aproveitem a companhia uns dos outros.

— Estou orgulhoso de você, filha — Neil diz e beija Sam na testa ao abraçá-la. — Divirtam-se.

— Vamos comemorar! — Brynna anuncia, batendo palmas.

— As bebidas são por conta do Luke — Sam determina, atrevida, dando um tapinha no braço do irmão. — Ele é o ricaço aqui.

— Você também.

— Mas eu sou a noiva. Não vou pagar nada.

— Por que você está sentada aqui sozinha? — Logan pergunta ao se juntar a mim em uma mesa no canto do bar mais ou menos quieto que encontramos. A música não está muito alta, as bebidas são decentes e há mesas de sinuca suficientes para todo o nosso grupo animado.

Sem contar que não há muitas pessoas aqui esta noite, então as o nosso grupo não precisam se preocupar em ser abordadas.

— Estou só observando — respondo com um sorriso e tomo um gole da minha bebida. Mark está curvado sobre uma mesa de sinuca, de costas para mim, me fazendo babar. Meu Deus, como ele fica gostoso usando calça social!

— Nunca conheci um grupo como esse — Logan revela com uma risada.

— Ainda sou nova no meio deles também. Eles são muito divertidos e acolhedores...

— E sufocantes — ele termina.

Recosto-me e analiso o homem diante de mim. Seus cabelos castanhos estão bagunçados e os olhos verdes brilham de felicidade e bom humor.

— Eu gosto de você. — Ergo minha taça para bater na sua. — Fico feliz que Jax tenha te encontrado.

— Eu também gosto de você, linda — ele responde e bate o copo na minha taça. — E fui eu que encontrei o Jax.

— Ah, foi? — Apoio-me no cotovelo e lhe dou toda a minha atenção. — Ele nunca me contou como vocês se conheceram.

— No mercado.

— Sério? Dar em cima de alguém na seção de pizza congelada funciona mesmo?

— Acho que estávamos na seção das bananas — ele diz e toma um gole de sua cerveja. — Não sei, ele só olhou para mim e algo pareceu se encaixar.

Ele olha para Jax, que está do outro lado do bar conversando com Natalie e Jules. Posso ouvi-los rindo. Não respondo, apenas espero que ele continue.

— Eu tive uma experiência diferente da do Jax. — Logan toma mais um gole de cerveja. — Minha família é incrível. Eu nunca precisei me assumir para os meus pais, eles simplesmente sempre souberam e me aceitaram como sou.

— Fico feliz por isso — murmuro.

— Eu também. — Ele limpa a garganta e se remexe no assento. — Eu sei que a experiência do Jax foi o oposto da minha e, para ser honesto com você, Mer, eu quero muito ir atrás da família dele e dar uma surra neles.

— Entre na fila.

— Não entendo como alguém pode virar as costas para uma pessoa fantástica como ele.

Sigo seu olhar e vejo Jax colocar o cabelo de Nat atrás da orelha dela.

— Ele é uma pessoa fácil — digo. — Ele é carinhoso. Sempre foi. Daquele jeito ali, quando colocou o cabelo da Nat atrás da orelha dela, você viu?

Logan assente.

— Ele sempre faz coisas desse tipo com pessoas que conhece e com quem se sente confortável.

— Ele só me deixou segurar a mão dele no segundo encontro — Logan revela, pesaroso, balançando a cabeça.

— Isso foi porque ele ainda estava tentando descobrir se podia confiar em você. — Mordo o lábio, sem ter certeza do que dizer para esse homem, que claramente ama muito o meu melhor amigo. — Ele sabe que você o ama?

— Sim. — Ele suspira e bebe sua cerveja.

— E ele?

— Ele também me ama.

Meu coração acelera diante da expressão de alegria no rosto de Logan.

— Ai, Deus. — Solto um suspiro melancólico. — Finalmente esse dia chegou para ele.

— E para mim. Por mais que eu não tenha passado por problemas com a minha família como o Jax, sempre fui bem seletivo na hora de escolher com quem ter um relacionamento. Eu nunca disse a outro homem que o amava.

— Estou tão feliz por você. — Afago seu braço de maneira calmante, e me inclino para beijar sua bochecha. — Tão feliz por vocês dois.

— Mer, você precisa saber: eu vou pedir o Jax em casamento.

Mordo o lábio e sinto lágrimas encherem meus olhos. Meu olhar encontra Jax, do outro lado do bar. Ele está rindo e gesticulando ao contar alguma história para as meninas. Ele é mais do que meu amigo; ele é meu irmão.

— Hoje é o dia de falar sobre casamento — murmuro com um sorriso.

— Você não acha que é muito cedo?

— Eu acho que é maravilhoso.

— Sério? Eu precisava saber se você está bem com isso. — Logan passa os dedos sobre os lábios, e consigo ver que estão ligeiramente trêmulos. — Você é a família dele, Mer. A sua opinião é muito importante.

— Eu amo Jax com todo o meu coração — respondo honestamente. — Ele é um dos melhores homens que conheço. Mas quer saber de uma coisa, Logan? Acho que você também é um dos melhores homens que conheço. Vocês têm sorte por terem um ao outro.

Ele solta uma lufada de ar pela boca, como se estivesse segurando durante toda essa conversa.

— Obrigado.

— Eu quero fazer parte do casamento.

— Não poderia ser diferente.

Capítulo Vinte

Meredith

— Você quer falar sobre essa vara que entrou no seu rabo antes ou depois da aula? — Jax pergunta ao se encostar na minha mesa e cruzar os braços sobre o peito. As garotinhas estão começando a encher a sala para a aula de balé, conversando e sorrindo, animadas para começar.

— Estou bem — respondo com um suspiro.

Só que eu não estou bem.

— Faz dois dias que voltamos para casa e você tem estado bem temperamental — ele murmura e passa os dedos pelos cabelos. — Você e Mark estão brigados?

— Não, estamos ótimos. — Não é uma mentira. Mark e eu estamos fantásticos.

— Algo está errado, KitKat. — Ele inclina minha cabeça para trás para olhar nos meus olhos. — Se está tudo tão bem com o sr. Gostosão, por que você está tão triste?

— Eu tenho me sentido um pouco chateada desde o casamento.

Jax inclina a cabeça para o lado, observando-me com atenção.

— Por quê?

Dou de ombros.

— É estúpido.

— Duvido.

Suspiro e aceno para uma mãe, que senta em um banco do outro lado da sala.

— É que tudo aquilo me lembrou que a mamãe, o papai e a Tiff já morreram e que, se um dia eu me casar com Mark, eles não estarão aqui.

— Isso não é estúpido.

— Não, não é estúpido, mas é bobagem ficar remoendo. Isso só deixaria minha mãe irritada.

— Você está de luto, querida. Tudo bem ficar triste, às vezes.

— É. — Expiro uma grande quantidade de ar. — Mas estou começando a me irritar com isso, então está na hora de melhorar esse humor.

— NGG hoje à noite? — Jax sugere.

— Seria legal! Você não tem planos com o sr. Amorzinho?

— Posso dar um jeito de remarcar com ele.

— Meredith.

Nossas cabeças viram em direção à porta, de onde vem a voz de Luke.

— Oi, Luke. — Abro um sorriso para o lindo irmão mais velho de Mark, mas sinto-o desmanchar aos poucos quando vejo sua expressão. — O que aconteceu?

— Jax — ele começa, sem quebrar contato visual comigo. — Eu preciso que você tome conta das coisas por aqui. Houve um acidente de carro.

Ofego e sinto meu coração acelerar, suando frio por todo o meu corpo.

— O quê? — Minha voz é um sussurro baixo.

— Houve um acidente de carro, Mer. Mark está a caminho do hospital.

Pisco freneticamente enquanto Luke e Jax continuam a conversar, mas não consigo ouvir nada do que eles dizem. Ouço um zumbido no meu ouvido. Ou estou apenas imaginando? Alguém segura minha mão e me puxa da cadeira.

— Meredith — Jax diz, de maneira incisiva, fazendo-me encontrar seu olhar. — Respire, querida. Você pode ir com o Luke. Vou cuidar dessa última aula e te encontro no hospital mais tarde.

Assinto automaticamente quando Jax passa minha mão para Luke, e ele me conduz para fora do estúdio até seu SUV, mas não consigo sentir meus pés. Estou apenas fazendo movimentos automáticos. Sinto meu rosto ficar molhado de repente.

— Está chovendo? — Essa é a minha voz? Suave e rouca e fraca?

— Sim, querida. Venha, entre no carro.

Luke está falando, mas não consigo ouvi-lo. Repouso a testa no vidro frio da janela, e de repente, tenho treze anos novamente, sentada na sala de aula da sra. Yakamura.

— Meredith?

Ah, não, será que fui mal naquele teste de matemática idiota? A sra. Yakamura está me fitando com os olhos sérios, como se eu estivesse encrencada ou algo assim. Não consigo pensar em nada de errado que eu possa ter feito. Quer dizer, não tem como ela saber que eu roubei a presilha favorita de Tiff esta manhã e coloquei no meu cabelo depois que cheguei à escola.

— Sim, senhora?

— Preciso que você vá até a sala do diretor, por favor.

Os alunos ao meu redor começam a cochichar e dar risadinhas, e sinto meu estômago se contrair de nervoso.

— O que eu fiz?

— Você não está encrencada, mas precisam de você lá agora, querida.

— Eu não estou encrencada? — Por que outro motivo eu teria que ir para lá? Esse é o dia mais estranho de todos!

— Não. Mas recolha as suas coisas. Você não vai voltar para a aula hoje.

— Ela está suspensa? — Minha melhor amiga, Amanda, pergunta, com os olhos arregalados.

— Não. Eles vão te explicar tudo quando você chegar lá.

Pego minha mochila e meu casaco e dou de ombros para Amanda quando ela me lança um olhar que questiona o que raios está acontecendo. Quando passo pela sra. Yakamura, ela me puxa para um abraço forte, me surpreendendo.

— Eu sinto muito, Meredith.

Devo estar encrencada. Por que outro motivo ela diria que sente muito? Ai, meu Deus, se o meu pai descobrir que fui suspensa, ele vai ficar muito bravo. Talvez até me tire das aulas de dança, e isso seria uma droga. Ele está sempre falando para Tiff e para mim sobre a importância de ser responsável e levar a escola a sério, e que nós podemos ter hobbies, mas precisamos manter o foco.

Blá, blá, blá.

Eu só tenho treze anos, pelo amor de Deus. Não é como se eu fosse para a faculdade no próximo ano. Talvez eu nem vá para a faculdade de jeito nenhum. Talvez eu vá ser apenas dançarina. Vou ser uma dançarina e me apaixonar por um lindo músico e ele vai escrever canções de amor para mim e me dizer o quanto sou linda.

Papai sempre diz que sou linda, mas ele é meu pai. É suspeito para falar isso.

Feliz com a minha decisão de me casar com um músico, executo uma pirueta perfeita pelo corredor vazio a caminho da sala do diretor. Quando entro, fico surpresa por ver minha mãe e o conselheiro, o sr. Pritchett, esperando por mim.

— Mãe? — Os olhos dela estão vermelhos e inchados. Os meus também ficam assim depois que passo muito tempo chorando. — Mamãe?

— Oh, minha garotinha. — Ele me puxa para seus braços e me sufoca contra seu peito, me abraçando com tanta força que mal consigo respirar, enquanto chora muito. Ela está tremendo e soluçando.

Por que ela está chorando? Ela só chora quando assiste filmes tristes, ou quando a vovó morreu. Começo a chorar também, porque ela está me assustando.

— Venha, Addie — o sr. Pritchett diz, levando-nos em direção ao seu escritório. — Vamos nos sentar por um instante.

— O policial está nos esperando para nos levar de volta. — Ela soluça.

Policial?

— Eu vou para a cadeia? — choramingo.

— Não, meu amor, não. É claro que não. — Mamãe funga e seca suas bochechas, estendendo a mão em seguida para jogar meus cabelos sobre os meus ombros. Seus lábios estão tremendo. — Querida, houve um acidente de carro hoje. O papai está no hospital agora, mas nós temos que voltar para lá o mais rápido possível porque eles acham que... — Ela não consegue terminar a frase.

— Eles acham o quê?

— Você precisa ir ver o seu pai, Meredith — o sr. Pritchett diz baixinho.

— Onde está a Tiff? Ela também está no hospital?

Mais um soluço escapa pelos lábios da mamãe, mas ela firma o queixo e engole em seco.

— Não, querida. Tiff não está no hospital.

— Onde ela está? — sussurro.

Mamãe balança a cabeça, segura minha mão entre as suas e a beija.

— Ela não resistiu, filha.

Franzo minha testa, confusa.

— Não resistiu a quê?

— Tiffany morreu no acidente, Meredith — o sr. Pritchett revela. Seus olhos também estão cheios de lágrimas.

— O quê? — Afasto-me da mamãe, puxando a mão das suas, e esbarro em uma cadeira. — O quê?

— Vamos — ela fala. — Nós temos que ir para lá agora.

— Eu não entendo. — Não consigo parar de chorar. Meu corpo inteiro esquenta, como quando você fica no banheiro com o chuveiro ligado em um dia quente de verão. Não consigo respirar. — Eu quero a Tiff! Eu quero o meu pai!

— Nós vamos ver o seu pai agora. — Mamãe me puxa do escritório, levando-me pelas portas da frente da escola até a viatura policial que está ali.

Eu quero perguntar por que a polícia está aqui, mas não consigo falar. Isso não pode estar acontecendo. O que diabos está acontecendo?

Mamãe me abraça forte no caminho para o hospital. Minhas lágrimas secaram, mas me sinto dormente. Isso não pode ser verdade. O papai ia levar a Tiff para o dentista hoje de manhã. Eles estão bem. Talvez ele a tenha levado para almoçar fora após a consulta e isso tudo foi um engano.

O rádio do policial está alto, com uma voz profunda e monótona listando números e confirmando mensagens. Quando ele estaciona em frente ao hospital, ajuda a mamãe e eu a descermos do carro. Ele tem olhos gentis. Tristes, também. Ele dá tapinhas no meu ombro e nos conduz até o hospital, para subirmos um elevador e andarmos por um corredor. Aqui tem cheiro de remédios, produtos de limpeza e chulé. Eu odeio cheiro de chulé.

Por que o hospital tem cheiro de chulé?

Mamãe nos leva até um quarto onde a cortina está esticada, bloqueando a vista da cama. Ela mantém minha mão na sua ao entrarmos e darmos a volta. Vejo meu pai deitado na cama com tubos saindo de sua boca. Ele está usando uma camisola verde e branca do hospital. Seu rosto está coberto de hematomas. Sua mão está cheia de arranhões e seu braço direito, envolto em gazes desde o cotovelo até as pontas dos dedos.

— Papai — sussurro.

— Vá falar com ele, filha. — Mamãe me guia até perto da cama. — Você pode tocá-lo.

— Ele está machucado.

Ela assente rapidamente, derramando lágrimas.

— Sim, querida. Eles só o estão mantendo vivo para que tenhamos uma última chance...

Meus olhos voam até os dela.

— Ele vai morrer?

— Sim.

Uma médica entra no quarto. Ela tem cabelos ruivos, sardas e olhos gentis, como o policial.

— Seu pai sofreu um acidente de carro muito grave, Meredith.

— Ele está respirando — aponto desesperadamente.

— Com a ajuda destes aparelhos, sim, está. Mas, querida, quando desligarmos os aparelhos, ele irá falecer.

— Como você sabe? — pergunto, com raiva. — Você não sabe disso! Meu pai é forte! Ele só está todo arranhado!

— Seu pai é forte, sim, Meredith — a médica responde, quando minha mãe não consegue. — Ele tentou tudo o que pôde para salvar a sua irmã. É um homem corajoso. Mas você tem que dizer adeus para ele agora, querida. Vocês podem levar o tempo que precisarem. Passar um tempinho com ele.

Ela aperta meu ombro e o da minha mãe, deixando-nos ali. O policial também sai, depois dela, e ficamos sozinhas com meu pai.

— Mãe? — Eu não quero tocá-lo. Se eu tocá-lo, tudo isso vai se tornar real,

e não pode ser real. — Mãe, ele só parece estar arranhado.

— Eu sei.

— Eu não quero dizer adeus. — Balanço a cabeça devagar. Não consigo desviar o olhar dele.

— Ok. — Ela limpa a garganta e sorri bravamente para mim, puxando em seguida duas cadeiras até o lado da cama para que eu sente perto da cabeça dele. — Vamos apenas ficar aqui por um tempinho e conversar. Vamos contar histórias. Aposto que ele consegue nos ouvir.

— Que t-t-tipo de histórias?

— Qualquer tipo. Felizes.

Mamãe segura a mão do papai e morde o lábio. Ela leva a mão dele até seu rosto e passa a palma em sua bochecha, do jeito que ela sempre faz quando nos sentamos todos juntos para assistirmos a um filme. Tiff sempre rouba todas as jujubas.

— Lembra quando nós viajamos de carro para a praia no Oregon ano passado e o papai ficava dizendo para a Tiff que ela poderia ser mordida por tubarões? — Sorrio diante da memória, e mamãe dá uma risadinha.

— Ele gosta de atormentar vocês — mamãe diz. — Você e a Tiff cataram mais ou menos cem dólares em moedas enterradas na areia naquela viagem.

— Noventa e seis — corrijo, orgulhosa. — Nós chegamos tão perto de cem, mas já estava na hora de ir embora.

Mamãe e eu ficamos conversando por um longo tempo. O papai nunca se mexe, mas acho que ele consegue nos ouvir. Finalmente, crio coragem para esticar a mão e pousá-la em seu braço.

— Ele está quente.

— Eu acho que temos que nos despedir agora, filha.

Lágrimas nublam meus olhos enquanto fito esse homem que eu amo tanto.

— Não quero fazer isso.

— Eu também não.

— Mãe, por que isso aconteceu?

— Eu não sei.

— Onde está a Tiff?

Ela fica quieta por um longo minuto.

— Ela está no necrotério, querida.

— Aqui? No hospital? — Eu já vi alguns episódios de Law and Order *sem a mamãe e o papai saberem, então sei como funciona o necrotério.*

— Sim.

— Nós podemos nos despedir dela também? Antes de irmos embora?

— Eu não tenho certeza. Mas vamos perguntar, ok?

Assinto e olho para o meu pai. Eu só queria que ele acordasse. Só por um minuto. Só para dizer que me ama e que sou linda, e para eu dizer que o amo e que serei responsável e levarei as coisas mais a sério.

Fico de pé e me inclino para poder sussurrar em seu ouvido. Seus cabelos estão ensanguentados e sua orelha está toda inchada e arranhada, mas eu ignoro isso e falo mesmo assim.

— Eu te amo muito, papai. Você é o meu herói. Vou cuidar da mamãe. Não se preocupe, ok? — Fungo e beijo sua bochecha, descansando os lábios na sua barba rala por alguns segundos. Ele sempre me provocava com sua barba por fazer, esfregando-a no meu pescoço, fazendo-me rir. Passo o nariz por ali por um segundo. — Eu te amo.

Me afasto e enxugo o nariz na manga do meu casaco, assistindo a minha mãe, que, em vez de sentar perto dele ou se inclinar para sussurrar como eu fiz, sobe em cima dele, apoia a cabeça em seu peito, abraça-o pela cintura, e começa a chorar. É o choro mais triste que já ouvi. Tão alto e demorado. Ela esconde o rosto no pescoço dele e continua a chorar por um longo tempo.

Quando parece que ela pode ter caído no sono, ela beija a bochecha dele, seu pescoço e seus lábios. Tiff e eu sempre fazíamos cara de nojo quando eles se beijavam, mas, dessa vez, isso só me faz chorar ainda mais. Quando ela apoia a cabeça no ombro dele, começa a sussurrar. Não consigo ouvir todas as palavras, mas ouço amor, para sempre, melhores anos da minha vida.

Por fim, quando termina, ela fica de pé e se curva sobre ele. Dá um beijo em sua testa e mais um perto dos lábios dele antes de apertar o botão vermelho para chamar a médica.

Alguns segundos depois, a doutora volta para o quarto, com algumas outras pessoas. Ela faz a mamãe assinar alguns papéis, e então desligam todos os aparelhos e retiram os fios dele. Eu não entendo o que estão dizendo ou fazendo.

Eles deixam ligado apenas o monitor que apita no ritmo dos batimentos do coração do meu pai e saem do quarto. Mamãe senta perto dele, murmurando para ele, acariciando seu rosto.

— Eu te amo muito, querido. Você não está sozinho. Não precisa ter medo. Vá ver a nossa menina. Vá ficar com ela agora, e nos veremos daqui a um tempo.

Choro quieta. Os bipes estão ficando cada vez mais espaçados, até que, finalmente, há mais um bipe e... mais nada.

Nada de bipes.

Só eu e a mamãe, chorando.

A casa está quieta. Ainda não está escuro. Depois que o papai morreu, fomos escoltadas até o necrotério, que não parece em nada como o que vi em Law and Order, *para ver a Tiff. Só me deixaram ver o rosto dela. Não me disseram por que, mas acho que os braços dela ficaram muito machucados porque eu queria segurar a mão dela, mas não deixaram.*

Minha irmã caçula estava muito pálida. Seus olhos estavam fechados como se ela estivesse dormindo. Mas seus cabelos estavam ensanguentados como os do papai.

Eu queria lavá-la. Eles deveriam limpá-la. Deveriam ter colocado um travesseiro sob sua cabeça. Eu tentei fazer com que colocassem a presilha que roubei de manhã nos cabelos dela, mas disseram que não fariam isso.

Mamãe disse que se certificaria de que alguém coloque para que fique bonita quando formos enterrá-la.

Ficamos na sala de estar, olhando em volta cegamente. Por que tudo parece igual?

Os tênis do papai estão perto de sua cadeira de balanço. A mochila de Tiff está sobre a mesa da cozinha. A casa tem o cheiro deles.

— Eu vou para a cama — sussurro e cambaleio pelas escadas até o nosso quarto, parando na porta.

Este é o nosso quarto. Meu e da Tiff. Nós dividimos um quarto, mesmo que pudéssemos ter quartos separados. A cama da Tiff está arrumada. Seu lado do quarto sempre está mais limpo do que o meu.

— Meredith — mamãe me chama suavemente. Viro-me para olhá-la. Ela parece... cansada. Seus olhos estão inchados. Seus ombros, caídos.

— Eu não posso dormir aqui — digo baixinho. — Ela não está aqui para dormir comigo.

— Você quer dormir no quarto de hóspedes comigo? — ela oferece com um sorriso fraco.

— Você não vai dormir no seu quarto?

— Esta noite, não. Talvez amanhã.

Assinto e sigo-a pelo corredor, passando pelo quarto dela até o quarto de hóspedes.

— Nem escureceu ainda — murmuro. — E nós não jantamos.

— Você está com fome?

— Não.

— O que você quer, meu amor?

Dou de ombros e mordo o lábio. Não consigo olhar em seus olhos. Vou acabar começando a chorar de novo.

— Acho que podemos apenas dormir.

Eu não sei de onde a mamãe as tirou, mas ela coloca camisetas do papai em nós e deitamos debaixo das cobertas juntas.

— O papai vai nos abraçar esta noite, querida — ela sussurra. As camisetas têm o cheiro dele, e é como se ele estivesse ali conosco.

— Espere! — Pulo da cama e prendo a respiração ao correr até o meu quarto para pegar algo da cama de Tiff, e volto para a mamãe. Ela me abraça com força, com o ursinho antigo e rasgado de Tiff entre nós, e choramos juntas, já sentindo saudades do papai e da Tiff. Choramos por um longo tempo, até cairmos no sono.

— Meredith? — A porta do passageiro abre e Luke está lá, segurando meu rosto. — Jesus Cristo, você está pálida, Mer. Vamos, nós temos que entrar.

— Luke? — Sam, de repente, surge ao lado dele. — O que houve com ela?

— Eu não sei. Ela parece... vazia.

— Devo ir buscar ajuda?

— Não — respondo, com a voz rouca.

Capítulo Vinte e Um

Meredith

— Estou bem — murmuro e faço menção de sair do carro, mas Luke me segura no lugar por um momento, me examinando.

— Você não está bem.

— Eu preciso ir ver o Mark.

— Onde você estava, Mer? Você estava com a mente longe durante o caminho de trinta minutos até aqui.

— Eu estava no passado. — Firmo o queixo e faço o meu melhor para não mostrar a ele que estou desmoronando. Mas o que estou sentindo não importa. Preciso encontrar o Mark.

Luke xinga baixinho e sai do caminho para me deixar sair.

— O pai e a irmã dela — Sam murmura.

— Eu sei — ele responde.

— Estou bem aqui. Posso ouvir vocês. — Tento me desvencilhar, mas eles me cercam. Luke coloca o braço em volta da minha lombar, Sam segura a minha mão e nós andamos até a sala de emergência juntos.

— Que bom que consegue me ouvir agora, porque você não estava conseguindo há cinco minutos — Luke diz, quase com raiva. Por que ele está bravo? Talvez só esteja assustado. Deus sabe que eu estou aterrorizada.

— O que aconteceu? — indago. Jesus, eu não estava pensando claramente o suficiente nem ao menos para perguntar o que aconteceu. — Ele está morto?

— Porra, espero que não — Luke responde. Ele está bravo, e Luke nunca fica bravo. Ele dá uma olhada na minha expressão e respira fundo, xingando baixinho. — Me desculpe. Não, ele não está morto. Eu não sei o quão machucado ele está. Isaac está a caminho, também. Ele estava na obra quando aconteceu.

— Aconteceu no trabalho dele? — pergunto, incrédula. — Como diabos um acidente de carro acontece em uma obra?

— Vamos ver se podemos visitá-lo, e então te direi o que sei.

Luke nos conduz até o balcão da recepção e lança um sorriso de um milhão de dólares para a recepcionista.

— Olá. Meu irmão, Mark Williams, acabou de ser trazido para cá. Você pode nos dar alguma informação?

Ela digita no computador e franze a testa.

— Não há registro dele. Quando você disse que ele foi admitido?

— Ele já deveria estar aqui.

— Eles podem estar a caminho ainda. Vejo aqui que estamos guardando um quarto para uma ambulância.

— Nós chegamos primeiro? — Sam reage, incrédula.

— Aguardem um tempinho e depois venham me consultar novamente — a recepcionista instrui com um sorriso.

Luke nos conduz até a sala de espera e eu desabo em uma cadeira, tentando não pensar nos germes sobre os quais posso estar sentando.

— Como eu odeio hospitais — Sam murmura. — Você tem noção de quanta sujeira deve ter nessas cadeiras?

— Pensei o mesmo — digo, distraída, e esfrego os olhos. — Ok, me conte.

— Tudo o que sei é que um carro o atingiu em frente ao local da obra. Isaac me ligou e disse que chamaram uma ambulância e que deveríamos vir encontrá-lo aqui.

— As pernas dele estão quebradas? Ele está com hemorragia interna? Está consciente? — Minha voz está ficando esganiçada. Paro por um instante e engulo em seco, tentando controlar meu pânico com todas as minhas forças.

— Eu não sei de mais nada — Luke insiste. — Nós teremos que esperar para vê-lo.

— Tenho certeza de que ele está bem — Sam diz e arrisca entrar em contanto com os germes, vindo sentar ao meu lado. — De verdade. Se tivesse sido horrível, Isaac já teria dito alguma coisa para nos preparar. Ele teria ligado para toda a família.

Balanço a cabeça. Certo. Ela tem razão.

Mas se Mark estivesse bem, ele mesmo teria me ligado.

— Quer dizer, o trabalho dele é bem perigoso — ela continua. — Nós sempre soubemos disso. Ele está sempre subindo em coisas e manuseando equipamentos e ferramentas afiadas e perigosas. Ele pode cair, levar um choque, ou até amputar a mão com aquelas serras enormes. Pelo menos, ele não trabalha mais nos barcos de pesca.

— Sam — Luke alerta.

— Pescar naqueles barcos é o trabalho mais perigoso do mundo! Juro, ainda tenho úlceras estomacais do tempo em que esperávamos dias para termos notícias dele e sabermos que ele estava bem.

— *Samantha!* — Luke grita, interrompendo-a. — Não acho que você esteja ajudando.

Sam olha para mim com os olhos arregalados. Sinto o sangue fugir do meu rosto e meus lábios começam a tremer.

— Isso é verdade? Eu nunca tinha parado para pensar que trabalhar com construção pode ser tão perigoso.

— Ele toma cuidado — ela insiste, recuando. — Sério, Mer, ele toma muito cuidado. Nunca se machucou antes.

— Mas é possível.

— Poxa, mas qualquer um pode ser atropelado por um ônibus ao atravessar a rua, Mer. Qualquer coisa é possível.

Balanço a cabeça e fico de pé, começando a andar de um lado para o outro, o que não é muito fácil com todas as pessoas sentadas naquele espaço apertado. Algumas estão dormindo. Um homem está segurando o rosto. Ele claramente está com dor de dente. Um bebê chora nos braços da mãe.

Luke chega por trás de mim e apoia suas mãos enormes nos meus ombros. As mãos dele parecem tanto com as de Mark.

— Eu não posso perdê-lo — sussurro.

— Meredith, eu acho que você está exagerando, querida. Ele deve ter sofrido apenas alguns arranhões.

Giro e olho em seus olhos azuis.

— Você não entende, Luke. As pessoas que eu amo morrem. Essa não é a primeira vez que sou trazida às pressas para um hospital por causa de um acidente.

— Nem todas as pessoas que você ama morrem — ele rebate suavemente.

— As que são mais importantes, sim.

— Mark não está morto, Meredith. — Ele aperta meus ombros com firmeza. — Ele não está morto.

Assinto novamente. Sinto que isso é tudo o que tenho feito — assentir como uma imbecil. Mas então, a imagem do meu pai naquela cama de hospital me vem à mente. Minha mãe deitada sobre ele, lamuriando de dor e agonia, e balanço a cabeça em negação.

Eu não sei se sou forte o suficiente para isso.

— Ele chegou — Sam diz ao vir correndo até nós. — A garota do computador...

— Esse é o nome dela? — Luke pergunta sarcasticamente.

— ... disse que a ambulância acabou de chegar. Ele vai ser examinado antes de podermos vê-lo. — Ela segura meu rosto de uma maneira nada delicada e diz: — Ele *não* está morto.

Ele não está morto.

— Quanto tempo até que eu possa vê-lo?

— Ela não soube me dizer.

São as duas horas mais longas da minha vida.

— Eu sinto muito — a garota do computador fala, com um olhar complacente. — Ele foi levado para fazer alguns exames. Assim que ele puder ver alguém, você será a primeira a saber.

— Se você disser que estou aqui, ele vai querer que eu esteja lá com ele — imploro.

— Você não pode ficar no local onde são realizados os exames. Eu prometo que te chamarei assim que for liberado pela enfermeira.

— Vou ter uma palavrinha com a enfermeira dele — Sam rosna. Nós nos viramos no instante em que Isaac entra correndo pela porta.

— Não consegui vir antes. Eu tive que falar com a polícia e acalmar a equipe... — Ele me vê e, imediatamente, me puxa para um abraço. — Como você está, querida?

— Não muito bem — respondo honestamente. — Não nos deixaram vê-lo ainda. Então, você precisa me dizer se ele está bem.

— Eu acho que sim. Acho que ele não ficou inconsciente, mas eu não quis arriscar.

— Como diabos uma pessoa é atropelada em uma obra de construção, porra? — pergunto, irritada.

— Uma curiosa desatenta do caralho. Estava ocupada demais olhando a casa para prestar atenção ao que estava acontecendo na frente dela e dirigindo muito rápido. Mark estava olhando para o celular, perto do carro dele, nem estava atravessando a rua, e ela o atingiu em cheio. Ele saiu voando. Foi a coisa mais assustadora que já vi.

— Srta. Summers? Você pode vê-lo agora.

— Pode ir — Luke diz. — Sam e eu vamos ficar aqui esperando os nossos pais.

Assinto e sigo a garota do computador pelo pronto-socorro. Alguém está chorando. Ela me guia até um quarto com uma cortina em volta da cama. Engulo em seco e, por um milissegundo, penso em sair correndo, mas, em vez disso, respiro fundo e dou a volta na cortina.

E ali está o meu namorado, usando roupa de hospital, com os cabelos um pouco ensanguentados, o rosto e os braços arranhados, e um sorriso enorme em seu rosto arrogante.

— Oi, M — ele fala.

Imediatamente, eu caio no choro. Sento na cadeira ao lado da cama e enfio a cabeça e os braços em seu colo, chorando e soluçando pra valer.

— Shh... — Ele acaricia minha cabeça, meus ombros e minhas costas. — Ei, está tudo bem. Estou bem, amor.

— Você poderia ter morrido! — choro em seu colo.

— Eu estou bem. — Ele segura meus ombros e me faz sentar para olhar para ele. — Olhe para mim, Meredith.

Não consigo abrir os olhos. Eu me sinto tão idiota. Sei que ele acha que a minha reação é exagerada. Todos acham isso, mas eles não passaram pelo que passei. Eles não entendem.

— Meredith. Respira. Respira comigo, amor. — Ele vem um pouco mais para baixo na cama e apoia a testa na minha. — Vamos. Você está tento um ataque de pânico. Respire fundo e devagar, Meredith.

Ele me acalma. Meu coração volta ao normal aos poucos e minhas lágrimas param de cair, até que olho em seus lindos olhos azuis e perco o controle novamente.

— Amor, estou bem.

— Eu sei. Mas eu não sabia disso antes, e tudo isso me lembrou do papai e da Tiff e, meu Deus, Mark, eu não posso passar por aquilo de novo.

— Pare. — Sua voz está mais imperativa. — Pare antes que eu tenha que chamar uma enfermeira aqui para você.

— Você vai ficar bem? — sussurro.

— Sim. Estou com alguns arranhões e um machucado na cabeça, mas estou bem. Eles fizeram uma tomografia para conferir se estou com alguma lesão interna.

— E você está? — Meu coração para de novo.

— Não. Estou bem. Vou ficar dolorido pra cacete amanhã, mas vou ser liberado assim que a enfermeira Ratchet[2] me trouxer as porras dos papéis da alta e mais remédios para dor.

— Por que você não me ligou?

Ele estica o braço para alcançar uma mesa de cabeceira que há ali e pega seu celular, mostrando-o para mim. A tela está estilhaçada.

Fecho os olhos, aliviada, e, de repente, sou erguida até o colo de Mark.

— O que você está fazendo?

---

2 Enfermeira Mildred Ratched é a antagonista principal do livro Um Estranho no Ninho, de Ken Kesey. É uma sociopata sádica que abusa da crueldade com os pacientes. (N. da T.)

— Te acalmando.

Ele me segura e nos embala devagar. Envolvo seu pescoço com os braços e escondo o rosto no meu lugar favorito em seu pescoço. Deus, eu o amo. Ele é tudo para mim. Eu não posso perdê-lo como a minha mãe perdeu o meu pai. Acho que eu não sobreviveria.

E, em algum momento, vou acabar perdendo-o. Porque perco todos que amo.

Enquanto ficamos ali, em silêncio, me agarro ainda mais a ele ao perceber o que tenho que fazer.

Tenho que abrir mão dele.

Seguro seu rosto e o beijo suavemente. Meus lábios ficam sobre os seus por um momento, enquanto eu o inspiro e minhas mãos tracejam os músculos fortes em seus braços.

Por fim, eu me afasto e desço do seu colo.

— Eu te amo mais do que consigo expressar, Mark. Mas eu não suporto a ideia de te perder do jeito que perdi a minha família. — Engulo em seco, enquanto ele franze a testa, confuso. — Eu simplesmente não posso fazer isso.

— Não pode fazer o quê, exatamente?

— Não posso estar com você.

— Você está comigo, Meredith.

Balanço a cabeça e esfrego a testa com as pontas dos dedos. Jesus, como posso encontrar as palavras certas para isso?

— Eu não acho que consigo estar em um relacionamento com você. — As últimas palavras dessa frase são ditas em um soluço. Seu queixo cai e, no mesmo instante, a enfermeira entra no quarto.

— Muito bem, sr. Williams...

Saio do quarto enquanto ela dá instruções a ele, correndo o mais rápido que posso pelo pronto-socorro, atravessando a sala de espera e chegando ao lado de fora.

Merda, eu não estou com meu carro.

— Meredith!

Natalie corre atrás de mim, me alcançando quando chego ao estacionamento e percebo que não tenho como ir para casa. Mark vai conseguir chegar aqui a qualquer segundo.

— Eu preciso ir embora, Natalie.

— Ele está bem?

— Sim, só com alguns arranhões. Ele vai ficar bem.

Dessa vez.

Mas e na próxima vez?

— Ah, que bom! — Ela solta um suspiro de alívio e fica séria quando vê meu rosto. — Aonde você vai, Mer?

— Embora. Acabei de terminar com Mark.

— Uau. Isso que é chutar cachorro morto.

— Vai se foder, Natalie! Você não me conhece, nem sabe o que passei. — Não é culpa dela, mas não consigo me impedir de agredi-la verbalmente, e me odeio ainda mais por isso. — Você não teve que enterrar os seus pais e a sua irmã e ver todas as pessoas que você mais ama morrerem!

— Tive, sim.

— E você não... — Paro, aturdida. — O quê?

— Os meus pais morreram quando eu estava na faculdade — ela responde calmamente. — Eu sou filha única.

Pisco duas vezes e me sinto minúscula, de repente.

— Você ficou assustada, não é?

— Estou aterrorizada pra caralho.

Nat assente e afasta os cabelos do rosto quando o vento os espalha.

— Ele não vai aceitar esse término, sabe disso, né?

— Ele não tem escolha.

Ela estreita os olhos e me observa por um momento. Meus olhos se enchem de lágrimas novamente, irritando-me ainda mais.

— Por que você faria isso? Até uma pessoa cega consegue ver que vocês estão completamente apaixonados um pelo outro.

— Eu prefiro abrir mão dele voluntariamente — começo, parando um pouco para engolir a bile que começa a subir por minha garganta. — Do que ter que perdê-lo do jeito que perdi a minha irmã e o meu pai. Eu vi a minha mãe deitar no peito do meu pai e se despedir dele, Natalie. Eu não consigo fazer isso.

— Acho que ninguém consegue — ela diz suavemente, também com lágrimas nos olhos. — Isso é uma coisa horrível, Meredith. Mas você não sabe se um dia passará por essa situação.

— Eu não sei se não vou.

— Não achei que você fosse do tipo que desiste.

Meus olhos fixam nos seus.

— Não. Consigo. Fazer. Isso.

Ela assente e me abraça, no mesmo instante em que Jax estaciona o carro perto de nós.

— Pense melhor. Um amor como o de vocês dois não acontece todo dia, sabe? Permita-se amá-lo. Deixe-o amar você. Aproveite o máximo de cada dia e, assim, no fim de tudo, você poderá dizer que não se arrepende de nada, Mer. A vida é muito curta para isso, e ninguém sabe disso melhor do que você e eu.

Ela afaga meu ombro e volta para o pronto-socorro. Fico observando-a se afastar e, em seguida, entro no carro esportivo de Jax.

— Me leve para casa.

— Ele está bem?

— Sim.

Ele me olha, registrando minhas lágrimas e mãos trêmulas.

— Você está?

Balanço a cabeça e soluço novamente.

— Me leve para casa.

Capítulo Vinte e Dois

Mark

— Você está bem? — Minha mãe corre até mim quando entro na sala de espera.

— Estou bem. Para onde a Meredith foi? — Puta que pariu, aqueles remédios acabaram comigo. Meus braços e pernas parecem pesados e me sinto zonzo.

— Jax veio buscá-la — Nat diz. — Ela está assustada, Mark.

— Eu sei, mas ela não vai se livrar de mim assim tão fácil. Eu preciso do seu carro — peço para Luke, que apenas sorri ironicamente para mim. Rosno e iria para cima dele, se meus pés ao menos se movessem.

— Você precisa seguir as recomendações médicas, pegar os seus remédios e descansar — minha mãe interpõe, apontando para os papéis nas minhas mãos. — Eu amo muito a Meredith, mas você não está em condições de sair correndo pelo mundo todo, meu filho.

— Mãe. — Respiro fundo para acalmar meu temperamento. — Eu preciso acertar as coisas. Ela não está bem. — Lembro-me de como foi senti-la nos meus braços, trêmula, com desespero absoluto emanando dela. — Ela não está tentando ser dramática. Meredith não é assim. Ela está sofrendo.

Luke tira os papéis da minha mão e sacode as chaves do carro.

— Você não vai dirigir para lugar algum, Mark. Nat e eu cuidaremos disso e a Sam vai te levar para casa. — Ele aponta para o lado de fora e passa o braço em volta do ombro da nossa mãe. — Que tal vir com a gente, mãe?

Ela continua a me observar e, por fim, fica nas pontas dos pés e beija minha bochecha.

— Nos veremos na sua casa — mamãe diz.

— Por que vocês não me ouvem? Eu preciso ver a Meredith!

— Você acha mesmo que está em condições de reconquistá-la agora? — Sam pergunta, revirando os olhos. — Ela ainda vai estar no mesmo lugar amanhã, quando você não estiver mais assim, todo drogado.

Eu a encaro, irritado, mas ela está certa. Meus olhos estão pesados e meu corpo está entre a dormência e a dor. Cada passo que dou em direção ao carro de Sam é cheio de agonia e esforço, deixando-me vergonhosamente cansado.

Assim que chegamos à minha casa, tudo o que quero fazer é dormir.

— Por favor, ligue para ela — peço para Sam enquanto ela me ajuda a cambalear até o meu quarto. — Ligue e veja se ela está bem.

— Eu vou ligar — Sam promete e me ajuda a deitar na cama, sem se dar ao trabalho de me fazer tirar a roupa verde que o hospital me deu. Rolo pelo colchão e imediatamente caio em um sono induzido por analgésicos.

Merda, estou todo dolorido.

Estremeço ao me sentar e tentar alongar meus músculos. Sinto dor, o que não deveria me surpreender, já que me recusei a tomar os remédios nas últimas seis horas, para poder dirigir até a casa de Meredith esta tarde. Levanto da cama e uso o banheiro, curvando o lábio de nojo quando vejo que estou coberto de manchas de sangue. Caí na cama antes de ter a chance de tomar um banho.

Mas, primeiro, preciso de café.

Ao descer as escadas, ouço vozes na minha cozinha.

— Eu tentei ligar para ela três vezes ontem à noite e mais uma vez esta manhã, mas ela não atendeu — Sam diz baixinho, bebendo café, quando entro no cômodo. Ela está conversando com Jax, que também parece exausto e preocupado.

— Como se sente? — Jax pergunta.

— Como se tivesse sido atropelado por um carro — respondo e me sirvo de café. — Mas não importa. Me fale sobre a Meredith. Ela está bem?

Jax estremece e balança a cabeça.

— Não. Ela não consegue se acalmar. Você está bem, mas é como se uma represa tivesse arrebentado e eu não consigo acalmá-la. Estou ficando surtado. — Ele esfrega o rosto. — Ela chorou por um bom tempo, depois dormiu por algumas horas. Quando acordou, voltou a chorar. Toda vez que vou até o quarto dela, ela me manda sair.

— Jesus — sussurro, encarando minha caneca de café. — Eu sei que ela ainda está de luto pela mãe, e que isso deve ter trazido péssimas memórias para ela — murmuro.

— Mas isso é bem típico dela — Jax completa, fazendo Sam e eu franzirmos a testa, confusos.

— O que você quer dizer? — Sam pergunta.

— Meredith sempre afasta as pessoas. Ela sempre fez isso, desde que a conheci. Ela só não conseguiu se livrar de mim porque cravei as garras nela e nunca mais soltei, mas até mesmo isso a assusta, às vezes. Ela tem medo de perder as pessoas que ama. Então, aqueles que lutam por ela e ficam são os que ela acredita que estarão com ela pra valer.

— Bom, é claro que vou lutar por ela. Ela não vai se livrar de mim assim.

— Você se sente bem o suficiente para dirigir ou precisa de uma carona? — Jax indaga.

— Você deveria tomar um banho primeiro — Sam sugere. — Está horrível.

— Eu estou bem, e vou tomar banho na casa da Meredith. — Tomo um longo gole de café e pego minhas chaves. — Você estará lá mais tarde, Jax?

— Sim. Eu vou comprar suco e uma sopa. Sei que ela não está gripada, mas não sei mais o que fazer. Ela não me deixa tocá-la. Tome, você vai precisar de uma chave.

Assinto.

— Obrigado. Vou dar um jeito nisso.

Estou me movimentando com mais lentidão do que o normal, o que só me irrita, porque, nesse momento, só consigo pensar em chegar logo até a Mer. O caminho é rápido, e antes que eu perceba, chego ao apartamento dela.

Caminho o mais rápido que posso até seu quarto e paro diante de sua porta, ouvindo seus soluços suaves. Em silêncio, abro a porta e, quando a vejo encolhida na cama, com a mão na cabeça, chorando em desespero, meu estômago parece cair no chão.

Subo em sua cama e a puxo para os meus braços.

— Meredith, está tudo bem.

Ela arfa, surpresa por me ver ali, e para de chorar enquanto registra minha presença, mas logo começa novamente.

— Pare. Eu não posso ficar com você. — Ela não está lutando contra mim, não está tentando se desvencilhar do meu abraço.

— Pode sim.

— Mark, vou acabar perdendo você também, e não aguento nem pensar nisso.

Ela está tremendo. Em vez de tentar fazê-la entender as coisas, apenas a abraço. Beijo seu cabelo, acaricio seus ombros e costas, desenhando círculos grandes e calmantes. Ficamos ali deitados juntos por um longo tempo, até ela finalmente olhar para mim. Seus olhos ainda estão úmidos, mas ela não está mais tremendo.

— Eu te amo — sussurro.

— Eu também te amo. — Ela engole em seco e seca as bochechas com os dorsos das mãos. — Você sabe o que aconteceu no dia em que meu pai e Tiff morreram.

— Sim, você me contou essa história, amor.

Ela assente.

— Quando Luke me disse que havia acontecido um acidente e nós entramos no carro dele, eu voltei para aquele dia, como se eu tivesse treze anos novamente, e a dor retornou com força total.

Acaricio suas bochechas com os nós dos dedos, sentindo meu coração partir por ela.

— Eu entendo que você está bem. Meu cérebro entende essa informação, Mark. Você não se machucou gravemente, graças a Deus, e vai se curar rápido e tudo vai voltar ao normal.

Assinto, assistindo-a lutar com seus sentimentos.

— Mas não consigo evitar a maneira como meu coração se sente.

— Como ele se sente?

— Em pânico. Aterrorizado. Meu Deus, estou com tanto medo. Eu não sabia que o seu trabalho era tão perigoso. Isso nunca me passou pela cabeça.

— Isso mudaria as coisas? Saber que existem perigos no meu trabalho te impediria de se apaixonar de novo por mim?

Ela morde o lábio e franze as sobrancelhas. Quero desesperadamente me inclinar e beijá-la ali, confortá-la, mas espero, deixando-a raciocinar.

— Eu nunca me apaixonei por você de novo. Eu *sempre* fui apaixonada por você — ela admite. — Mas talvez eu pudesse ter me preparado.

— Sendo bem honesto, M, as lesões que podem acontecer em uma obra de construção são, geralmente, bem pequenas. Marteladas no dedo, tombos em tábuas. Nós tomamos muito cuidado e seguimos regras para evitar que nos machuquemos.

Ela se afasta, deitando-se de costas e olhando para o teto.

— Eu acho que você deveria ir para casa e descansar.

Meu coração congela.

— Você ouviu o que eu acabei de dizer?

— Ouvi.

— Mas está desistindo de mim mesmo assim.

Ela morde o lábio e balança a cabeça de maneira afirmativa.

Fico de pé e vou até a porta, mas paro e me viro, vendo as lágrimas rolarem dos seus olhos por suas têmporas até os cabelos pelas laterais do seu rosto. Ela não quer que eu vá embora. Só está com medo.

— Foda-se isso, Meredith. Eu me lembro exatamente do que senti há dez anos naquela varanda enquanto você me dizia que ia terminar comigo. Me recuso a passar por aquilo de novo. Eu não vou desistir de nós. Não passo um dia, uma hora, sem pensar em você. Sem precisar ouvir a sua voz, ver o seu sorriso.

Passo a mão sobre a boca e começo a andar de um lado para o outro, frustrado.

— Eu estou tentando me proteger! — Ela levanta e fica frente a frente comigo, com as mãos fechadas em punho ao lado do corpo. — Você quer que eu fique com você, que te ame todos os dias, mas o que vou fazer quando você morrer e me deixar?

— Eu não vou te deixar!

— Hoje. Você não vai me deixar hoje.

— Meredith, não posso te prometer que nada vai acontecer comigo, porque não temos como saber. Não posso te prometer algo sobre o qual não tenho controle.

— Exatamente! — Ela aponta para mim, como se eu tivesse finalmente entendido. — Você não pode.

— Ninguém pode, M. Então, você vai simplesmente ficar sozinha para sempre?

— Eu não estou sozinha. Eu tenho Jax.

— Até ele morrer também — retruco friamente, e me odeio quando seu rosto se contorce.

— Eu tenho o meu estúdio.

— E se pegar fogo?

— PARE COM ISSO! — ela grita, quase histérica.

— Amor, você precisa entender que as chances de qualquer uma dessas coisas acontecerem são mínimas. — Luto contra seus braços agitados e puxo-a com força contra o meu peito, descansando sua cabeça sob meu queixo, segurando-a com tudo o que tenho. — Jax e eu não iremos a lugar algum. O seu estúdio está seguro.

— Estou com medo.

— Eu também. Mer, eu não sobreviveria se te perdesse. Sua mãe foi a pessoa mais forte que já conheci, depois de você. E olha que estou cercado de mulheres fortes. — Ergo seu rosto para poder encará-la. Tão linda. — Você é muito forte, amor. Eu te amo mais do que consigo descrever. Tenho certeza de que existem palavras bonitas que descreveriam bem, mas eu não as conheço.

Só sei que o que sinto por você é tão grande que nunca poderei te deixar. Por favor, não me peça para fazer isso. Eu não posso te dizer adeus, M.

Apoio a testa contra a dela e então, *finalmente*, ela me abraça com força, desesperadamente.

— Eu te amo tanto — ela sussurra ao enterrar o rosto no meu pescoço, do jeito que sempre faz.

— Enquanto tivermos um ao outro, podemos fazer qualquer coisa. — Sorrio para mim mesmo. Cadê a minha carteirinha de homem, porra? — Eu sei que isso parece clichê, mas é a verdade, Mer. Tem uma coisa que Luke me disse, não faz muito tempo, que me marcou muito. Ele disse que, se a Natalie algum dia tentasse deixá-lo, ele iria com ela, porque a vida dele não funciona sem ela.

Sinto seu sorriso contra o meu pescoço e respiro aliviado pela primeira vez desde que ela saiu do quarto de hospital ontem.

— Isso parece mesmo algo que ele diria — ela murmura.

— Entendo o sentimento. — Sento na beira da cama e a puxo para o meu colo. — Eu me sinto da mesma maneira.

— Natalie é uma garota de sorte — Meredith diz. Aí está a minha espertinha.

— Minha vida não funciona sem você, M. — Beijo sua têmpora e continuo a acariciar suas costas, acalmando a nós dois.

— Me desculpe. — Sua voz é baixa e trêmula. — Eu entrei em pânico. Fiquei em pânico a noite inteira, porque estava preocupada e arrependida por não estar com você para cuidar de você.

— Verdade. — Agora que ela está comigo e realmente melhor, sinto meus próprios tremores começarem. — Você também me assustou.

Suas mãos deslizam por meus braços e ela se afasta um pouco, olhando para as minhas roupas.

— Você está com roupa de hospital.

— As minhas roupas estragaram.

— Mas isso foi ontem. — Ela morde o lábio. — Tem sangue no seu cabelo.

— Eu dormi assim que cheguei em casa e ainda não tomei banho. Eu bati a cabeça no asfalto. Sangrei feito um porco por um tempinho, mas nem precisei de pontos.

— Você pode tomar banho agora.

— Sim.

Ela fica de pé, segura minha mão e me conduz até o banheiro.

— Você deveria estar descansando.

— Agora você está parecendo a minha mãe.

Ela assoa o nariz e liga o chuveiro.

— Ela é uma mulher inteligente.

— Ela é. E ela te ama, sabia?

Novas lágrimas preenchem seus olhos, mas ela apenas sorri e assente.

— Eu também a amo. Eu amo todos eles.

Eles serão a sua família muito em breve, penso e arrasto as pontas dos dedos por sua bochecha. Ela segura a barra da blusa verde que estou usando e a puxa por minha cabeça delicadamente, passando em seguida para o cordão da calça, desamarrando-o e deixando-o cair no chão.

Não estou usando cueca.

— Você fica excitado quando eu choro? — ela pergunta, surpresa, encarando meu pau semiereto.

— Fico excitado quando você tira a minha roupa, Mer. Sempre. — Dou risada e tiro sua blusa. — Isso nunca mudou desde que tínhamos dezessete anos.

— Você está bem arranhado aqui — ela diz ao me virar de costas para ela.

Ela pressiona um beijo na minha escápula antes de me guiar até o chuveiro. Ela o deixou na temperatura perfeita, nem tão quente, nem tão frio, então, quando a água bate em meus cortes e arranhões, não arde muito.

— Eu vou lavar você — ela me informa.

— Eu gosto quando você cuida de mim — murmuro.

Suas mãos deslizam delicadamente pelo meu corpo, limpando o sangue seco e a sujeira dos meus braços e mãos, lavando o sangue do meu cabelo, e quando terminamos e nos secamos, ela me examina mais uma vez.

— Viu? Não parece mais tão ruim, agora que estou limpinho.

— Você deve estar muito dolorido.

Dolorido pra caralho.

— Vou ficar bem.

— Vem.

Ela me leva de volta para seu quarto, tira as cobertas da cama e gesticula para que eu deite.

— Ainda está no meio da tarde, Mer.

Ela simplesmente ergue uma sobrancelha. Suspiro e deito na cama, sorrindo largamente quando ela se junta a mim. Ela pega minha mão direita, beija os arranhões nas minhas palmas, e a coloca em sua bochecha macia. Ela trilha um caminho pelo meu braço até o ombro, beijando cada pontinho de hematoma.

— Você vai beijar todos os meus dodóis?

— Sim.

Por fim, ela monta no meu colo e enfia os dedos nos meus cabelos, examinando meu couro cabeludo de uma maneira tão meticulosa que nem mesmo os médicos e enfermeiras no hospital fizeram.

— Você deve estar com dor de cabeça.

— Eles me deram remédio para isso — respondo e fecho os olhos com um suspiro, enquanto ela continua a afagar meus cabelos. — Você não precisa parar de fazer isso nunca mais.

Ela beija meu nariz e minha testa. Seu corpo quente, macio e torneado está pressionado contra o meu, seus seios incríveis, no meu rosto, e não consigo aguentar mais. Deslizo as mãos por suas coxas, bunda e costas, fazendo-a ronronar baixinho.

Porra, que som sensual.

Meu pau se retorce contra suas dobras, deslizando por seu clitóris. Ela morde o lábio e me olha cheia de luxúria.

— Você está machucado — ela sussurra.

— Nunca estou machucado demais para isso.

Começo a mudar nossas posições, mas ela pressiona as mãos nos meus ombros, mantendo-me no lugar.

— Não. Deixa que eu faço isso. — Ela sorri aos poucos ao se erguer, colocar a mão entre nós e me guiar até sua entrada. Deus, toda vez é como se fosse a primeira. Ela é tão apertada e gostosa. — Não se mexa.

— Isso é impossível.

— Não é, não. — Ela se inclina para me beijar, acaricia minhas bochechas e pescoço com as pontas dos dedos e começa a rebolar os quadris com pouco esforço. — Desculpe por ter ficado com medo.

— Nunca mais me deixe.

Nunca mais.

Ela balança a cabeça e me beija, lambe meu lábio inferior e me beija novamente, com mais profundidade dessa vez. Meu pau pulsa dentro dela. Eu quero agarrar seus quadris e estocar com força, mas espero, sabendo que ela está nos confortando.

Suas mãos deslizam até meus braços e ela se segura ao começar a me cavalgar. Merda, eu nem estou me movendo e sei que não vou durar muito.

— Oh, M — murmuro. — O seu corpo é incrível. — É verdade. Seus seios firmes e arredondados, barriga firme e quadris largos me deixam fraco. Mas é seu coração que tem me prendido durante mais de uma década.

— Eu te amo — ela sussurra e esconde o rosto no meu pescoço, acelerando os movimentos.

— Posso me mexer agora?

— Sim, por favor.

Inverto nossas posições sem quebrar nosso precioso contato e seguro seu rosto entre minhas mãos, apoio minha testa na sua e me movimento em estocadas lentas e cuidadosas.

— Eu te amo — digo, com meus lábios contra os seus. — Sempre.

Três meses depois

Meredith

— Por que você está tão estranho? — pergunto a Jax e ajudo uma das menininhas a amarrar os sapatos.

— Não estou. — Ele não me olha diretamente nos olhos, o que me cheira a mentira com M maiúsculo.

— O que está rolando?

— Nada.

— Jax, está acontecendo alguma coisa. Está tudo bem com o sr. Amorzinho?

Braços fortes envolvem meus ombros por trás e Logan pressiona um beijo na minha têmpora.

— O sr. Amorzinho está ótimo.

— Oi, lindo. — Sorrio para o homem que está se tornando um grande amigo. Ele é perfeito para o meu Jax.

— Oi, linda — ele responde, charmoso.

— Tire as mãos do meu homem, batatinha — Jax rosna com um olhar irritado, fazendo-me rir.

— Ele só tem olhos para você — asseguro a Jax e passo a ponta do dedo no anel que está na mão esquerda de Logan. — Eu adorei as alianças que escolheram. O casamento fez muito bem a vocês.

Eles abrem um sorriso enorme um para o outro, com amor, bom humor e compreensão flutuando entre eles, fazendo meu coração suspirar. O casamento deles foi absolutamente lindo.

— Desculpe por ter marcado esse recital para o mesmo fim de semana em que você está terminando de mudar as suas coisas de casa. — Encolho-me e ofereço um sorriso complacente para Logan.

— Tudo bem. Meu pai está de olho nos caras da mudança.

— Você não precisava ter vindo — Jax diz. — E não precisava ter contratado pessoas para fazer a mudança. Eu não tenho tantas coisas assim.

— Bem, com a ajuda dos profissionais, você não teria que arranjar tempo entre coreografias e recitais de dança para arrumar as suas coisas, e eu não perderia esse recital por nada. — Ele sorri para mim. — O que está achando da sua nova cozinha?

Sorrio largamente ao pensar na minha linda cozinha, completa com a insanamente incrível e cara adega de vinhos que eu queria.

— Estou amando. Você e Jax precisam ir jantar lá em casa em breve. Adoraríamos receber vocês.

— Acho uma ótima ideia. Você já contou a ele? — Logan pergunta em um tom baixo, com seus olhos brilhando por trás dos seus óculos sexy.

— Contarei hoje — respondo.

Logan beija Jax na bochecha, depois a minha, e sorri.

— Boa sorte. Estarei na plateia junto com os outros.

— Não acredito que todos os Williams e Montgomery vieram — murmuro e começo a fazer a contagem das meninas, que estão alvoroçadas de tanta animação, admirando as roupas lindas umas das outras e extasiadas por poderem usar batom.

— Você sabe que eles adoram ter uma desculpa para se juntarem, e ainda não perderam nenhum dos recitais da Sophie e das gêmeas.

— Exceto Mark. — Faço uma carranca ao olhar para o celular. — Ele nunca tem que trabalhar aos sábados, mas disse que surgiu alguma coisa por lá e ele não podia deixar de resolver.

— Ok, está na hora — Jax anuncia e se afasta, gesticulando para as meninas se juntarem em volta dele. Vou até o palco.

— Sejam todos bem-vindos e muito obrigada por estarem aqui. Eu sou Meredith Summers, coproprietária do estúdio *Twinkle Toes*, e em meu nome e do meu parceiro Jax, gostaria de agradecer por todo o apoio. Nós amamos ensinar as suas pequenas e ficamos honrados por vocês confiarem em nosso estúdio para trazê-las para dançar. As suas garotas têm praticado bastante para se prepararem para o recital de hoje. Então, sem mais delongas, vamos começar.

Sorrio quando as famílias aplaudem e vou até as escadas para me posicionar na plateia, onde as meninas podem me ver para que eu as conduza durante suas apresentações. Como sempre, começamos com as mais novas.

Enquanto elas formam uma linha e movimentam seus pequenos corpos no ritmo da música, uma garotinha que está em uma das extremidades decide fazer um *freestyle*, cantando a música, saltitando e dançando pelo palco, fazendo com que os pais e eu caiamos na risada.

Aquela menininha vai longe.

Os pais tiram fotos e dizem seus "oh!" e "ah!" para as coreografias das meninas, conforme cada grupo sobe ao palco para apresentarem duas danças cada. Por fim, quando todas já fizeram sua parte, eu volto para o palco.

— Isso conclui o recital de hoje. Obrigada mais uma vez...

Sinto um puxão na minha blusa. Olho para baixo e vejo uma garotinha ruiva oferecendo-me uma rosa vermelha, que eu recebo e sorrio para ela. Ela se afasta e, de repente, outra aparece com mais uma rosa.

Olho para a plateia e começo a procurar por Mark, pensando que isso pode ser ideia dele, mas ele não está lá. Dou de ombros, sem pensar muito nisso. Às vezes, os instrutores de dança recebem flores depois de um recital.

Enquanto tento agradecer à plateia por ter vindo, sou interrompida diversas vezes, até que meus braços estão cheios de rosas vermelhas lindas e perfumadas.

De repente, todos os Montgomery, os Williams e Logan, com Jax ao lado dele, ficam de pé e aplaudem com muito entusiasmo, deixando-me perdida.

— O que está acontecendo, caramba?

— Vire-se, srta. Mer — Josie grita atrás de mim. Obedeço e paro, aturdida com o que vejo diante de mim.

Todas as oito meninas mais velhas estão formando uma linha, segurando cartazes que dizem "Você Quer Casar Comigo, M?", e Mark está com um dos joelhos no chão, com a mão estendida para mim. Cambaleio até ele, sentindo meus pés dormentes e meus olhos enchendo de lágrimas.

— Tá de brincadeira? — sussurro. Mark ri, com seus olhos azuis dançando de felicidade, e abre aquele sorriso safado para mim, deixando meus joelhos fracos e fazendo meu coração cantar.

— Meredith — ele inicia, e o ambiente todo fica em silêncio. — Nós esperamos muito tempo um pelo outro. Acho que nós nem sabíamos que era isso que estávamos fazendo. Eu nunca vou deixar de te amar, Meredith A...

— Cuidado — digo, impedindo-o de dizer meu nome do meio em voz alta. Ele dá risada e beija minha mão.

— No meio de uma multidão, meus olhos estarão sempre procurando por você, meu amor. Você é a melhor parte da minha vida, e não consigo imaginar ficar sem você. Então, diante de tudo e de todos que mais amamos, estou te pedindo para que acredite em nós e se torne a minha esposa. Eu prometo que farei o meu melhor todos os dias para que você não se arrependa disso.

Lágrimas descem por minhas bochechas quando dou um passo à frente e coloco uma mão em seu rosto.

— É claro que quero casar com você, M.

Ele beija minha palma e, então, desliza um lindo anel de noivado solitário no meu dedo antes de ficar de pé e me envolver em um abraço. Ele pressiona os lábios nos meus e depois beija minha bochecha.

— Você disse sim.

— Pode apostar que eu disse. — Dou risada. Todos na plateia continuam a aplaudir, enquanto Mark acaricia meu nariz com o seu. — É um bom momento para te contar que você vai ser papai?

— O quê? — Ele afasta a cabeça de uma vez e olha fixamente nos meus olhos. — O que você acabou de dizer?

— Eu estou grávida, amor.

— Puta merda! — Ele me beija novamente, com mais força dessa vez, e deixa escapar um "Uhuuu!".

— O que tá rolando aí? — Will grita da plateia.

— Nós vamos nos casar — Mark grita de volta e ergue uma sobrancelha para mim, pedindo permissão para anunciar a boa notícia. Assinto com prazer e ele abre um sorriso de orelha a orelha, sem quebrar nosso contato visual ao gritar: — E nós vamos ter um bebê!

Os aplausos recomeçam, e, de repente, me vejo rodeada por pessoas, sendo passada de irmão para irmão, e abraçada e beijada. As meninas estão chorando e sorrindo e se abraçando, até cada uma ter sua vez de me cumprimentar.

— Meus parabéns, *bella* — Dom deseja com alegria ao me abraçar e depois me passar para Luke.

— Estou tão feliz por vocês — Luke sussurra no meu ouvido. — Se vocês precisarem de qualquer coisa, é só nos ligar.

Assinto com lágrimas nos olhos, e logo sou puxada para os braços fortes de Neil.

— Bem-vinda à família, finalmente, minha querida — ele diz com um sorriso largo e lindo. — Já era hora. Estávamos esperando por você, sabia?

— Obrigada.

— Sua mãe me deu o vestido de casamento dela para que eu o guardasse para você — Lucy revela ao afagar minha bochecha.

— Ela fez isso? Mas como ela...

— Uma mãe sempre sabe. — Lucy pisca para mim. — É melhor casarmos vocês logo, antes que você não caiba mais no vestido.

Olho para onde Jax e Logan estão, de mãos dadas, rindo com Jules e Nate, que segura Stella adormecida em seu ombro. Will e Meg estão parabenizando Mark, enquanto Leo e Sam me abraçam ao mesmo tempo.

— É isso aí, gata — Sam fala, convencida. — Eu sempre gostei de você.

— Aham, tá. — Solto um riso pelo nariz e ela ri comigo. — Acho que o termo correto é tolerava.

— Eu gostava de você. Agora, eu te amo. Você nos faz bem.

Meu Deus, todo mundo vai me fazer chorar hoje?

— Estou orgulhosa de você — Natalie sussurra no meu ouvido, lançando-me uma piscadela e apertando meu braço. — Conversaremos mais tarde.

Passo de pessoa em pessoa, até, finalmente, voltar para os braços de Mark e receber seus beijos carinhosos.

— Está pronta para fazer parte dessa família maluca? — ele pergunta, com aquele sorriso safado.

— Eu mal posso esperar — respondo e pressiono o rosto em seu pescoço. — Mal posso esperar.

Fim

Conheça a Série

With me in Seattle

Livro 1: Fica Comigo

Livro 1.5: Um Natal Comigo (somente em ebook - gratuito)

Livro 2: Luta Comigo

Livro 3: Joga Comigo

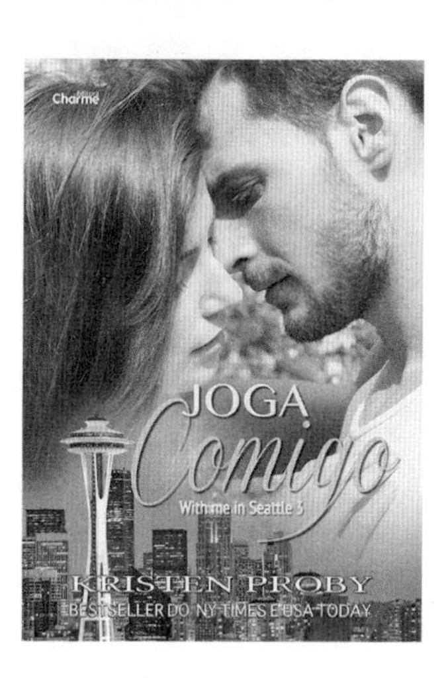

Livro 4: Canta Comigo

Livro 5: Salva Comigo

Livro 6: Amarrada Comigo

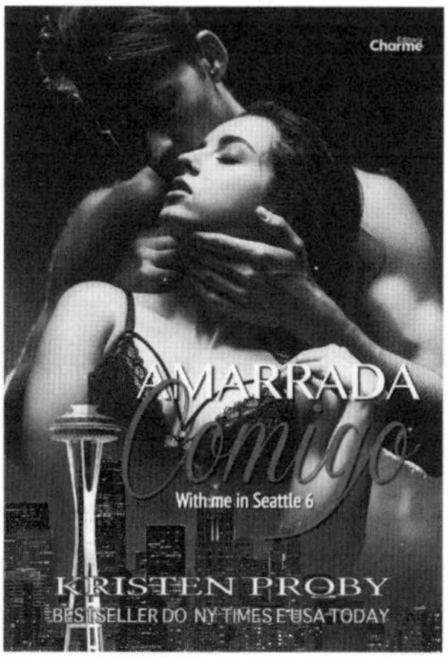

Entre em nosso site e viaje no nosso mundo literário.
Lá você vai encontrar todos os nossos
títulos, autores, lançamentos e novidades.
Acesse www.editoracharme.com.br

Você pode adquirir os nossos livros na loja virtual:
loja.editoracharme.com.br

Além do site, você pode nos encontrar em nossas redes sociais.

 https://www.facebook.com/editoracharme

 https://twitter.com/editoracharme

 http://instagram.com/editoracharme